DAMISELA

EVELYN SKYE

DAMISELA

Basada en un guion de
Dan Mazeau
Idioma dragón por
Reese Skye

Traducción de
Manu Viciano

PLAZA JANÉS

Papel certificado por el Forest Stewardship Council®

Penguin
Random House
Grupo Editorial

Título original: *Damsel*

Primera edición: marzo de 2024

Printed in Spain – Impreso en España

ISBN: 978-84-01-03240-0
Depósito legal: B-21459-2023

Compuesto en Comptex & Ass., S. L.
Impreso en Black Print CPI Ibérica
Sant Andreu de la Barca (Barcelona)

L032400

Para todas las almas valientes que se atreven
a rehacer el mundo

Elodie

Inophe era de esos lugares para los que el globo se movía hacia atrás. Mientras el resto del mundo progresaba, el árido Inophe se hundía más y más en el pasado. Setenta años de sequía ininterrumpida habían transformado las exiguas tierras de labranza del ducado en interminables dunas de arena. La gente cosechaba agua de sus jardines de cactus y se administraba mediante un sistema de trueque: unas brazas de tela tejida en casa a cambio de reparar una valla, una docena de huevos por una tintura para aliviar el dolor de muelas o, en ocasiones especiales, una cabra a cambio de un saquito de valiosísima harina de importación.

—Es un sitio bonito, a pesar de todo —dijo el duque Richard Bayford mientras llevaba su caballo hasta el borde de la meseta.

Desde allí se dominaba el territorio de un suave color pardo, quebrado aquí y allá por las delgadas ramas de los jabíes y las flores amarillas de mimosa. El duque era un hombre alto y fibroso, de rostro arrugado por cuatro décadas y media bajo el implacable sol.

—Es un sitio bonito precisamente por todo —le regañó con ternura su hija Elodie, que cabalgaba junto a él.

A sus veinte años, llevaba desde que tenía memoria ayudando a su padre con el ducado de Inophe, y en el futuro heredaría su cargo de senescal.

Lord Bayford soltó una risita.

—Tienes razón, como siempre, cielo mío. Inophe es hermoso por todo lo que es.

Elodie sonrió. Por debajo del altiplano, un fenec saltó desde la sombra de un sauce del desierto y se lanzó en persecución de algo, muy posiblemente un jerbo o un lagarto, bordeando un peñasco. Al este se ondulaban las dunas, montañas de arena que caían en cascada hacia un mar reluciente. Para Elodie, incluso el calor seco en la piel era como el anhelado abrazo de un viejo amigo.

Se oyó un crujido en los matorrales que tenían detrás.

—Disculpadme, lord Bayford.

Un hombre que caminaba apoyándose en un cayado se aproximaba a ellos. Al momento lo siguieron las barbas grises de su rebaño de cabras del desierto, que arrancaban sin discriminar las flores espinosas y sus tallos pinchudos y se lo tragaban todo entero. Si la gente de Inophe tuviera unas encías como las suyas y su estómago de hierro, podrían adaptarse mucho mejor a aquel clima tan árido.

—Buenos días, lady Elodie —añadió el pastor, quitándose el maltrecho gorro y agachando la cabeza mientras el duque y su hija desmontaban.

—¿En qué podemos ayudarte, Immanuel? —preguntó lord Bayford.

—Mi señor, esto…, mi hijo mayor, Sergio, va a casarse y necesitará una casa nueva para su familia. Esperaba que, hum, pudierais…

Antes de que la pausa se hiciera incómoda, lord Bayford habló.

—¿Necesitas materiales de construcción?

Immanuel manoseó un poco su cayado antes de asentir. La tradición inophesa dictaba que, el día de la boda, el padre regalara a su hijo la casa nueva y la madre tejiera el traje de novia de su hija. Pero las décadas de empobrecimiento dificultaban cada vez más que se siguieran las antiguas costumbres.

—Será un honor proporcionarte el material para la casa de Sergio —dijo lord Bayford—. ¿Necesitarás ayuda en su construcción? A Elodie se le da de maravilla montar destiladores solares.

—Cierto —intervino ella—. También soy buena excavando letrinas, que Sergio y su esposa podrán usar después de beberse el agua recogida en sus destiladores.

Immanuel la miró con los ojos muy abiertos.

Elodie se maldijo a sí misma entre dientes. Por desgracia tenía el don de decir lo que no debía cuando no debía. Si tenía que enfrentarse a una interacción social, y sobre todo si se esperaba de ella que hablara, Elodie se bloqueaba. Se le engarrotaban los hombros, se le secaba la garganta y sus ideas, antes coherentes, se derrumbaban unas encima de otras como libros de una estantería volcada. Terminaba soltando el pensamiento que hubiera acabado en la parte de arriba del montón, que inevitablemente estaba fuera de lugar.

Pero no por ello la gente dejaba de apreciarla. Respetaban su dedicación a Inophe. Elodie salía a caballo varios días por semana bajo el sol abrasador e iba de vivienda en vivienda a averiguar qué necesitaban las familias. Ayudaba con todo, desde colocar cepos para ratas alrededor del gallinero hasta leer cuentos de princesas y dragones a los niños, y le encantaba hacerlo. La habían criado para eso. En palabras de su madre, entregarse a los demás era el sacrificio más noble.

—Lo que quiere decir mi hija —se apresuró a matizar lord Bayford— es que no le importa ensuciarse las manos.

«Menos mal que padre sigue estando al frente», pensó Elodie. Algún día ella sería la duquesa de aquellas tierras, pero de momento era un alivio que al timón del ducado estuviera el carismático Richard Bayford.

Elodie dejó el oído en la conversación mientras Immanuel detallaba cuánta madera y cuántos clavos iba a necesitar, pero volvió el cuerpo para mirar más allá del polvoriento paisaje, hacia mar abierto. El agua siempre la había tranquilizado desde que era niña, y contemplando las olas que titilaban bajo el sol empezó a pasársele un poco la vergüenza de su metedura de pata con la letrina y sus hombros se liberaron de parte de la tensión.

Suspiró aliviada.

Quizá en alguna vida anterior había sido marinera. O gaviota. O a lo mejor, incluso el viento. Porque, aunque Elodie dedicaba sus días a trabajar en Inophe, pasaba las veladas soñando con salir al océano. Le gustaba ir a las tabernas y escuchar las historias que los marinos traían del extranjero, sobre los festivales que se celebraban y las costumbres que se seguían en otros reinos. Sobre el aspecto de sus tierras y el clima que tenían. Sobre cómo vivían y amaban, y hasta cómo morían. Elodie coleccionaba las historias de los marine-

11

ros igual que una urraca amasaba botones brillantes, y cada una era un preciado tesoro.

Cuando concluyó la lista de peticiones para la nueva casa de Sergio y se marcharon Immanuel y sus cabras, lord Bayford fue junto a Elodie al borde del altiplano. Mientras contemplaban el horizonte, apareció una mota en él.

Elodie ladeó la cabeza, perpleja.

—¿Qué crees que será?

Aún no era la temporada en que los barcos mercantes de Inophe regresaban de otros países trayendo el grano, la fruta y el algodón que tanta falta les hacían.

—Solo hay una forma de saberlo —dijo lord Bayford mientras subía a su caballo, y le guiñó un ojo a Elodie—. ¡El último en llegar al puerto excava la letrina de Sergio!

—Padre, no haré una carrera por...

Pero el duque y su montura ya cargaban meseta abajo.

—¡Serás tramposo! —le gritó Elodie, y subió a su propio caballo.

—¡Si no, no hay manera de ganarte! —replicó él volviendo la cabeza.

Y Elodie se echó a reír mientras salía tras él, porque sabía que era verdad.

Las banderas del barco lucían los colores de la opulencia, un rico carmesí ribeteado en pan de oro, y el áureo dragón de su proa destellaba con orgullo. Los oficiales de a bordo vestían uniformes de terciopelo con bordaduras doradas en los botones y los puños, y hasta los marineros rasos llevaban boinas de un profundo rojo decoradas con una garbosa borla dorada.

En contraste, el puerto de Inophe estaba encorvado como un viejo con achaques, astillado y gris, sus muelles erosionados tanto por la sal como por el sol. Los postes estaban hechos más de percebes que de madera y sus antiguos huesos daban sonoros crujidos con cada envite del mar, protestando por el viento y la humedad.

El puerto era de buen tamaño, dado que Inophe dependía del

comercio para alimentar a su población. El ducado producía dos materias primas, resina de las acacias y bloques de guano, excremento seco de ave que se usaba como fertilizante, y a cambio recibía apenas la cebada, el maíz y el algodón suficientes para abastecer a sus habitantes.

Elodie pasaba la misma cantidad de tiempo en las secas llanuras del interior que allí en los embarcaderos, llevando el registro de importaciones y exportaciones y aprendiendo a chapurrear los idiomas nuevos que hablaban los mercaderes. Pero los colores de ese barco le eran desconocidos, igual que su escudo de armas, un dragón dorado que llevaba una gavilla de maíz en una zarpa y un racimo de lo que parecían uvas o bayas en la otra. Cuando Elodie llegó a su embarcadero, vio con un suspiro que lord Bayford ya estaba allí.

—Muy bien, tú ganas. Menos mal que ya tenía pensado excavar la letrina de Sergio de todas formas.

Su padre descartó la concesión con un gesto.

—Ahora hay cosas más importantes en juego. Elodie, te presento a Alexandra Ravella, enviada real del reino de Aurea. —Su padre le señaló a una mujer bajita de cincuenta y tantos años, que llevaba tricornio dorado y uniforme de terciopelo carmesí—. Y, teniente Ravella, permitidme presentaros a mi hija mayor, lady Elodie Bayford del ducado de Inophe.

—Encantada de conoceros —respondió la teniente Ravella en perfecto ingleterr, uno de los idiomas comunes del comercio internacional y la lengua oficial de Inophe.

Se quitó el tricornio, revelando un pelo entrecano recogido en un pulcro moño, e hizo una profunda inclinación. Pero Elodie frunció el ceño.

—Me temo que me he perdido. Padre, ¿qué está pasando?

—Es una noticia excelente, cielo mío. —Lord Bayford le rodeó los hombros con el brazo—. Disculpa que me lo haya guardado en secreto, pero te confieso que ya había hablado con la teniente Ravella, hace unos meses. Cuando negociamos tu compromiso.

—¿Mi qué?

Elodie se quedó paralizada bajo el peso del brazo de su padre.

Tenía que haberlo oído mal. Él nunca en la vida haría algo así sin consultarle, ni...

—Vuestros esponsales, mi señora —dijo la teniente Ravella con otra inclinación igual de pronunciada que la anterior—. Si dais vuestro consentimiento, os casaréis con el príncipe heredero Henry y seréis la próxima princesa del reino dorado de Aurea.

Elodie

Ocho meses después

Que no se diga que la moda femenina es una mera decoración vacua. Aunque el viejo capitán Croat era quien timoneaba el barco, en esos momentos Elodie estaba comprobando el rumbo que llevaba entre la niebla nocturna, usando una horquilla de madreperla y una pluma de junco a modo de sextante improvisado. A lo largo de sus años llevando las cuentas del comercio exterior en el puerto inophés, Elodie había absorbido tanta información como podía de los marineros, hasta el punto de que podía surcar el mar de noche en sus sueños. Y ese día, por un improbable giro de los acontecimientos, estaba haciéndolo despierta.

—*Cóm visteù*, lady Elodie?

Gaumiot, un tripulante, llegó paseando junto a ella. Al igual que el resto de la tripulación inophesa, hablaba en una jerga políglota, una mezcolanza de palabras asimiladas aquí y allá en sus viajes y combinada en una especie de idioma improvisado. Elodie la había oído lo suficiente en el puerto para comprenderla y, tras dos meses en el mar, ya empezaba a hablarla también. Gaumiot le había preguntado: «¿Cómo pinta la cosa?».

—Uf, *emâsia nebline grüeo* —respondió Elodie con un suspiro, y volvió a pasarse la horquilla entre los rizos castaños. La niebla era demasiado densa para ver bien.

—Un destino al que no alcanza la vista. —Gaumiot gruñó mientras daba media vuelta para regresar al trabajo—. Eso trae *malseùr*.

15

«Mala suerte». Elodie sonrió para sí misma. Los marineros eran gente supersticiosa. Pero cuanto más supersticioso era alguien, mejores historias y leyendas contaba, y Elodie había disfrutado mucho de la compañía de la tripulación durante aquella travesía. A los marineros no les importaba que no terminara de expresarse bien, porque quienes vivían y morían a merced del mar tenían preocupaciones más graves que una conversación llana.

Al contrario que Gaumiot, Elodie ardía en deseos de ver Aurea. En los ocho meses siguientes a la oferta de compromiso, Elodie y el príncipe Henry habían cruzado varias cartas. Los barcos aureanos eran mucho más rápidos que los inopheses, y hacían el trayecto entre un país y otro en semanas, no en meses. Las cartas de Henry estaban escritas con una caligrafía limpia y angulosa, y le hablaban de la belleza y la abundancia de la isla en la que vivía. Las de Elodie estaban llenas de historias sobre su gente, sobre el inagotable orgullo que sentían por su trabajo. Y, por supuesto, también le escribía sobre su persona favorita del mundo, su hermana. La obsesión actual de Floria eran los complejos laberintos que Elodie dibujaba para ella, siempre con formas interesantes: una colmena, un coyote, o una tarta de cumpleaños el día que Floria cumplió trece años.

De hecho, la insistencia de su hermana convenció a Elodie de que creara un laberinto con forma de corazón para Henry y lo añadiera a su última carta, en la que aceptaba el compromiso de matrimonio y le informaba de que zarparían para Aurea a tiempo de la cosecha de septiembre. Por supuesto, al tratarse de Elodie, no había esbozado una forma de corazón, sino que había dibujado uno anatómicamente exacto.

Visto con perspectiva, igual le había quedado un pelín perturbador. Elodie esperó que Henry estuviera tan dispuesto como los marineros a pasar por alto sus pifias sociales.

Elodie seguía sin saber muy bien qué obtenía Aurea del acuerdo matrimonial, pero tenía clarísimo lo que sacaba en claro Inophe: más de lo que ella habría podido ofrecerle al ducado si se hubiera quedado en casa, aunque entregase hasta la última gota de sudor y el último pedazo de su alma. No se podía alimentar a un país entero a base de pura fuerza de voluntad.

La húmeda niebla le dio un beso en la mejilla, como si quisiera tranquilizarla. Hacía lo correcto yendo en ese barco. Pronto llegarían a Aurea y se cerraría el trato. Y en cuanto al matrimonio y todo lo que conllevaba, se las ingeniaría. Sus sentimientos al respecto no importaban, en realidad. Estaría sirviendo al pueblo de Inophe.

La teniente Ravella se acercó y le hizo una inclinación. Como enviada real, estaba acompañando a Elodie y su familia en la travesía a Aurea.

—Si queréis, podría pedirle al capitán Croat que os preste un sextante como debe ser.

La teniente señaló la horquilla de Elodie. Debía de haber andado por allí cerca cuando Elodie estaba utilizándola.

—No hace falta, el mío es mejor —dijo Elodie, y al pronunciar las palabras cayó en la cuenta de lo groseras que sonaban—. Perdón, me refería a que mi sextante improvisado sé manejarlo, así que, hum, no hace falta que os molestéis. Tampoco es que las estrellas se vean demasiado, de todas formas. Pero gracias.

—Me impresiona que sepáis cartografiar el cielo nocturno sin haberos hecho nunca a la mar.

—Ni siquiera creía que iba a salir de Inophe en la vida.

—¿No? —La teniente Ravella ladeó la cabeza—. ¿Y por qué aprendisteis a orientaros con las estrellas y estudiasteis los idiomas de quienes llegaban a vuestro puerto, si no pretendíais recorrer el mundo? Poca gente aprende las complejidades de la gramática y la sintaxis sin tener un objetivo mayor en mente.

Elodie cambió el peso de un pie a otro en cubierta, incómoda. Le parecía una traición a Inophe haber deseado alguna vez algo más que la vida que tenía allí. Y, sin embargo, la teniente Ravella estaba en lo cierto. Quizá Elodie hubiera empezado a estudiar las lenguas de los comerciantes para administrar mejor el puerto de Inophe, pero en algún momento había pasado a aprender también para sí misma.

—Adoro Inophe y haría cualquier cosa por mi gente, aunque significara no abandonar nunca su costa —dijo—, pero debo reconocer que sí que he soñado con experimentar las historias de los marineros por mí misma algún día. Y gracias a vosotros ahora puedo cumplir mi deber con mi país y, a la vez, superar los límites de lo que creía que iba a ser mi vida.

La teniente hizo una mueca. O eso parecía, pero el gesto desapareció al instante, reemplazado por una sonrisa distraída, una que Elodie conocía bien por habérsela visto a los comerciantes marinos cuando no aceptaban sus condiciones pero estaban pensando hacia dónde llevar la conversación.

O tal vez Elodie había vuelto a hacer alguna metedura de pata social. Era tan probable como cualquier otra explicación.

—Disculpadme si he dicho algo que os ofende. No era mi intención, pero a veces, hum…

La teniente Ravella negó con la cabeza.

—No, mi señora. Es solo que estaba pensando en las obligaciones que os esperan como princesa.

El semblante de la enviada permaneció formal, en marcado contraste con las joviales conversaciones que habían mantenido durante casi todo el viaje por mar.

—Entiendo bien el deber —afirmó Elodie—. Por favor, no os preocupéis por mí en ese aspecto. Os aseguro que, sea lo que sea que Aurea espere de mí como su princesa, lo cumpliré. Siempre que no se trate de dar discursos cautivadores.

Pero su intento de bromear cayó en saco roto.

—Por supuesto, mi señora —respondió Ravella con otra sonrisa tensa—. Y ahora, si me disculpáis, acabo de recordar una cosa de la que debo ocuparme antes de llegar a tierra.

Les dedicó una rápida inclinación y se apresuró a bajar hacia los camarotes.

Elodie suspiró. Cuando llegase a Aurea, quizá haría bien en hablar lo menos posible. Por lo menos, hasta que el compromiso fuese oficial. Así el príncipe Henry no cambiaría de opinión y se buscaría otra esposa capaz de hablar sin sabotearse a sí misma.

Un minuto después, Floria subió corriendo a cubierta desde los camarotes. A sus trece años, era toda trenzas negras y vivacidad descontrolada, y llegó junto a Elodie de cuatro saltos.

—¡He resuelto el laberinto que me has hecho! —gritó, enseñándole el papel que Elodie le había dado esa misma mañana—. Tus salidas falsas no me han engañado.

Elodie le cogió el laberinto de las manos para revisar su ruta. En efecto, Floria había hallado el camino correcto para salir del laberinto con forma de barco.

La madrastra de ambas, lady Lucinda Bayford, envuelta en un prieto vestido de lana gris con el cuello alto, subió también a cubierta y llegó junto a ellas. Era de esas mujeres que son hermosas al estilo de una estatua de bronce, y tenía también la personalidad de una estatua, digna y pulida, pero inflexible.

—¿Terminará ya esta horripilante odisea? —exclamó—. Llevamos sesenta y tres días en este barco y estoy calada hasta los huesos.

—Querida —dijo lord Bayford mientras llegaba también escalera arriba—, te he traído tu otra capa.

Subió a cubierta y la envolvió en un grueso manto plateado forrado de piel de zorro de arena.

—Nos vamos a morir todos de frío antes de llegar a Aurea —refunfuñó lady Bayford.

De pronto un rayo de luna atravesó la niebla. Elodie dio un respingo al mirar las estrellas.

—*Merdú!*

Lady Bayford se encogió al oír otra de las expresiones «soeces» que los marineros le habían contagiado a Elodie. Pero no era momento de preocuparse por la sensibilidad de su madrastra. Porque si los cálculos de Elodie eran correctos…

—¿Qué pasa? —preguntó Floria.

En vez de responder, Elodie corrió hacia los aparejos y trepó a toda prisa por las jarcias.

—¡Baja aquí ahora mismo! —gritó lady Bayford—. ¡No sabes nadar! ¡Te caerás y morirás!

Elodie no iba a caerse. Llevaba toda la vida subiéndose a los enormes eucaliptos de Inophe.

—¡Y los marineros te mirarán por debajo de la falda! —añadió lady Bayford, como si el decoro tuviera la misma importancia que la vida de Elodie.

—Lleva calzas bajo la enagua —señaló Floria.

19

Elodie rio. Como si eso fuese a paliar el escándalo de que una mujer dejara que todo el mundo viese lo que llevaba por debajo del vestido. Pero tampoco era momento de preocuparse por eso. Lo importante era...

—*Pari u navio!* —gritó a los tripulantes cuando hubo ganado altura en el cordaje—. ¡Frenad el barco ahora mismo!

El viejo capitán Croat, que había estado holgazaneando al timón, se espabiló de golpe.

—¡Ya la habéis oído! —ladró a los marineros—. ¡Amollad las escotas!

El barco crujió mientras las velas se desinflaban, la lona quedaba lacia al orzar y el impulso menguaba. La luz de luna había desaparecido, engullida de nuevo por la niebla, y el barco derrotaba a ciegas. El silencio en cubierta era tan espeso como la niebla, mientras todo el mundo contenía la respiración a la expectativa de lo que Elodie sabía que llegaba.

Y entonces aparecieron dos sombras gigantescas, dos siluetas en la cercanía. Los tripulantes miraron hacia arriba.

Unas fauces hambrientas, de dientes afilados, se cernían sobre ellos.

—Dragones de piedra —murmuró Elodie, asombrada.

La teniente Ravella le había hablado de las imponentes estatuas, que señalaban el linde exterior de Aurea. El rocío resplandecía en las escalas talladas, los ojos de topacio centelleaban a la luz de la luna que atravesaba la niebla y el agua pasaba a borbotones por las fauces abiertas convirtiéndolas en sendas fuentes, que derramaban una llovizna sobre el barco.

—*Malseùr* —susurraron Gaumiot y algunos otros marineros, llevándose la mano al corazón para conjurar el mal fario.

Pero Elodie sonrió. Los dragones no eran reales, solo fantasías. Aquello no era un mal augurio. Si acaso, era un símbolo de lo extraordinario que estaba por llegar.

Desde donde estaba, en lo alto de las jarcias, extendió los brazos hacia fuera y el viento le abrió las largas mangas del vestido. Por un breve instante sintió como si pudiera volar. Dos décadas en el minúsculo Inophe. Dos décadas preguntándose qué más habría allá fuera, en el mundo. Toda una vida aceptando que solo llegaría a oír las historias y jamás podría experimentarlas por sí misma.

Pero aquello… Elodie se llenó los pulmones de aire salobre. Estaba haciéndolo. Estaba salvando a su pueblo y a la vez alzándose en el aire.

Hasta la vida más predecible puede hacerte el regalo de lo inesperado.

El capitán Croat maniobró el barco entre los pétreos centinelas.

—No me gustan —dijo lady Bayford, estremeciéndose.

—A mí me parecen hermosos —respondió Elodie mientras se dejaba caer del cordaje a cubierta.

En el momento en que el barco rebasó las dos estatuas de dragones, la niebla desapareció por completo y todo lo que tenían a proa quedó iluminado por una luz suave, como la del amanecer, como si aquel lugar fuera tan distinto del resto del mundo que, de algún modo, desafiara a la noche.

Contemplaron una laguna de color zafiro, con una isla esmeralda en el centro del horizonte. Al lado de Elodie, Floria se quedó boquiabierta.

—¿Es… es ahí? ¿Es el sitio al que vamos?

En la parte oriental, los verdes huertos de frutales y los ondulados campos de grano se extendían hasta donde alcanzaba la vista. En la oriental reinaba una majestuosa montaña violeta y gris, coronada de nubes y estrellas. Un palacio dorado destellaba bajo la devota luz de la luna.

Lord Bayford rodeó con los brazos a sus dos hijas.

—Bienvenidas, cielos míos, a la isla de Aurea.

La teniente Ravella fue la primera en desembarcar, y se adelantó a caballo para informar en palacio de su llegada. Elodie seguía preguntándose qué había hecho cambiar la actitud de la enviada real a medida que se aproximaban a Aurea, pero tardó poco en olvidarlo cuando llegó un carruaje dorado para recogerla con su familia en el puerto.

Empezaron a internarse en la isla, y Floria, agarrada con fuerza a la mano de Elodie, le daba un apretón cada vez que algo la deleitaba.

—¡Mira esos huertos!

Floria señaló hacia las hileras y más hileras de árboles cargados de las famosas peras plateadas de Aurea que Henry había mencionado en sus cartas, y hacia las matas de rojas bayasangres, codiciadas en todo el mundo por su jugosa dulzura y sus propiedades curativas. Los frutos tenían un color tan intenso que resplandecían como joyas al insólito brillo de la luna aureana.

—Cuánto… verde hay —dijo lady Bayford, boquiabierta—. ¿De dónde sacan el agua para regarlo todo?

—La isla de Aurea no está reseca como nuestro pobre ducado —explicó lord Bayford—. La boda de Elodie con el príncipe Henry hará que dejemos de preocuparnos por la sequía. Con esta alianza, el pueblo inophés nunca más pasará hambre. Este invierno tendremos los almacenes llenos, este y todos los inviernos que vengan. —Adelantó la mano hacia el asiento de enfrente y apretó la rodilla de Elodie—. Gracias.

Elodie se mordió el labio pero asintió. No porque no quisiera casarse con Henry: por las cartas que se habían enviado, parecía un hombre considerado que apreciaba la inteligencia de Elodie y que un día sería un rey honorable. Lo que la inquietaba era que sí quería casarse con él. Elodie se había resignado mucho tiempo atrás a llevar una vida dura en Inophe. Pero todo cuanto veía en Aurea le parecía un sueño, desde la prosperidad de la hermosa isla hasta el entusiasmo de Henry por casarse con ella, y Elodie temía que pudiera desaparecer si pensaba demasiado en ello. Quizá despertaría para descubrir que todo habían sido imaginaciones suyas.

Además, ¿por qué iba el futuro rey de Aurea, uno de los países más ricos del mundo, a querer casarse con la hija del insignificante señor de un ducado asolado por la sequía, sin más recursos naturales que el guano, sin poderío militar ni ningún otro capital político que ofrecer? Esa unión garantizaría a Inophe alimento y apoyo financiero, pero ¿qué obtenía Aurea del trato?

Su padre y la teniente Ravella le habían asegurado que en Aurea estaban encantados de tener como futura princesa a una dama bien educada como Elodie, sobre todo por su experiencia práctica en la supervisión de gentes y tierras.

Los cumplidos eran halagadores, eso había que reconocerlo, pero aun así…, aun así había algo que no encajaba. Elodie se tiró de un hilo suelto en la manga. Aquella seda amarilla era el mejor tejido que había tocado nunca su piel, y sin embargo parecía basto y soso en comparación con el esplendor de Aurea.

—¡Anda, mira los corderitos! —canturreó Floria mientras el carruaje pasaba por unos pastos punteados de rebaños de mullidas ovejas.

Se suponía que su lana era la más suave del mundo, y esa raza vivía únicamente en Aurea. Otro motivo por el que la isla era tan rica. Elodie se asomó por la ventanilla del carruaje para admirar las ovejas. Tenían unos ojos grandes y negros y unos hocicos monísimos, como ilustraciones de un libro infantil que hubieran cobrado vida.

—¿Puedes creerte que vayas a vivir aquí? —preguntó Floria—. Es asombroso, pero si alguien merece ser la princesa de un paraíso, esa eres tú.

Lady Bayford soltó un bufido.

—Nadie es más merecedor que nadie —masculló entre dientes.

Elodie combatió la tentación de poner los ojos en blanco. Desde el momento en que su madrastra había entrado en sus vidas, lady Bayford había recelado del amor que sentía lord Bayford por sus hijas. ¡Menuda ridiculez! Una mujer adulta, preocupada por compartir sus atenciones con dos niñas.

O tal vez fuera porque Elodie se parecía muchísimo a su madre y, cada vez que lady Bayford la miraba, recordaba que lord Bayford había amado, y aún amaba, a otra antes que a ella.

El carruaje serpenteó cruzando pueblos de molinos de viento y pintorescas casitas con techo de paja, cuyos habitantes sacaban la cabeza por las ventanas para mirarlos y hacían reverencias a su paso. Qué distintos parecían de la gente de Inophe. A ambos se los veía bronceados y fuertes, pero los aureanos tenían las mejillas rellenas de estar bien nutridos, y su sonrisa fácil revelaba una vida de abundancia y no de supervivencia. Elodie saludaba con la mano, pero no podía devolverles la sonrisa, pensando en los inopheses, que nunca habían tenido la posibilidad de mostrarse tan despreocupados.

«Pero quizá ahora podrán», pensó. Al fin y al cabo era lo que la había llevado a aceptar la proposición del príncipe Henry. El matrimonio de Elodie garantizaría el bienestar de su pueblo.

Por eso sí que podía sonreír.

El camino ascendió, dejando atrás el fértil valle para encaramarse al pie de la montaña, y el palacio real quedó a la vista. Aunque Elodie ya había vislumbrado la resplandeciente muralla desde el barco, contemplar el castillo tan de cerca era casi demasiado.

El palacio hecho de oro puro se alzaba del granito púrpura y gris como una visión salida de un cuento de hadas. El castillo tenía una altura de tres plantas, parapetos con forma de escudo en lo alto y siete torres perfectamente cilíndricas que se elevaban aún más hacia el cielo, envueltas en enredaderas de rosas doradas que llenaban el aire de un meloso perfume. Unos estandartes carmesíes con borlas de oro y el escudo de armas de Aurea, un dragón aferrando lo que Elodie ya sabía que eran una gavilla de trigo áureo en una zarpa y bayasangres en la otra, pendían dignos a ambos lados del puente levadizo, y unas banderas con el mismo emblema heráldico ondeaban con la brisa suave y cálida.

«¿Y este sitio va a ser mi hogar?», pensó Elodie. Pero lo que dijo en voz alta fue:

—Este lugar debe de ser… bastante difícil de tener limpio.

Lady Bayford dejó escapar un gemido preocupado.

—Por favor, no digas cosas como esa cuando te presenten a la familia real.

Pero cuando el carruaje cruzó el puente levadizo y llegó al patio de armas, le llegó el turno a Elodie de fruncir el ceño.

No había nadie esperando para recibirlos.

Elodie miró alrededor, confusa. La teniente Ravella debía de haberles sacado mucha ventaja a caballo. Y, aun así, el borboteo de una fuente plateada con forma de peral era lo único que se oía. ¿Cómo podía haber tanto silencio en un castillo? ¿Y dónde se había metido la teniente Ravella?

—Hum, ¿es cosa mía o esto es un poco raro? —preguntó Flor.

Su padre compuso una sonrisa forzada, tratando de aparentar que todo iba según el plan.

—Seguro que los hemos pillado desprevenidos. Según los cálculos del capitán Croat, en realidad hemos llegado con un día de antelación.

Como si lord Bayford les hubiera dado pie, un puñado de sirvientes con librea salieron de palacio al patio. El chambelán del castillo hizo una reverencia mientras la brisa traía los leves atisbos de una melodía en la distancia.

—Mi señor, mis señoras, nos honráis con vuestra presencia en Aurea.

—Vuestra forma de demostrarlo es de lo más apática —repuso lady Bayford mientras un lacayo la ayudaba a bajar del carruaje.

El chambelán titubeó, como si estuviera pensándose con cuidado las palabras antes de pronunciarlas.

—Nuestras disculpas, mi señora. Es solo que, hum…, no os esperábamos hoy.

Lord Bayford se echó a reír de esa manera gentil que tenía, que siempre tranquilizaba a la gente. Fue la misma risa que había ayudado a Elodie a superar la muerte de su madre, aunque su padre estuviera tan destrozado como ella por haber perdido a su esposa.

—Hemos tenido la suerte de gozar de un viento excelente —dijo lord Bayford—. Confío en que nuestra temprana llegada no suponga un inconveniente.

—En absoluto —respondió el chambelán, aunque había algo en su forma de decirlo que inquietó a Elodie. Quizá fuese el servilismo con que no dejaba de inclinarse. O el hecho de que sus sonrisas nunca terminaban de reflejarse en sus ojos—. Vuestra llegada no es ningún problema —añadió—. Y vuestros aposentos están preparados, si tenéis a bien seguirme.

Elodie arrugó la frente.

—¿No van a recibirnos el rey y la reina? ¿Ni el príncipe Henry?

Ella sería una aristócrata menor de un país perdido en el mundo, pero también iba a casarse con el heredero de Aurea. El chambelán le hizo su enésima inclinación.

—Nuestras más sentidas disculpas, pero la familia real se halla en oración. Han sido avisados de vuestra llegada.

Y, dicho eso, los llevó al interior del palacio dorado. Pero en vez de hacerlos pasar por la entrada principal, los guio por una sucesión de enrevesados y estrechos pasadizos.

—¿Qué es esto, los pasillos del servicio? —preguntó lady Bayford con los ojos desorbitados.

Floria arrugó la nariz.

—Desde luego, no parece el recibimiento adecuado para una futura princesa.

«No, para nada», pensó Elodie. Y no había ningún buen motivo evidente. Sin embargo, por su experiencia al timón de las tierras de su padre, Elodie sabía muy bien que las apariencias engañaban con muchísima facilidad.

Y aun así...

Pero no quería aguar el entusiasmo de Floria por estar en Aurea, así que entrelazó el brazo con el de su hermana.

—Deberíamos sentirnos halagadas, Flor. La gente extraña es la que queda relegada a los espacios públicos de un castillo. Solo aquellos en quienes más se confía llegan a ver los entresijos del hogar de una familia real.

Al oírlo, Floria se relajó.

—Supongo que tienes razón. Y como futura princesa, pronto conocerás todos los secretos de Aurea.

Elodie

El chambelán abrió el paso por una escalera de caracol poco iluminada, más y más arriba, y Elodie comprendió que debían de estar dentro de una de las torres doradas.

Cuando llegaron al rellano superior, diez niveles más tarde, estaban todos sudando, resoplando y jadeando, desde los asistentes de lord Bayford hasta Floria. Todos menos Elodie, acostumbrada a pasarse el día recorriendo a pie las dunas de Inophe. Lo único que no le había gustado de la escalera era lo cerca que parecían estar las paredes. De niña, una vez había resbalado y se había quedado atrapada al fondo de una grieta en un altiplano, y nadie se había puesto a buscarla porque daban por hecho que estaría por ahí explorando o jugando, como siempre hacía. No fue hasta que Elodie no se presentó a cenar cuando sus padres se dieron cuenta de que algo andaba mal.

Elodie nunca había superado del todo la claustrofobia, esa sensación sofocante de estar atrapada y quizá abandonada para siempre en un angosto hueco de la roca. Así que, cuando el chambelán abrió la puerta en la cima de la escalera de caracol, Elodie salió a toda prisa para huir de sus estrechos confines.

Parpadeó por el brillo, una luz de luna asombrosamente intensa tras la penumbra de la escalera.

Pero entonces cayó en la cuenta de que no era solo la luna. Era la sala entera. Las paredes estaban hechas de oro pulido. El mobiliario también. Los espejos y los alféizares estaban bañados en oro, la colcha y los tapices eran dorados y hasta las plumas del escritorio estaban chapadas en oro.

—Confío en que estos aposentos sean de vuestro agrado —dijo el chambelán.

—Hum, sí. Valdrán —respondió Elodie, todavía anonadada.

En su vida había visto tanto oro junto. Y aunque la adulaba que todo aquello fuese para ella, se le revolvió el estómago al pensar en lo mucho que habían sufrido su pueblo y ella mientras había gente que vivía así.

Pero Floria dio un gritito, adelantó corriendo a Elodie y se arrojó sobre la cama. Una nube de polvo dorado se alzó como purpurina y luego descendió, rociándola.

Hasta lady Bayford se ablandó con las vistas, y pasó las manos por las intrincadas volutas doradas que decoraban el marco de la puerta.

—Mi personal atenderá a vuestras necesidades —dijo el chambelán a Elodie—. Están preparándoos un baño en este preciso momento, al que seguirá un refrigerio. —Cogió una campanilla de la mesita de noche—. Tocadla si se os ofrece alguna otra cosa. De lo contrario, regresaré al alba para conduciros.

Elodie frunció el ceño.

—¿Conducirme a qué?

—A conocer a vuestro príncipe, por supuesto.

El chambelán agitó una vez la campanilla, dando solo un leve tintineo, y entraron sirvientes en tropel cargados con ramos de flores como Elodie no había visto jamás. Parecían manojos de cristales en distintos tonos de piedra preciosa, rojo rubí, amarillo cuarzo, púrpura amatista. Extendió la mano para tocar uno.

—Ah, tened cuidado, mi señora —dijo una chica del servicio, dando un paso atrás para que los dedos de Elodie no llegaran—. La antodita es bella pero muy puntiaguda. Deberíais ser cautelosa con ella.

«Como cierta gente que conozco», pensó Elodie con sorna, lanzando una mirada a su erizada pero hermosa madrastra.

Lord Bayford, que por fin había recobrado el aliento después de la larga escalera, le dio un apretón a Elodie en el hombro.

—Bueno, ¿qué te parece?

—Espero que mi vida aquí sea algo más que habitaciones bonitas y flores.

Su padre enarcó una ceja, divertido.

—¡No quería decir eso! —se apresuró a añadir Elodie—. No soy una desagradecida. Al contrario, en realidad. Pero espero que Henry...

—¡Sea apuesto! —la interrumpió Floria, salvando a Elodie de sí misma mientras bajaba de la cama para girar y girar, embelesada por aquella dorada estancia de la torre.

Elodie se echó a reír.

—Sí, que sea apuesto sería un buen añadido.

Su padre soltó una risita.

—Muy bien, dejémosle a Elodie un poco de intimidad y tiempo para instalarse, ¿queréis? A los demás también nos vendría bien lavarnos y cenar alguna cosa. A mí al menos me apetece un baño y una comida caliente en terreno sólido, sin ánimo de ofender al excelente cocinero de nuestro barco, por supuesto. Chambelán, ¿sois tan amable de indicarnos el camino?

Lady Bayford echó un último vistazo al dormitorio de Elodie y resopló.

—Esperemos que nuestros aposentos sean igualmente dorados.

Floria hizo una mueca, pero volviéndose para que solo pudiera verla Elodie, que le guiñó un ojo y dio un beso a su dulce hermana en la coronilla.

—¿Nos vemos por la mañana?

—¡Qué ganas tengo! —exclamó Flor mientras salía de la habitación tras su padre y su madrastra.

Cuando se hubieron ido todos, incluidos los sirvientes, Elodie suspiró, aliviada de tener un momento de tranquilidad por primera vez desde que se habían hecho a la mar dos meses antes. Paseó por sus aposentos, asimilando aquel mundo nuevo. Las flores de antodita impregnaban la estancia de un encantador aroma floral, y la luz de la luna titilaba hermosa en sus pétalos como de cristal, proyectando unos tenues arcoíris refractivos en las paredes doradas. Había una bandejita de pan ácimo inophés en su mesita de noche, como si la cocina de palacio hubiera querido darle la bienvenida con un pequeño detalle que le recordara a su hogar. Quizá aquel matrimonio no solo estaría bien, sino incluso más que bien.

Vio una gran caja envuelta en una mesa, bajo el ventanal. Estaba atada con un inmenso lazo dorado, y llevaba una tarjeta que rezaba:

Para mi futura esposa:
Ojalá este regalo te deleite durante tu primera noche en Aurea.

—Qué considerado —dijo Elodie mientras desataba la cinta.

La dobló con pulcritud y la dejó en la esquina de la mesa antes de desenvolver la caja con cautela, preocupándose de no rasgar el papel dorado. Era grueso y caro, así que lo guardaría para que pudieran reutilizarlo.

—Oh, Henry —suspiró al ver el regalo en sí.

Era un mapa enmarcado en oro de las estrellas, tal y como se verían desde Aurea tres noches más tarde, en su noche de bodas.

Una sonrisa invadió el rostro de Elodie. Pasó la yema del dedo índice por los puntos dorados que representaban las estrellas y las líneas de plata que unían las constelaciones.

—Si vas a hacerme regalos como estos, lo consideraré un buen inicio para nuestra asociación.

Exploró un poco más la alcoba y descubrió otra caja, más pequeña, que aguardaba en el tocador. Pero mientras Elodie la desenvolvía, se le atenazó el pecho de remordimiento por todo aquel despilfarro, cuando en ese preciso instante el pueblo de Inophe seguía pasando hambre.

La caja era de terciopelo dorado con ribetes de seda carmesí. Dentro había un par de pequeñas peinetas de oro, decoradas con un patrón en forma de diminutos escudos. A Elodie le recordó a la cola de la sirena que había tallada en la proa del barco del capitán Croat.

Las acompañaba otra tarjeta escrita con la letra angulosa de Henry:

Espero que me hagas el honor de adornar tu cabello con ellas el día de nuestra boda.

A Elodie le temblaron las manos mientras levantaba una peineta y la sopesaba. Solo una de ellas ya bastaría para alimentar a todas las familias de Inophe un invierno entero, tal vez más. Y para Henry, para Aurea, eran solo baratijas.

Pero también le entraron ganas de ponérselas en el pelo, muchas ganas. Nunca había tenido nada tan bonito. Nunca la habían malcriado en la vida.

En los lejanos jardines reales empezó a sonar una tenue música que distrajo a Elodie de sus pensamientos en conflicto. Entonces, en la torre que había enfrente de la de Elodie, una mujer salió de entre las cortinas a la luz de la luna.

Parecía tener poco más de veinte años, como ella, pero su cabello de color platino hasta la cintura estaba trenzado con cintas azules y su piel era pálida y pecosa. Llevaba un precioso vestido azul, del color de una albufera poco profunda, y sus pendientes enjoyados centellearon en la noche.

¿Quién sería? ¿Una dama de honor? ¿Una futura cuñada?

La mujer estaba contemplando la reunión que tenía lugar en los jardines reales, pero parecía… triste. Tenía la mirada gacha y los hombros hundidos.

¿Por qué reaccionaba así a lo que fuese que estaba ocurriendo en los jardines?

—¿Hola? —la llamó Elodie.

No hubo respuesta. A lo mejor no entendía el ingleterr.

—*Scuzimme? Hayo?* —probó Elodie, usando los otros dos saludos que había aprendido de los mercaderes.

La mujer alzó la mirada.

Elodie saludó con el brazo y sonrió.

Pero en el instante en que la mujer la vio, puso los ojos como platos. Negó con la cabeza mirándola y cerró las cortinas de golpe.

«¿Qué narices…?».

—Será maleducada —murmuró Elodie.

Una golondrina se posó en el alféizar y trinó, como dándole la razón. Elodie no pudo contener una sonrisita.

—Lo sé. Bueno, tampoco quería hacerme amiga suya.

La golondrina ladeó la cabeza mirando a Elodie y luego danzó hasta un reloj de arena dorado que había en el alféizar.

Elodie ya se había fijado en él, pero sin prestarle mucha atención. Reparó en que su arena era de color carmesí y en que la estructura de madera tenía la forma de dos ornamentadas uves, unidas por la punta en el centro. Elodie lo levantó, le dio la vuelta y vio cómo la oscura arena roja caía poco a poco a través de la uve dorada.

Juntas, Elodie y la golondrina contemplaron el lento hilito del tiempo al pasar. Jamás había visto a ningún ave que tuviera tanta paciencia como para quedarse quieta y concentrada en una misma cosa tanto rato.

Pero justo cuando el último grano de arena caía por la uve, la golondrina dio un agudo chillido y salió volando.

—Hum, como quieras. Hasta luego, pues.

Elodie confió en que el resto de los habitantes de Aurea no fuesen tan bruscos como aquella golondrina y la mujer de la otra torre.

Hizo ademán de coger el reloj de arena, con la intención de darle la vuelta de nuevo. Pero entonces se fijó en una mancha oscura, entre roja y marrón, que había en la punta de una de las uves doradas. Del color de la sangre seca. Acercó la otra mano y la tocó.

De pronto…

Un destello de intensos ojos verdes.

Cabello rojo.

El reflejo del fuego en la pulida superficie de una corona.

Elodie se apartó de un salto y topó con el respaldo de una silla, con el corazón aporreándole el pecho. El impulso derribó del alféizar el reloj de arena, que terminó haciéndose añicos diez plantas más abajo.

¿Qué diantres acababa de pasar?

Elodie daba bocanadas, aspirando aire como si hubiera estado a punto de ahogarse.

Pero cuando recuperó el aliento, se echó a reír.

«Madre mía, estoy tan agotada que sueño despierta y todo, y juzgo a la gente de una isla entera por la personalidad de un pájaro».

Elodie de verdad estaba agotada, tanto por la prolongada travesía como por la emoción de estar por fin en Aurea. Y además iba a conocer a su futuro marido a primera hora de la mañana. Normal que tuviera la mente un poco alterada.

Se apoyó en el alféizar y miró hacia abajo.

El reloj de arena roto era solo un montoncito de madera astillada y cristales, nada más.

Elodie puso los ojos en blanco, pensando en lo hiperactiva que era su imaginación, y se rio otra vez de sí misma mientras se apartaba de la ventana.

Ni siquiera después de un baño caliente y una copiosa cena de rico estofado de rabo de buey con fideos le fue posible dormir, sabiendo que conocería a Henry al cabo de unas pocas horas. Elodie no dejaba de dar vueltas en la cama. Se quitó las mantas y volvió a ponérselas. Probó a contar íbices, las cabras grises y barbudas que merodeaban por las mesetas de su hogar. Al ver que no funcionaba, intentó relajar los músculos, concentrándose primero en los dedos de los pies y las pantorrillas, después en sus muslos, fuertes de tantos años caminando y trepando. Luego el vientre, el pecho y la esbelta musculatura de los brazos. El cuello. La cabeza. Las orejas, incluso.

Seguía despierta.

Elodie suspiró y se rindió. Por darle algo que hacer a su mente aparte de obsesionarse con su incapacidad para conciliar el sueño, comenzó a ensayar lo que diría cuando le presentaran al rey Rodrick y la reina Isabelle, y sobre todo lo que iba a decirle a Henry. Por la mañana no podría permitirse torpes improvisaciones ni exabruptos groseros. Elodie necesitaba un guion para asegurarse de hacerlo bien.

—Majestades, es un gran honor conoceros. Majestades, es todo un honor para mí estar en vuestra presencia. Majestades, es vuestro gran honor estar en mi… ¡Uf! O sea, soy honorable por… ¡No! Majestuosi… *Majestades*, es un gran honor para mí hallarme en vuestra presencia.

«Que los cielos me asistan». Para concentrarse mejor, Elodie fijó la mirada en el oscuro techo y prestó atención solo a sus palabras.

Hasta que el techo empezó a moverse.

—Pero ¿qué le pasa a este sitio? —exclamó, recordando de pronto la alucinación con el reloj de arena.

Se incorporó con torpeza y trató de encender a tientas la lámpara de la mesita de noche. El tenue oscilar de la luz le reveló un techo dorado con la misma decoración a modo de mosaico que las peinetas, solo que aquellas formas de escudo se enroscaban en una pauta fractal que empezaba en el centro de la habitación y salía en espiral hacia fuera. Elodie se la quedó mirando, aferrada a las mantas como si fueran su armadura, retando al techo a moverse otra vez pero esperando que solo fuesen las sombras jugándole una mala pasada a su exhausta mente.

¡Ahí estaba otra vez! Casi como si el mosaico reptara...

Pero, por suerte, la lógica despertó. «El techo no puede moverse. Por tanto, debe de haber otra explicación».

O al menos eso esperaba.

Elodie estuvo mirando el techo unos segundos más.

En realidad el mosaico no se había movido. Solo se lo parecía porque la luz oscilaba y se reflejaba en una tesela con forma de escudo y luego en otra. Al igual que antes con el reloj de arena, era solo su cansado cerebro haciéndole ver cosas.

La luz no era la de su lámpara, sin embargo. Venía de fuera.

Elodie salió de la cama y corrió hasta la ventana, ansiosa por eliminar los últimos restos irracionales de pánico acerca del techo.

La densa niebla teñía la noche de negro, salvo por un escalofriante resplandor en la ladera de la montaña.

Antorchas. Toda una procesión de ellas.

—¿Qué está pasando ahí fuera?

Pero la ventana de la torre tenía mal ángulo para ver nada más, ya que la torre de enfrente, la de la mujer rubia, se lo tapaba en parte. Elodie cogió una capa y salió escalera abajo.

Cuando llevaba ya dos terceras partes del descenso, empujó una puerta de un rellano y salió al almenar del castillo. A unos metros de distancia, la muralla de palacio trazaba una curva. Desde el otro lado se verían mucho mejor aquellas antorchas.

Elodie dio un gañido cuando dobló la curva y se encontró con Floria, que estaba apoyada en el parapeto.

—¡*Merdú*, Flor, vaya susto me has dado! ¿Qué haces aquí fuera? ¡Son las tres de la madrugada!

Su hermana pequeña le dedicó una media sonrisa.

—Me parece que lo mismo que ibas a hacer tú. Ver mejor lo que sea que pasa en el... ¿Cómo lo llamaba la teniente Ravella? ¿El monte Khaevis?

—Sí, eso es, y también es cierto que te me has adelantado —respondió Elodie.

Pero, caray, cómo se alegraba de ver a su hermana. Le dio un abrazo a Floria. Y entonces reparó en lo que llevaba puesto: una capa plateada forrada de piel de zorro de arena.

—¿Esa es la capa favorita de nuestra madrastra?

La media sonrisa de Floria se completó por el otro lado.

—Me queda mejor a mí.

—Esa mujer se hará una capa contigo cuando vea que no la tiene en su arcón. Es lo más caro que posee.

Floria soltó una risita.

Pero en ese momento la atención de ambas se desvió otra vez hacia las antorchas, que habían empezado a moverse.

—¿Qué estarán haciendo ahí arriba? —preguntó Elodie.

—Esperaba que tú supieras la respuesta —dijo Floria.

Había algo estremecedor en cómo aquellos puntitos de luz perforaban la negrura de la noche. Elodie frunció el ceño al observar cómo ascendían en procesión por la montaña, con las llamas oscilando al viento. Se congregaron a media altura de la falda del monte Khaevis y permanecieron allí diez, tal vez quince minutos.

Hasta que, de sopetón, todas las antorchas se apagaron.

A Elodie se le erizó el vello de los brazos y se le puso toda la piel de gallina.

Floria dio un respingo, pero no parecía asustada, y de hecho se puso a aplaudir con suavidad.

—Ha sido precioso —dijo.

«¿Lo ha sido?». Elodie miró de nuevo hacia la negra ladera y trató de verla con los ojos de su hermana.

—La sincronía de sus movimientos —dijo Flor—, y el efecto del brillo de las llamas en la oscuridad y la niebla...

Elodie supuso que alcanzaba a comprender la perspectiva de su hermana. Quizá estuviera dejándose afectar por lo nerviosa que la ponía ir a conocer a la familia real, y por lo mucho que su vida estaba a punto de cambiar. Una procesión con antorchas en plena noche no tenía por qué ser automáticamente alarmante. Pasaban muchas cosas buenas durante el dominio de la luna: asar malvaviscos al fuego, trazar el rumbo de travesías marinas a partir de las constelaciones. Estar de la mano con Flor y ver su expresión mientras pedía fervientes deseos a las estrellas fugaces.

Floria siguió charlando.

—¡Seguro que era una tradición prenupcial aureana!

—O no tenía nada que ver con mi boda —replicó Elodie.

Y aunque le había salido un poco brusco, no tenía necesidad de disculparse con Flor ni de darle explicaciones, porque su hermana la comprendía incluso sin palabras. Floria sabría que Elodie se refería solo a que no quería ser la clase de persona que pensaba que todo lo que sucedía en el reino entero era por ella. Abrazó de nuevo a Flor, y ella le devolvió un reconfortante apretón.

Se quedaron allí fuera un poco más, pero las antorchas no volvieron a encenderse. Al final les entró un poco de frío y regresaron a la escalera de la torre.

—¿El? —dijo Floria, en voz de pronto muy baja.

—¿Sí?

—No sé qué voy a hacer sin ti.

—¿Por qué lo dices? —Elodie miró a su hermana a los ojos, firme—. Eres lista, fuerte y autosuficiente. Ya no me necesitas.

—Sé que no te necesito…, pero sí que quiero tenerte. ¿Quién me dibujará laberintos para que los resuelva? ¿Quién me acogerá bajo sus mantas si tengo pesadillas? ¿Y quién se reirá cuando «tomo prestadas» cosas de nuestra madrastra? Has estado ahí hasta el último segundo de mi vida. No quiero que te vayas.

La hermana de Elodie, a quien le gustaba creerse madura para sus trece años, de pronto parecía muy pequeña bajo el edredón que lady Bayford tenía por capa, y Elodie quiso acunarla como hacía cuando Flor aún era pequeña.

—Eh, ¿quieres acurrucarte conmigo en mi cama esta noche? ¿Como en los viejos tiempos?

Floria se mordió el labio y asintió.

—Sí que me gustaría.

Elodie no tuvo que decir en voz alta que a ella también le hacía falta la compañía.

Subieron juntas al dormitorio de Elodie, en la cima de la torre. En esa ocasión, con Flor a su lado, Elodie sí que cayó dormida.

Pero no tuvo dulces sueños. Las pocas horas que durmió se llenaron de mares tormentosos que la separaban de su hermana, de siniestras procesiones por montañas negras como cuervos y, presidiéndolo todo, de una figura que Elodie supo de algún modo que era el príncipe Henry, con los ojos iluminados por… antorchas.

Lucinda

Lucinda estaba junto a la ventana, en la alcoba que compartía con lord Bayford varias plantas por debajo de la de Elodie. Las permanentes arrugas entre sus cejas estaban más pronunciadas que de costumbre mientras contemplaba la procesión de antorchas montaña arriba.

—No es justo, Richard —dijo.

El duque llegó detrás de ella y le envolvió la cintura con los brazos.

—Es una tradición especial, querida mía. Será un gran honor para Elodie.

Lucinda resopló.

—¿Y me habrías otorgado ese honor a mí?

Richard titubeó.

—Nuestras circunstancias son… diferentes.

Lucinda se zafó de él.

—Va a ser un desastre. A ti esta alianza entre Inophe y Aurea te parece razonable, p-pero…

—Mi amor, siempre te preocupas demasiado.

—¡Y tú demasiado poco!

Pero así eran las cosas entre ellos. El duque era todo sonrisas y palabras de ánimo, y por eso su pueblo lo adoraba tanto, mientras que Lucinda se dedicaba a pensar en todo lo que podría salir mal. Por ejemplo, ¿qué pasaría si había un terremoto en Inophe y los imprescindibles depósitos elevados de agua se derrumbaban y se quebraban, por mucho que jamás se hubiera notado un terremoto en la historia del ducado? ¿O qué pasaría si lord Bayford se caía del

38

caballo, se rompía la espalda y no podía ir a visitar a sus vasallos? Lucinda y Floria desde luego no sabían atender a sus propias necesidades, y dado que Elodie ya no estaría para ayudar…

Lucinda dejó escapar un grito frustrado. Dio la espalda a la ventana, a la visión de aquellas antorchas, y volvió hecha una furia hacia la cama para arrojarse sobre las mantas.

—¡Lo que bastó para mí debería haber sido suficiente para Elodie! Deberías haberle dado una boda normal, no todo este oro, ni tanta pompa y boato, ni tanta tradición aureana. Tendríamos que habérnosla quedado en Inophe.

Elodie

Por suerte, los ojos del verdadero príncipe Henry no estaban iluminados por las antorchas de los extraños sueños de Elodie. Por el vistazo rápido que le había echado a hurtadillas mientras entraba en el salón del trono aureano, antes de dejarse caer en profunda reverencia ante la familia real, los ojos de Henry chispeaban como el océano que rodeaba el reino.

En esos momentos, sin embargo, la mirada de Elodie estaba en el mosaico dorado del suelo, aún con la cabeza gacha y el cuerpo doblado con deferencia. Las teselas eran una imagen reflejada del patrón fractal que había en el techo de su dormitorio, como pequeños escudos que emanaban en espiral desde donde estaba Elodie hacia los tronos que tenía delante; los cortesanos, a ambos lados del gran salón, y su padre, su madrastra y Floria, a su espalda.

—Majestades, rey Rodrick y reina Isabelle —dijo Elodie—, es un gran honor para mí hallarme en vuestra presencia. El…

—Mi señora —la interrumpió Henry, que llegaba deprisa desde el trono y le cogió el brazo para ayudarla a erguirse—, no tenéis por qué inclinaros. No ante mí. Y sin duda tampoco ante mis padres.

Elodie notó que se sonrojaba. Ver a su futuro marido tan de cerca… Cielos, era impactante, con una mandíbula que parecía tallada en la ladera de la montaña, pero una sonrisa que confería suavidad a sus rasgos. Tenía el pelo tan dorado como el castillo y unas manos fuertes como las de ella. Siendo una mujer que llevaba mucho tiempo preparada para una vida dura y solitaria, aquello era más de lo que Elodie sentía que tenía algún derecho a soñar, y contribuyó en mucho a calmar sus ansiedades de la noche anterior. Vio a Floria por el rabillo del ojo. Su hermana pequeña estaba fingiendo un desvanecimiento con toda la discreción posible en un salón del trono, llevándose una mano al corazón. Floria vocalizó: «¡Pero qué guapo!».

Elodie tuvo que contener una risotada.

Pero el príncipe Henry tomó de nuevo la palabra y Elodie le devolvió la atención, manteniendo una postura lo bastante recta para ser digna de una futura princesa.

—Mi querida Elodie, he releído tanto vuestras cartas que ya hay más tinta en mis dedos que en el papel. Estoy encantado de conoceros por fin —dijo Henry.

—Todos lo estamos —añadió la reina, dirigiendo una mirada aprobadora, y calculadora, a Elodie.

—Disculpadme —dijo el rey Rodrick, levantándose con brusquedad de su trono. Su tez aceitunada estaba cenicienta, y una fina pátina de sudor le brillaba en la frente—. No... no me encuentro bien y debo retirarme de inmediato.

Un asistente real en uniforme de terciopelo se apresuró a sostener el brazo del monarca, que salió trastabillando del salón del trono sin apercibirse siquiera de la presencia de su futura nuera.

Elodie trató de no mirar hacia el trono vacío, pero no logró impedir que su mente se inundara de pensamientos. ¿Tan mala primera impresión le había dado? ¿Tendría que haber practicado más las reverencias, como le exigía siempre lady Bayford? ¿La marcha del rey significaría que se anulaba el compromiso?

Pero la reina Isabelle sonrió a Elodie y siguió hablando al hilo de lo que había dicho Henry como si no hubiera sucedido nada fuera de lo habitual.

—Mi hijo no le hace justicia a lo mucho que nos deleita vuestra llegada. Y vuestro padre tampoco le hizo justicia a vuestra belleza.

Elodie parpadeó mientras su cerebro intentaba ponerse al día y encontrar su lugar en los acontecimientos.

—Menos mal que solo os carteasteis con mi padre y no con mi madrastra. Ella os habría señalado todos mis defectos, entre ellos que enseño las enaguas a marineros.

Los ojos de lady Bayford se ensancharon.

«Ay, madre. —Elodie quiso taparse la boca con la mano—. ¿Por qué habré dicho eso?».

Lord Bayford la rescató con una risita afable.

—Mi hija tiene una elegancia poco ortodoxa, pero encantadora de todos modos. Inophe es un lugar difícil donde vivir, y Elodie ha medrado allí gracias a su inteligencia y su fuerza. Quizá trepe a árboles y jarcias de barco, pero también comprende el deber y sabe estar en su lugar, os lo aseguro.

Elodie se mordió el labio. ¿«Sabe estar en su lugar»? ¿Cómo se le ocurría decir eso a su padre?

Pero supuso que comprendía el motivo. Lord Bayford había tenido que reparar el daño provocado por su comentario de las enaguas. Y, en fin, era cierto que Elodie sabía mantenerse en su lugar, porque su destino siempre había sido estar al mando y eso significaba anteponer otras cosas a sí misma cuando era necesario.

Como en esos momentos. Tenía que hacer caso omiso a su ego si quería provocar una buena impresión en la reina Isabelle y el príncipe Henry. Que aquel compromiso siguiera adelante redundaba en beneficio de Inophe.

—Agradecemos vuestras garantías —dijo la reina, y tanto Elodie como su padre agacharon la cabeza—. Y en consecuencia, os instamos a que os sintáis en Aurea como en vuestra casa. —Posó la mirada en Floria, al fondo del salón—. A vos también, querida Floria. Veo que hasta con el severo clima de Inophe se pueden cultivar las más hermosas flores.

—¡Vuestro hijo ha crecido de maravilla también! —soltó Floria.

Tanto la reina como su hijo rieron joviales al oírlo, y los cortesanos de ambos lados del salón se unieron al regocijo. Elodie se alegró, aliviada de que se hubiera deshecho la tensión provocada por su metedura de pata.

Cuando remitieron las carcajadas, la reina dijo:

—Nuestras disculpas por no haber podido recibiros anoche a vuestra llegada. ¿Qué tal la travesía? ¿El chambelán tenía preparados vuestros aposentos tal y como los esperabais?

—El viaje fue un espanto —dijo lady Bayford—. Y en cuanto a las alcobas...

Elodie la interrumpió.

—Nuestros aposentos superan con mucho lo que esperábamos, majestad. Nunca en la vida había recibido tanta hospitalidad y generosidad.

—Me alegro mucho —dijo la reina—. Y nos encanta que estéis todos aquí, sanos y salvos. Tenemos toda una celebración planificada para los esponsales, y confiamos en poder mimaros durante los próximos tres días. Las cocinas reales os atenderán sea la hora que sea, hay masajistas a vuestra disposición y las costureras pueden ayudaros con todo atuendo que imaginéis.

La reina Isabelle no añadió nada, pero ladeó la barbilla un ápice hacia el sencillo vestido gris de lady Bayford. Elodie vio que su madrastra se apocaba y frunció el ceño. Lady Bayford y ella no siempre se llevaban bien, pero a Elodie no le hacía gracia que la menospreciaran.

—Y ahora —dijo la reina—, creo que lord Bayford y yo tenemos ciertas menudencias contractuales que terminar de pulir, cosa que podemos hacer en privado. Entretanto a vosotros, Elodie y Henry, os aguarda una tarea importante.

—Debemos empezar a conocernos —aclaró Henry.

Elodie lanzó una mirada al príncipe, a su mandíbula cincelada y sus profundos ojos azules.

Aunque aquel fuera a ser un matrimonio concertado al que se prestaba por deber, sospechó que iba a disfrutar del trabajo que tenía asignado. Y mucho.

Los jardines que Elodie había visto desde la ventana de la torre eran incluso más esplendorosos de día y en persona de lo que podría haber imaginado. No había ninguna puntiaguda flor de antodita, pero sí rosas de todos los colores y azucenas con los espolones llenos de un néctar que encandilaba a los colibríes de garganta roja. Los hermosos pájaros pasaban como una exhalación de una flor a la siguiente, revoloteando alrededor de Elodie y Henry.

Había iris azules y violetas púrpuras, caléndulas anaranjadas y hortensias de un brillante rosa, más grandes que la cabeza de Elodie. Vio unas flores amarillas vellosas de las que no conocía el nombre, otras de color granate oscuro y tacto aterciopelado y otras blancas que parecían hechas de encaje, como los pañuelos de las damas.

Y por todas partes, entre las flores, había un exuberante verdor: alfombras de musgo, hojas lustrosas y brillantes, enredaderas que trepaban por el tronco de los árboles y una abrumadora sensación de pura vida. ¡Qué distinto era aquello de Inophe!

—Encantador, ¿verdad? —preguntó Henry, preocupándose de caminar despacio y conceder a Elodie todo el tiempo que quisiera para admirar el jardín—. En Aurea somos afortunados de tener unas plantas tan resplandecientes.

—Lo sois de tener plantas y punto —dijo Elodie—. Lo siento, no pretendía sonar grosera —añadió al instante—. Es solo que nuestras tierras padecen una sequía que ya dura setenta años. No estoy acostumbrada a ver tanta belleza natural.

—Ni yo tampoco —repuso Henry, fijando la mirada en ella sin el menor disimulo.

Elodie contuvo las ganas de reírse por la sensiblería del príncipe. Henry quizá no fuese un poeta, a juzgar por sus cartas, encantadoras aunque más directas que líricas, pero sí que parecía sincero. Y aunque Elodie excavaba letrinas y hacía largas caminatas empapada de sudor y todo tipo de otras cosas que lord Bayford consideraba indignas de la hija de un duque, no por ello dejaba de apreciar un cumplido.

Sin embargo, también se preocupaba mucho por los demás, y no había olvidado la apresurada partida del rey en el salón del trono.

—Alteza, ¿vuestro padre se encuentra bien? Se ha marchado con tanta…

Henry le quitó importancia con un gesto de la mano.

—El rey está aquejado de un exceso de bilis negra. La dolencia provoca que sus deberes oficiales a menudo lo agobien, y está mucho más a gusto en la soledad en su solario o en las perreras con sus animales. Pero no os inquietéis demasiado por él. El médico real lo atiende a diario y cree que mi padre tendrá una larga vida, siempre que descanse lo suficiente.

—Lamento mucho su sufrimiento —dijo Elodie, sintiéndose aliviada de que el rey Rodrick no hubiera puesto pies en polvorosa por culpa suya y, al mismo tiempo, también un poco culpable por ese alivio.

—Yo también —respondió Henry—. Pero hablemos de temas más agradables. Por ejemplo, vos.

—¿Yo?

El príncipe le dedicó aquella sonrisa suya que derretía el corazón, toda hoyuelos y encanto, y fue el cambio de tema más diestro que Elodie había presenciado jamás. Y eso que había visto muchos, porque lord Bayford también era un maestro ganándose a la gente. Henry sería un buen rey algún día. Desde luego, carisma diplomático no le faltaba.

—No sois como otras mujeres —dijo el príncipe Henry—. Vuestras cartas…

—¿Habéis leído muchas otras cartas de mujeres? —le preguntó Elodie.

—¡Hum, no! Me refería…

—Era solo por fastidiar, majestad.

Henry se sonrojó.

—Huy. Gracias al firmamento.

—¿Gracias al firmamento? —preguntó Elodie, que no había oído nunca la expresión.

—Ah, es una forma de hablar aureana —dijo Henry—. Viene a ser como «menos mal». Pero hay una cosa más importante que las expresiones coloquiales: no tenéis que llamarme majestad. Prefiero Henry, si no os importa.

Elodie sonrió.

—De acuerdo, Henry. Dime, ¿cuál es el motivo de que no creas que soy como otras mujeres? Porque no soy ninguna ingenua. Sé que un príncipe como tú podría elegir a cualquier esposa que quisiera. ¿Por qué yo? ¿Por qué la hija del duque de una tierra lejana y polvorienta?

—Porque gobernar Aurea requiere de mucho compromiso y sacrificio, que parecen ser responsabilidades que comprendes.

Elodie ladeó la cabeza.

—Pues sí, así es.

Henry la llevó por una curva en el sendero del jardín y llegaron a un césped verde oscuro a la sombra de un sauce, junto a un estanque salpicado de pequeños patitos blancos siguiendo a su madre en el agua. Había una manta dorada extendida en la hierba, sobre la que se desplegaba todo un surtido de tartas y pastas y delicados pastelitos de todos los colores suaves imaginables.

Elodie se detuvo en seco.

—¿Eso es para nosotros?

—Sí, por supuesto.

Henry agachó la cabeza y le indicó que pasara delante. Pero Elodie no pudo. No era que no quisiera; le apetecía mucho, ya que nunca había visto tanto azúcar y tanta harina en un solo lugar. No podía moverse porque…, bueno, porque nunca había visto tanto azúcar y tanta harina en un solo lugar.

—Henry…

—¿Ocurre algo?

—Creo que tenemos conceptos distintos del sacrificio —dijo Elodie—. Verás, en Inophe la gente se muere de hambre, casi casi literalmente.

Quizá hubiera sido demasiado directa, pero no podía evitarlo. El contraste entre los sufrimientos de su hogar y la vida allí era demasiado para pasarlo por alto.

—Dejará de ser un problema pronto —respondió Henry—. Vamos a resolverlo, ¿no?

—Sí, pero… —Elodie negó con la cabeza contemplando la profusión de dulces—. ¿No tienes remordimientos por darte un almuerzo como este, cuando hay tanta gente en el mundo padeciendo?

La expresión de Henry se nubló por un momento, pero se sacudió la tormenta de encima enseguida.

—No, porque la familia real de Aurea lleva muchas otras cargas a hombros. Tú aún no lo entiendes, porque acabas de llegar. Pero lo verás… y te recomiendo que disfrutes de los momentos como este siempre que puedas. El deber te llamará muy pronto tras nuestra boda, y quizá lamentes no haber comido tarta ahora.

Elodie torció el gesto. Pero en la forma de hablar de Henry había una gravedad que le era conocida, el peso que recaía en quienes estaban al cargo del bienestar de otros. Y Elodie no debería asumir que comprendía Aurea después de llevar allí menos de un día, sobre todo teniendo en cuenta que ella misma se indignaría si alguien creyera estar al tanto de las complejidades y las estrecheces de la vida inophesa después de tan poco tiempo.

—Muy bien —dijo—. Si voy a ser aureana, probaré a hacer las cosas a vuestra manera.

Henry sonrió, recuperando de golpe todo su relajado encanto mientras la llevaba del brazo hacia la manta del almuerzo.

Elodie se atiborró de tarta y pastas, pero cada bocado que daba era tan placentero como doloroso. La aliviaba saber que podría ayudar a su amado pueblo, pero la reconcomía tener que dejarlo atrás para hacerlo.

Elodie

Cuando Elodie regresó de su paseo en el jardín con Henry, Floria no tardó ni un minuto en irrumpir en su alcoba.

—¡Cuéntamelo todo! —exclamó emocionada—. ¿Es tan caballeroso como apuesto? ¿Te ha dicho cómo se enamoró de ti? Oh, cielos, ¿te ha besado?

Elodie sonrió por el entusiasmo de su hermana.

—¡Déjame recobrar el aliento antes de interrogarme, al menos!

—No te hace falta recobrar nada. Esa escalera interminable no te hace ni sudar.

—Pues también es verdad —dijo Elodie—. Bueno, entonces supongo que tendré que responder a tus preguntas. Pero antes toma esto.

Metió la mano en un bolsillo de su vestido y sacó algo envuelto en un pañuelo de lino. Floria subió de un salto a la cama de Elodie y lo abrió. Se quedó boquiabierta.

—¿Son pastelitos? Solo sabía que existen por los libros.

Flor dio un delicado mordisquito a una de las minúsculas obras de repostería para saborearla bien, aunque Elodie sabía que estaba debatiéndose entre disfrutar poco a poco de cada delicia mientras estuviera en Aurea o llenarse la boca de todo cuanto pudiera antes de tener que regresar a Inophe al cabo de unos días.

—¿Es un hombre maravilloso? —preguntó Floria.

—¿Quién, Henry? —dijo Elodie mientras se desataba el prieto ceñidor de la cintura.

—¡Claro que Henry! ¿Quién va a ser?

Elodie rio. Estar con su hermana siempre le mejoraba el ánimo.

48

Floria, comprendiendo que la estaba chinchando, lanzó una almohada a la cara de Elodie.

—Chiss, chiss —chistó una mujer mientras entraba al dormitorio sin llamar—. ¡Por favor, no hiráis a nuestra princesa antes de la boda!

Un verdadero ejército de costureras siguió a la primera al interior de la estancia. Una desplegó un espejo de tres hojas. Otra colocó una tarima forrada de terciopelo. Otra tenía un maniquí de modista y cestas llenas de agujas e hilo, y la más joven entró correteando con los brazos rebosantes de metros y metros de distintas telas.

—Hum, ¿qué está pasando? —preguntó Floria.

—Que vamos a preparar el vestido nupcial de la dama, por supuesto —dijo la primera mujer—. Soy Gerdera, la costurera jefa de palacio.

Floria dio un gritito.

—El, ¿sabes lo que significa eso? ¡Que no tendrás que ponerte el espanto que te haya hecho lady Bayford!

En Inophe la tradición era que la madre de la novia cosiera el vestido que llevaría su hija y se lo entregara como regalo la mañana de la ceremonia. Pero, claro, la madre de Elodie y Flor había fallecido mucho tiempo atrás, y Elodie sabía que a Floria le quitaba el sueño lo que pudiera haber creado su madrastra, dada la insulsa afición de Lucinda Bayford por la recatada lana gris hasta el cuello.

—Encantada de conoceros —dijo Elodie a la jefa de costura, y lanzó una sonrisa a Floria.

—Empecemos por la silueta general —ordenó Gerdera.

Otra de las mujeres abrió un cuaderno con bocetos de vestidos.

—Tenemos muchas opciones para vos, mi señora. Crearemos el vestido según las preferencias que nos indiquéis, sean las que sean. Sin embargo, lo normal es que enseñar ejemplos a la novia ayude mucho a…

—¿Habéis cosido muchos vestidos de novia para futuras princesas? —bromeó Floria.

—Eh…, ¿qué? —La costurera se puso de un alarmante tono rosa oscuro—. N-no, me ref…

Gerdera intervino para explicarlo.

—Se refería a otras novias de Aurea.

—S-sí, a otras mujeres de Aurea —repitió la costurera.

—Lo siento —dijo Floria—. Estaba de broma. No pretendía alteraros.

—Ah. —La mujer soltó una risita nerviosa—. Muy bien.

Elodie tenía el ceño fruncido por la conversación. Pero Flor le vio la cara y al instante se acercó para suavizarle las arrugas del entrecejo con sus pequeños dedos mientras le susurraba:

—Solo estamos pensando en vestidos, no resolviendo el hambre en Inophe. Relájate, El. Solo era un chiste malo.

Y le guiñó el ojo.

—Tienes razón, perdona.

—¿Seguimos? —preguntó Gerdera.

—¡Sí, por favor!

Floria aplaudió y se sentó más cerca de Elodie para poder estudiar juntas los bocetos que les enseñaran las costureras.

—El, hum, más tradicional —dijo la mujer del cuaderno— consiste en una camisa de encaje bajo una gruesa túnica de terciopelo, teñida de azul, por supuesto, representando la castidad y la pureza.

Elodie hizo un sonido ahogado y se puso a toser.

Los ojos de la pobre costurera se desorbitaron, como si creyera que acababa de matar a la futura princesa.

—Necesito un momento.

Elodie carraspeó varias veces. El caso era que en casa había disfrutado de su libertad: perdió la virginidad con un mozo de cuadra y había tenido algunos otros devaneos después. Por eso, cuando la costurera había empezado a hablar de castidad y pureza, la había pillado desprevenida. Pero se esforzó en recobrar la compostura, porque prefería que Floria no supiera lo tremendamente inaplicable que era el comentario sobre la inocencia de la novia.

Cuando Elodie dejó de toser, la costurera prosiguió.

Les enseñó una túnica verde suelta con mangas acampanadas, un vestido rojo largo y recto con cinturón de corsé y una túnica de brocado plateada a juego con una capa. Había un vestido marrón de piezas angulares con ribetes de cordoncillo negro, otro que parecía el pellejo de un lagarto inophés y, por último, un severo atuendo que parecía ser un corsé gigante desde el cuello hasta los tobillos.

—Seguro que ese es el que escogería lady Bayford —susurró Floria, con una leve risita.

Pero Elodie no estaba disfrutando de aquello tanto como su hermana. Durante toda su vida había llevado ropa funcional. Hasta las hijas del duque vestían en los mismos tonos beis y grises que los plebeyos, porque el tinte era un lujo que no podían permitirse. Los mejores vestidos que se habían puesto jamás Floria y ella eran los que llevaban en el barco al amarrar en Aurea, porque no podían presentarse con pinta de menesterosas para una boda con un príncipe. E incluso esos vestidos eran de un amarillo apagado, adornados tan solo con un poco de encaje.

Pero allí, delante de ellas, tenían gasas del color de gemas y seda plateada y dorada, ricos brocados y terciopelo en tonos pastel.

—La verdad, me parece un poco demasiado —dijo—. No necesito nada muy sofisticado. A lo mejor sí que debería ponerme lo que haya hecho lady Bayford. Esto sería desperdiciar unos tejidos valiosísimos que…

—¡El, no! —gritó Floria—. Por una vez en la vida deja que alguien te cuide a ti. Te lo mereces. ¡O al menos hazlo por mí, para que pueda ver un traje de novia aureano hecho a medida!

Elodie suspiró.

—Muy bien. Pero solo por ti.

Floria se volvió hacia el libro de bocetos, feliz de nuevo.

—¿Hay algo que no sea una variante de las túnicas o los *kirtles*? ¿Algo más audaz pero no tan colorido?

La costurera la miró inexpresiva. Pero Gerdera se acercó a ellas con una sonrisa cómplice.

—¿Qué os parecería esto? —Pasó las páginas del cuaderno hasta una en blanco y trazó con rapidez las líneas de algo que no era en absoluto estructurado, sino más bien una catarata de seda—. Tendría que ser en blanco, o en crema, diría yo.

Dio los toques finales a una elegante toga, cuyo suave tejido manaba desde los hombros y el escote y caía en suaves pliegues alrededor de los tobillos, dejando a su estela una cola arremolinada.

—¡Hala! —exclamó Floria—. El, ese es justo el vestido que necesitas.

Elodie estaba embelesada por el diseño y ya asentía. No dejaba de sentirse culpable por un capricho como aquel, pero ya que iban a insistirle, entonces sí: ese vestido era perfecto, nada tradicional y sorprendente, glamuroso pero con sutileza.

—Muy bien —dijo Gerdera—. Vamos a tomaros las medidas y después seleccionaréis los tejidos.

Elodie subió a la tarima de terciopelo delante de los espejos. Mientras tanto, Floria bajó de la cama para dejar espacio a los rollos de tela extendidos. Se quedó boquiabierta cuando la costurera más joven empezó a mostrarles la enorme variedad de sedas y encajes.

—Es increíble que puedas diseñar tu propio traje de novia —dijo—. Solo el sonido de esas telas tan delicadas contra la ropa de cama ya me tiene casi desmayada.

Elodie le sonrió con calidez. Entonces se volvió hacia Gerdera.

—Cuando acabemos con mi vestido, ¿podemos hacerle uno a mi hermana?

—¿Cómo, para mí?

La boca de Floria se abrió incluso más que al ver los pastelitos. Gerdera le hizo una reverencia.

—Desde luego, mi señora. ¿Acaso no sois una honorable invitada a la boda?

—Lo soy —dijo Flor con un hilo de voz.

Y la confirmación de que en efecto iba a formar parte de aquel cuento de hadas hizo que se desmayara de verdad.

Elodie

Elodie quería informarse mejor sobre su futuro reino. Aurea quizá fuera una potencia en el mundo del comercio, pero estaba aislada tanto en términos geográficos como diplomáticos: era una isla en el centro de un océano descomunal, rodeada de peligrosos farallones volcánicos. Se sabía muy poco sobre ella aparte de sus renombradas cosechas y de que los barcos mercantes que transportaban su fruta y su grano regresaban a Aurea cargados con cofres llenos de lingotes de oro, que fundían para crear toda la grandeza que Elodie había visto en el castillo. Aparte de las cartas de Henry y la promesa por parte de la reina Isabelle de que se encargarían de las necesidades de Inophe, Elodie apenas sabía nada sobre la familia real, ni sobre el pueblo y la cultura de Aurea.

De modo que convenció al príncipe Henry para que la llevara a ver las granjas. Su primera «cita» la había dispuesto él, un lento paseo por los jardines reales rematado por un dulce almuerzo. La segunda cita le correspondía a ella.

—Cabalgas bien —dijo Henry mientras recorrían al trote los caminos rurales.

En la cuadra de palacio, Elodie no había esperado a que ningún mozo la ayudara a montar. Iba en silla normal, no a mujeriegas, llevando bajo la falda las calzas que tanto aborrecía lady Bayford. Los caballeros aureanos que los acompañaban habían refrenado sus monturas al principio, para que Elodie no se quedara atrás. Pero después de que ella los provocara para acelerar, por fin habían comprendido que era más que capaz de mantenerles el ritmo. Tendrían que mantenérselo ellos a ella.

—Gracias —respondió Elodie—. Me enseñó mi madre. Siempre acompañábamos las dos a mi padre para ver cómo iban sus tierras. Desde que murió procuro visitar cada casa por lo menos una vez cada dos semanas, y asegurarme de que tienen suficiente para comer, zapatos para sus hijos y trabajo si es que lo hay.

—Admiras a tu pueblo, pese a su pobreza —dijo Henry—. Se te nota en la voz.

—Su fortaleza de espíritu es un modelo a imitar. Haría cualquier cosa por ellos.

Henry abrió la boca como para responder, pero entonces negó con la cabeza. Señaló hacia los extensos campos de trigo dorado a los que se aproximaban.

—Eso es trigo áureo —explicó satisfecho—. Es el alimento perfecto. Una sola hogaza hecha de harina áurea contiene todos los nutrientes necesarios para una persona en un día.

Elodie puso su caballo al paso para poder bajar el brazo y tocar el trigo. Sus tallos se combaban con suavidad hacia ella por la brisa y sus espigas doradas eran suaves como plumas.

—Qué bien que exista el trigo áureo —dijo con asombro—. Salvará a muchos inopheses del hambre.

El príncipe inclinó la cabeza en humilde aceptación.

—Los granjeros de Aurea se enorgullecen mucho del bien que le hacen al mundo. Cada cosecha es un don, y lo sabemos.

—Es increíble, y yo podré formar parte de ello —dijo Elodie—. Ojalá hubiéramos sabido hace mucho tiempo que existía el trigo áureo.

—Y ojalá nosotros hubiéramos sabido que Inophe sufría tanto. Tu hogar está bastante lejos de Aurea y no teníamos ni idea. Os habríamos ayudado antes.

—De verdad que te agradezco que lo digas.

Elodie ya se habría contentado con visitar aquellos trigales, pero solo tenían media tarde, porque luego había una fiesta prenupcial para las familias de los novios.

—¿Hay bayasangres cerca? —preguntó Elodie.

Recordaba que el carruaje había pasado por delante de matas de aquellas rojísimas bayas de camino a palacio desde el puerto, pero lo tenía todo mezclado y no sabía a qué distancia exacta se encontraban.

—A caballo es un momento —dijo Henry—. Vamos para allá.

Elodie pasó las siguientes dos horas admirándose por la abundancia de Aurea. Entre los huertos de perales plateados y los campos sembrados con todas las verduras conocidas, se dedicó a acribillar a Henry a preguntas sobre el reino.

—¿Cuándo se fundó Aurea?

—Hace ocho siglos, por un antepasado mío con no sé cuántos «tátaras».

—¿Cómo tenéis unas cosechas tan milagrosas?

—Una combinación del clima, un fertilizante hecho a partir de algas recolectadas en el océano y una cualidad aureana especial para la que no bastan las palabras —respondió Henry.

—¿Magia? —rio Elodie.

Henry se encogió de hombros pero no se unió a la risa.

—Quizá podría llamarse así.

—Caramba, qué misterioso —le pinchó Elodie.

—¿La conversación contigo siempre es tan activa? —Aunque a Henry no parecía molestarle, porque le dedicó una de sus apuestas sonrisas—. Venga, deja que te distraiga un momento. —Arrancó una pera plateada de un árbol—. Prueba esto.

Elodie la mordió y un delicioso jugo manó de la piel de plata y le empapó las manos.

—¡Madre mía! Si exportáis esta fruta, ¿cómo es que fuera del reino no se saben más cosas sobre Aurea?

Henry soltó una carcajada.

—Veo que la pera no te ha desviado de tus indagaciones.

Por un momento Elodie se preguntó si estaba apretando demasiado, diciendo demasiado. Conocía los riesgos que entrañaba que abriera la boca. Pero no, aquella información era importante.

—Quiero comprender el país que estoy a punto de ayudar a gobernar —dijo.

Él se quedó callado un minuto. Cuando habló de nuevo, su tono ya no era distendido.

—Somos un pueblo reservado —dijo, lanzando una mirada a los

granjeros de un huerto cercano—. Los habitantes del reino siempre han pensado que sus cosechas hablan por sí mismas, sin necesidad de añadir detalles personales que engrasen la máquina del comercio.

—Pero, de todos modos —repuso Elodie entre más mordiscos a la pera—, sigo sabiendo muy poco sobre vosotros, y eso que ahora estoy aquí en persona. Por ejemplo, la noche que llegué vi a una mujer rubia en la torre de enfrente. ¿Es alguien a quien debería conocer? ¿Tu hermana tal vez?

Henry se tensó un instante en la silla de montar, pero acto seguido echó los hombros atrás como para estirarlos.

—No es ninguna hermana —dijo, toqueteando las riendas—. La familia real solo ha engendrado varones durante todo nuestro reinado de ocho siglos. Los miembros femeninos de la familia deben llegar desde el extranjero, como lo hizo mi madre, la reina.

No tenía hermana. No era de extrañar que Henry pareciera triste. Elodie no habría podido soportar la vida sin Floria.

—¿Eres hijo único, entonces? —le preguntó con suavidad.

Los labios de Henry se apretaron en una sombría línea.

—Tengo un hermano. Es un poco mayor que yo, pero se fue de Aurea y no… no me llevo bien con él. Estamos distanciados, y prefiero que así sea.

—Lo siento.

—No pasa nada. Es solo que, cuando decidió abandonar el reino, me cargó a mí con todas sus responsabilidades. Pero preferiría no hablar de él, si te parece bien.

—Cómo no.

Pero Elodie no lamentaba haber indagado. Si iba a ocupar el trono de Aurea algún día, era necesario que conociera todos los hechos relevantes.

Sin embargo, no hacía falta que se enterase de todo ese mismo día. Y si más adelante Henry seguía sin querer hablar de su hermano, Elodie lo dejaría estar. No todas las historias estaban hechas para compartirse. Todo el mundo tenía derecho a guardar algunos secretos.

Cabalgaron en silencio durante largo rato. Elodie se concentró en los granjeros de los campos. Había algo hermoso en su hipnótico ritmo, en lo perfectamente coordinado que estaba el vaivén de sus guadañas contra la mies. Todos estaban musculosos y bien alimentados, al contrario que el pueblo de Elodie allá en casa, y sonreían mientras trabajaban juntos como uno solo.

Los niños que aún no tenían edad para segar, los de diez años o menos, se ocupaban de agitar panderetas y palos con tiras de brillante cinta para espantar a los cuervos y otras plagas.

Aunque llevaban ya todo el día en los trigales áureos, seguían dando brincos y cantando una canción para conjurar los cuervos.

> *En llanos de oro vivimos*
> *y gozosos sembramos cebada y trigo.*
> *Al mundo estos dones repartimos*
> *y en casa lo celebramos con vino.*
>
> *Así que volad, cuervos, no estéis cerca.*
> *El grano no es para vuestras bandadas.*
> *Con la cebada haremos cerveza*
> *y con el trigo, pan, bollos y tostadas.*

La voz de los niños era liviana y etérea, y de vez en cuando se unían a ella para cantar una estrofa o dos. Elodie nunca había visto a una gente con una felicidad tan uniforme.

Pero justo después de que pasara a caballo, un trío de niños le arrebató la pandereta a una niña.

—¡Groarrr! ¡Somos dragones y tú eres la princesa Victoria!

—¡No! ¡Ese juego no me gusta!

—¡Vamos a devorarte, Victoria! ¡Pero antes te atraparemos en nuestra madriguera!

Rugieron de nuevo y la empujaron a una zanja. La niña chilló y desapareció por el agujero.

Con un grito alarmado, Elodie desmontó de un salto y corrió entre el trigo. Los pequeños abusones se dispersaron y ella se arrojó a la zanja donde habían tirado a la pequeña.

Tenía algo más de un metro de profundidad y resultó estar enfangada. Desde el camino había parecido mucho más honda.

La niña estaba hecha un ovillo, cubierta de barro, sollozando. Tendría unos ocho o nueve años.

—¿Estás bien? —le preguntó Elodie, acuclillándose junto a ella.

Cuando regresara a palacio, lady Bayford haría algún comentario sobre cómo traía las botas y el vestido, pero al cuerno con el decoro: esa pobre chica era mucho más importante que ensuciarse la falda y el calzado de cuero.

—¿Estás bien? —repitió Elodie, tocándole el pequeño hombro, frágil como los huesecillos de pájaro—. Esos abusones deberían saber comportarse, incluso a su edad.

La niña alzó la mirada y dio un respingo.

—Sois… una princesa. Como Victoria.

Elodie no sabía quién era Victoria, pero sonrió.

—Soy casi una princesa. Mañana lo seré del todo.

—Me habéis salvado. —La niña dio un gemido de gatito apuñalado—. Pero ¿quién os salvará a vos?

—¡Alteza! —gritó un granjero desde fuera de la zanja. Inclinó la cabeza repetidas veces mientras bajaba—. Disculpadnos, por favor. Mi hija no pretendía decir…

—Gracias, bastará con eso —espetó Henry.

El granjero puso los ojos como platos al darse cuenta de quién había llegado, hizo una profunda y rápida reverencia y se apresuró a sacar a su hija en brazos y llevársela.

Elodie los vio desaparecer entre los gruesos tallos de trigo. «Vaya». Aquello no le encajaba con el comportamiento de joviales granjeros que había observado antes.

—¿Quieres que te saque yo a ti del mismo modo? —bromeó Henry, en apariencia relajado de nuevo.

Ella negó con la cabeza y le lanzó una sonrisa antes de salir por sus propios medios. Pero, aun así, estuvo todo el camino de vuelta al castillo pensando en lo que habían dicho los tres niños y la niña.

«Victoria». Una princesa anterior cuyo nombre empezaba por uve. ¿El reloj de arena de la torre habría sido suyo? De pronto, Elodie se descubrió estremeciéndose por el recuerdo de tocar aquella mancha de sangre y la visión que la acompañó. Habían sido solo imaginaciones suyas, ¿verdad?

Pero luego estaba la última pregunta de la pequeña campesina: «¿Quién os salvará a vos?».

Elodie tuvo otro escalofrío. ¿Significaría alguna cosa? ¿O era solo que Elodie hacía conexiones donde no existían, creando un rompecabezas con el que obsesionar a su ansioso cerebro?

«Está claro que lo segundo», intentó decirse a sí misma.

Y, sin embargo, el misterio de la uve y el eco de la pregunta de la niña permanecieron con ella, sacudiéndola hasta los mismos huesos.

Elodie

La víspera de la boda, la cena en palacio fue un ágape íntimo reservado a los parientes de Elodie y la familia real de Aurea. Pero no por ello había poca comida. El día anterior, después de que las costureras terminaran con sus medidas (y de que Floria se hubiera recuperado de lo que llamaba «desmayarse por exceso de deleite»), el cocinero de palacio le había pedido a Elodie una lista de todos los platos que hubiera querido probar alguna vez en la vida. La gastronomía no era el fuerte de Elodie, pero Floria se había pasado la infancia entera empapándose de libros de cocina procedentes del extranjero, los únicos regalos que había pedido jamás por su cumpleaños, así que Elodie había enviado a su encantada hermana a las cocinas en su nombre, para ver qué posibilidades tenían a mano.

Y las posibilidades, al parecer, superaban todo lo que hubieran podido imaginar las papilas gustativas de Elodie. Fueron llegando bandejas y más bandejas al salón del trono, empezando por unas empanadas fritas doradas rellenas de humeante queso y patata, seguidas por una crema de puerro silvestre aureano. Había una ensalada de flores comestibles con un ligero aliño cítrico. Pasteles de carne individuales envueltos por completo en pan de oro. Carpa montañesa a la parrilla, una delicia que solo mordía el anzuelo a la luz de la luna y que quizá explicara las antorchas que Elodie había visto dos noches antes. Faisán asado con mermelada de bayasangre, fideos hechos del famoso trigo áureo y más verduras de las que Elodie hubiera visto en todas las cosechas de su vida juntas. Iba a costarle un poco acostumbrarse a esos excesos, pero hacía lo posible por seguir el consejo de Henry y disfrutarlo sin más.

El rey se retiró a sus aposentos después del quinto plato. Elodie lo vio marcharse preocupada. Qué lívido estaba el pobre, y cómo se apoyaba en el brazo del médico real. Elodie se preguntó por qué había acudido a la cena, si saltaba a la vista que debería estar en la cama.

Pero el banquete continuó sin él. Parecía que la reina Isabelle y el príncipe Henry eran quienes gobernaban en realidad el reino, y que estaban bastante acostumbrados a recibir invitados sin la presencia del rey Rodrick. Interesante.

La conversación fluyó, como lo hizo la cerveza de cebada aureana, que sabía a nuez moscada y melocotón y, según señaló Henry, tenía el famoso efecto secundario de mejorar la memoria.

—Para que recuerdes esta noche, siempre —le dijo el príncipe a Elodie.

Cuando los sirvientes colocaron los postres en un camino de mesa dorado, Elodie ya estaba inflada más allá del límite de lo que creía posible para su estómago, y se moría de ganas de poner una excusa para levantarse y estirar el cuerpo. Se removió en su asiento.

—Chist —le susurró Henry con una curva traviesa en los labios—. ¿Quieres que nos escabullamos fuera y tomemos un poco el aire?

En el adarve de la muralla no había nadie aparte de los centinelas, que montaban guardia en silencio. Henry llevó a Elodie de la mano en la oscuridad, apreciando el pálido brillo dorado de las paredes y suelos de palacio a la suave luz de luna.

—No pienso en otra cosa que en mañana —dijo Henry mientras caminaban.

¿Estaría nervioso, igual que ella? Casarse era cosa de una sola vez, si los cielos concedían a ambos novios una vida larga y sana. Pero ¿cómo casarse con un completo desconocido, cómo comprometerse a pasar todo lo que te quedara de esa vida larga y sana en compañía de alguien a quien te acababan de presentar? El padre de Elodie había tenido suerte con su madre, pero luego lady Bayford… era tan remilgada que de su boca no podía salir nada más que irritación, porque nunca había nada lo bastante bueno para ella. De verdad que Elodie no entendía cómo su padre, un hombre relajado y alegre, podía encajar con Lucinda Bayford.

Henry y Elodie hacían una pareja mucho mejor. Era evidente, incluso conociéndose desde hacía tan poco. Era un hombre atento y gentil. Admiraba la mente de Elodie. Y le gustaba que pudiera montar a caballo sin esperar a que la asistieran. Por no mencionar que era guapo con ganas.

Elodie fue hasta el almenar y contempló la montaña que se alzaba sobre la isla de Aurea.

—¿Has llegado a ir ahí arriba?

—Unas cuantas veces.

—Yo nunca he subido a una montaña —dijo Elodie—. Lo más parecido han sido las mesetas del desierto inophés, pero en realidad son como colinas con la punta cortada. ¿Me llevarás al monte Khaevis alguna vez, quizá después de la boda?

Henry titubeó antes de responder.

—¡Oh! —exclamó Elodie—. No me refería a justo después de la boda. Seguro que ya tienes planes para, hum…

Logró cerrar la boca antes de ponerse a detallar lo que ocurría en una noche de bodas. No porque le diera vergüenza. En realidad se alegraba de llegar al matrimonio bien armada con el conocimiento de cómo obligar a su marido a suplicarle clemencia, y cómo enseñarle a que le hiciera lo mismo a ella.

Pero aun así era un poco prematuro tratar esa clase de detalles en esos momentos.

—Me refería —dijo Elodie— a que me gustaría subir al monte Khaevis contigo en el futuro, cuando surja la ocasión. Tengo curiosidad, nada más. Hace dos noches vi unas antorchas ahí arriba y…

Henry inhaló de golpe.

—¿Lo viste?

Elodie asintió.

—No podía dormir, y era imposible no verlas. ¿Qué hacían, pescar carpas montañesas?

El príncipe apartó la mirada y contempló la serrada silueta del monte Khaevis, que se destacaba sobre el cielo entre púrpura y gris.

—No. Era una ceremonia. Cada septiembre inauguramos la cosecha con una semana de gratitud por todo lo que tenemos. Durante esa semana hacemos tres plegarias. La primera, en agradecimiento del pasado, de nuestra historia. La segunda ceremonia representa nuestro continuado compromiso con la Aurea del presente. Y la tercera oración es por la renovación de la tierra, por el futuro. Durante esa semana damos gracias por las bendiciones de las que gozamos aquí. —Henry se encogió de hombros y se volvió de nuevo hacia Elodie—. Es una tradición antigua. Superstición, en realidad.

—No creo en la superstición.

—Me alegro. Es mejor tener los pies en el suelo, ¿verdad?

Le dedicó una de sus sonrisas, de las que podían derretir el oro sólido. La calidez embargó a Elodie hasta lo más profundo de su ser.

—Mi gentil Elodie, estás tan hermosa a la luz de la luna que casi haces que se me olvide.

De un solo movimiento fluido, Henry hincó una rodilla.

—¿Qué...? —empezó a decir ella.

Pero se quedó sin palabras cuando Henry sacó del bolsillo de la chaqueta una cajita plana de terciopelo. Dentro, sobre un lecho de seda, yacía un collar de oro con un colgante del escudo de armas aureano, un dragón aferrando una gavilla de trigo en una zarpa y unas bayasangres en la otra. Las bayas estaban hechas de rubíes.

—Elodie —dijo Henry—, sé que nuestro matrimonio es concertado, pero, aun así, me gustaría pedírtelo. ¿Quieres casarte conmigo?

Ella dio un respingo. Todos los nervios que había sentido al salir a aquel adarve desaparecieron. Y todas las preguntas que tenía acerca de todo aquello, sobre V o sobre lo que le había dicho la niña campesina, podían esperar a más tarde. Porque así, *así* era como había que casarse. Así era como una se enamoraba. Siempre habría incertidumbres, pero las afrontarían juntos, con la fuerza de dos. Ya no tendría que hacer nada sola nunca más.

Elodie había estado usando demasiado la cabeza y pasando por alto su corazón. Tal vez hubiera llegado el momento de que aprendiera a perder el control, solo un poquito.

Sin pensarlo, se lanzó a los brazos de Henry, casi tirando al suelo el collar, y lo besó.

Él perdió el equilibrio y cayeron derribados al adarve. Elodie le dio otro beso.

Al que añadió:

—Debería aclararlo. Mi respuesta es sí.

Isabelle

Después de la cena y la proposición de matrimonio, la reina Isabelle fue a ver a su hijo a sus aposentos. Pero en lugar de encontrarlo alegre como unas castañuelas, lo vio mirando pensativo por la ventana hacia el monte Khaevis.

—Podrías elegirla a ella, ¿sabes? —dijo la reina.

Henry dejó sus pensamientos de sopetón, sobresaltado.

—¿Elegirla?

—A Elodie —dijo Isabelle—. Vi cómo leías y releías todas sus cartas. Te intrigan su inteligencia, su ingenio y su astucia. Podría ser con la que te quedes.

—Madre...

Isabelle lo silenció posando su mano en la de él. Se sorprendió al encontrarla más bien firme, cuando había creído que su hijo estaba afligido.

—Henry, eres un príncipe diligente. Cuando Jacob huyó de Aurea, adoptaste el papel de heredero al trono sin vacilar, y cargas con el peso de ser el príncipe de Aurea sin quejarte desde hace muchos años. Pero también mereces ser feliz.

—En eso no estoy de acuerdo —respondió Henry—. Un futuro rey no piensa en su propia felicidad. El bienestar del reino debe tener preferencia siempre.

La reina Isabelle bajó la mirada hacia las doradas teselas. De haber podido, habría engendrado más hijos para que compartieran la carga de Henry. El rey había tenido cinco hermanos menores con quienes repartirse el más duro de los deberes, y aun así Rodrick se había derrumbado bajo el peso de su obligación.

Pero, por desgracia, Isabelle había sido incapaz de dar más hermanos a Jacob y Henry. El rey rara vez visitaba su lecho. No porque Rodrick tuviera amantes, que no las tenía, sino porque pasaba la mayor parte del tiempo en soledad. Los días se le hacían más llevaderos en la calidez de su solario o en compañía de sus perros, que no exigían nada de él, al contrario que la gente.

Pero esas exigencias terminarían recayendo sobre Henry, pues, aunque en la práctica era Isabelle quien gobernaba el reino, Rodrick y ella abdicarían en Henry cuando el príncipe decidiera casarse definitivamente.

—Si no voy a convencerte de que aspires a tu propia felicidad —le dijo—, al menos déjame recordarte que también es tu deber engendrar herederos. Así es como perpetuamos un linaje que honre las tradiciones de Aurea. Elodie no sería mala elección.

Henry cerró los ojos, y allí captó la reina un atisbo del conflicto que le había parecido entrever en él cuando había entrado en sus aposentos.

—Si hubieras hablado conmigo ayer —dijo Henry—, habría estado de acuerdo en que Elodie podría ser la elegida. Pero esta tarde, en los campos, no ha parado de hacerme preguntas. Y luego ha intervenido en defensa de una niña campesina. No. Elodie tiene demasiadas ideas propias. Combatiría con demasiado empeño unas costumbres que no pueden cambiarse. Por eso no puede ser ella a la que elija.

La reina se mordió el labio. El yugo de las tradiciones aureanas requería que hubiera una mujer fuerte en el trono cuando Isabelle se hiciese demasiado mayor para reinar. Había considerado a Elodie como una buena candidata. Pero el argumento de Henry tenía sentido, así que se limitó a darle a su hijo un beso suave en la mejilla.

—Entonces ¿nos vemos mañana en la boda, según lo planeado? —preguntó a Henry.

Él asintió.

—Según lo planeado.

La reina se volvió para marcharse, pero miró atrás una vez más hacia Henry. Su hijo volvía a observar el monte Khaevis a través de la ventana, pero ya no había tristeza en su ademán, solo una postura erguida, militar.

Mientras cerraba la puerta al salir, la reina Isabelle se preguntó cuándo habría cambiado tanto su hijo, cuándo se habría endurecido hasta convertirse en una versión de ella misma, todo carisma por fuera pero frío granito en su interior.

Y lamentó no haberse dado cuenta de que Aurea se llevaba los últimos jirones del alma antaño inocente de su hijo. Habría querido darle un beso de despedida a ese Henry.

Elodie

Elodie no podía dejar de sonreír, sentada con su hermana ante el tocador de la alcoba más alta de la torre. Había regresado de su paseo por las almenas resplandeciente, y no solo porque su nuevo collar brillara como un faro.

Flor estaba pasando un cepillo dorado por el sedoso cabello de Elodie.

—¡Pero cómo me alegro por ti!

—Yo casi no me lo creo —dijo Elodie.

—Pues créetelo. Eres buena y amable, más lista que nadie que conozca, y siempre me has cuidado. Te admiro en más cosas de las que crees, El, y si alguien se merece un «fueron felices y comieron perdices» como este, eres tú.

Elodie bajó la mirada, casi tímida por un instante.

—Gracias, Flor. De verdad que te lo agradezco… y te echaré muchísimo de menos cuando te vayas.

—No pensemos en que vamos a separarnos muy pronto —dijo Floria—. No quiero ponerme triste. Mejor pensemos en la boda de mañana por la noche.

Elodie se tragó el nudo de la garganta y asintió mientras su hermana le pasaba el cepillo por el pelo una última vez. Entonces Floria levantó el collar del tocador y lo sostuvo en alto delante de Elodie. El escudo de armas aureano reflejó la luz de la vela, que hizo resplandecer el dragón como si estuviera vivo. Flor suspiró ensoñada.

—Cómo te agasaja Henry.

Lady Bayford irrumpió de pronto en la alcoba y su reflejo apareció en el espejo.

—Te quedan mejor las esmeraldas —espetó a Elodie.

Floria se sobresaltó por la repentina llegada de su madrastra, se le cayó el collar al tocador y lo recogió de nuevo antes de fulminarla con la mirada.

—Pero ¿qué te pasa hoy, madrastra?

—Vengo a decir... —Lady Bayford se detuvo de golpe y miró a Floria—. Tengo que... hablar con Elodie a solas.

Elodie frunció el ceño. Lady Bayford estaba... rara. En general siempre iba pulcra y arreglada, pero tenía el moño caído y mechones de oscuro cabello encrespados en todas las direcciones. Llevaba desabrochado el botón de arriba de su vestido de cuello alto, como si le hubiera dado un zarpazo por la frustración. Y no dejaba de apretar y aflojar los puños, arrugándose la falda cada vez.

—No le escondo nada a Floria —afirmó Elodie—. Lo que sea que quieres decirme, díselo también a ella.

Lady Bayford miró por la ventana de la torre, hacia la montaña, como si de algún modo buscara allí fuera la solución a sus aprietos. Cuando volvió la cabeza de nuevo hacia Elodie y Floria, habló con las manos apretadas con firmeza a los costados.

—Este lugar no es... —Su mirada voló de nuevo hacia la ventana—. Este compromiso no durará. Evítate... No, evítale a tu padre la deshonra. Diles que no seguirás adelante con la boda.

Elodie, que no solía quedarse sin palabras, solo pudo mirar a lady Bayford con la boca abierta. Pero Floria tenía palabras más que de sobra para su madrastra.

—¿Por qué dices eso? ¿Por qué quieres arrebatarle esto a Elodie?

Lady Bayford no le hizo caso y cogió las manos de su hijastra mayor.

—No me estás escuchando. Te digo que...

—¡Ahí están mis chicas! —atronó su padre entrando en el dormitorio con paso tranquilo, como si aquello fuese una alegre reunión familiar en lugar de la incomprensible escena de una madrastra intentando impedir el matrimonio más afortunado de la historia—. ¿Preparadas para el gran día?

Su esposa le lanzó una mirada gélida antes de dar media vuelta y salir de la habitación hecha una furia. El padre de las chicas soltó una risita extraña.

—No le hagáis caso. El médico real le ha dado algo para los mareos, que aún le duran del viaje en barco, y ese brebaje la pone… ansiosa e irracional. Desoíd cualquier cosa que diga. ¡Todo va bien!

Y entonces, sin decirles nada más a Floria y Elodie, salió corriendo tras ella. Floria miró desconcertada hacia la puerta.

—¿Qué acaba de pasar?

Elodie negó triste con la cabeza.

—Que esto no fue idea de nuestra madrastra, así que no le gusta. Siempre tiene que controlar lo que hacemos tú y yo. Pero soy una mujer adulta y ya no puede elegir por mí. Elijo yo, y voy a casarme con Henry aunque sea lo último que haga en la vida.

Elodie

De algún modo, el castillo dorado de Aurea refulgía incluso más la noche de la boda de Elodie. Era como si los sirvientes se hubieran pasado todo el día sacando brillo a cada pared, cada suelo e incluso cada teja para que centellearan a la luz de la luna como lo hacían. El cielo de color añil estaba despejado y una orquesta practicaba en los jardines reales. Elodie no había podido comer nada, de tantas ganas que tenía. Hizo falta que estuviera a punto de desmayarse al ponerse el vestido de novia para que por fin aceptase darle unos mordiscos al panecillo que Floria le puso en la cara.

¡Y qué vestido de novia! Era una maravilla de la elegancia, tal y como había imaginado su hermana, y Elodie se alegró de haber cedido a la perseverancia de Floria. La espesa seda de color crema caía como una catarata desde los hombros de Elodie hasta sus piernas. Los bordados en carmesí y oro, los colores de Aurea, que seguían la línea del escote, descendían por los pliegues de seda en su torso y ribeteaban la larga cola que trazaba su estela al caminar. Elodie se había puesto también los regalos de Henry, la pareja de peinetas doradas en el pelo y el collar de oro y rubí con el escudo de armas descansando en la base del cuello, y supo sin la menor duda que había tomado la decisión correcta al aceptar una proposición que no solo la vincularía a Aurea, sino que también proveería para Inophe a partir de entonces.

A lo largo de toda la tarde habían estado llegando invitados a la boda como olas lamiendo la costa, tan pronto como les permitían los buenos modales para maximizar el tiempo que pasaban con el rey, la reina y Henry. Estaban ya todos sentados en la terraza del tejado de palacio, a la luz platino de la luna que lo envolvía todo en un fulgor mágico, celestial.

Sonaron las fanfarrias y la orquesta emprendió una rítmica marcha nupcial. En Inophe, la novia iba sola al altar, pero en Aurea la tradición dictaba que la llevara su padre. Así que lord Bayford se puso a su lado, majestuoso en su mejor jubón, ya con lágrimas en los ojos. Esa noche no era el duque de Inophe, sino solo un hombre que miraba a su hija y veía pasar ante sus ojos todos los años de su infancia, sabiendo que había llegado el momento de dejarla marchar.

—Te quiero, Elodie. Eso recuérdalo siempre.

—Yo también te quiero, padre. Pero no llores. Tampoco es que no vayamos a vernos nunca más. Iré de visita, te lo prometo.

Él apretó fuerte los párpados y se le escurrieron lágrimas por las comisuras. Pero entonces se sacó un pañuelo del bolsillo y las secó. Ofreció el brazo a Elodie.

—¿Preparada?

—Siempre estoy preparada.

Elodie le dio un beso en la mejilla y entrelazó el brazo con el de su padre.

La música de violines y violonchelos se elevó mientras daban los primeros pasos hacia el altar. A su alrededor, los invitados se volvieron para verla pasar y agacharon la cabeza en señal de respeto. Las únicas que no lo hicieron fueron Floria y lady Bayford, sentadas en primera fila. Floria estaba dando saltitos en su asiento, sonriendo de oreja a oreja y vocalizando «Estás preciosa» a Elodie. Lady Bayford tenía la espalda muy recta, un mohín en los labios y los puños tensos en el regazo, y Elodie la vio menear la cabeza a los lados mientras daba sus últimos pasos de soltera.

Henry la esperaba de pie bajo un pabellón dorado. El rey y la reina ocupaban sendos tronos detrás de él. La reina Isabelle estaba resplandeciente en un vestido de terciopelo dorado con la capa a juego. El rey Rodrick parecía…, bueno, parecía un rey, vestido con brocado de oro y túnica ribeteada de pieles, pero tenía la mirada perdida en la lejanía, como si su mente se hallara en otra parte.

De todos modos, lord Bayford hizo una profunda inclinación al rey Rodrick y la reina Isabelle, mientras Elodie descendía en reverencia sin soltarse del brazo de su padre.

—Majestades —dijeron al mismo tiempo.

Cuando Elodie se enderezó, la recibió la sonrisa radiante de Henry. Ella se la devolvió, conteniendo el aliento ante lo que estaba por llegar.

—Alteza —dijo su padre—, es el mayor honor de mi vida entregaros en matrimonio a mi hija, Elodie Bayford de Inophe. Espero que colme de bendiciones a la familia real y al pueblo de Aurea.

Separó su brazo del de Elodie y le puso la mano sobre la de Henry antes de inclinarse de nuevo y retirarse para tomar asiento al lado de Floria y lady Bayford.

—Estás arrebatadora —dijo Henry a Elodie.

—Tú tampoco estás demasiado horrible.

El príncipe se rio y entrelazó los dedos con los suyos.

Una sacerdotisa ataviada con túnica de terciopelo carmesí dio un paso adelante. Tenía toda la piel visible cubierta por tatuajes de dragones, desde las mejillas hasta la punta de los dedos, pasando por el cuello y los nudillos. Su cabello rizado entrecano le caía por debajo de la cintura y tenía las puntas adornadas con rubíes y oro. Llevaba un pesado medallón con el escudo de armas aureano, que se balanceó como un péndulo mientras se aproximaba a Elodie y Henry.

—Esta noche celebramos la alianza de dos almas luminosas —empezó a decir, con una voz sonora que se extendió a toda la terraza—. Este enlace no solo unirá a nuestro amado príncipe con su novia, sino que señalará también el comienzo de una nueva era para Aurea e Inophe. Nuestros reinos agradecen de corazón los compromisos y regalos mutuos. Son...

A Elodie le resultó difícil seguir atendiendo. En vez de eso, se perdió en el atractivo rostro de Henry. Visualizó cómo serían sus vidas: viajes diplomáticos al extranjero, excursiones a caballo por los sinuosos senderos de montaña al regresar y sensuales noches allá donde estuvieran del mundo, enredados bajo sábanas de seda. Mantendrían juntos conversaciones de negocios, hablarían sobre las mejores formas de gobernar, establecerían alianzas con Inophe y con otros países. Y más adelante tendrían niños; varones, supuso Elodie, porque eran lo que siempre había engendrado la familia real aureana. O quizá ella sería la primera en romper moldes y traer las primeras niñas al reino. Sonrió al pensarlo.

—Elodie de Inophe, ¿juras entregarte en cuerpo y alma a Aurea y a todo lo que requiera de ti? —preguntó la sacerdotisa.

Elodie devolvió su atención a la ceremonia.

—Lo juro —dijo, irguiéndose alta y orgullosa.

La sacerdotisa levantó su mano tatuada y tocó el medallón de Elodie, como consignando el juramento al escudo de armas del reino. Entonces se volvió hacia Henry.

—Henry de Aurea, ¿aceptas a esta mujer como esposa durante todo el tiempo que viva? —preguntó la sacerdotisa.

—La acepto —dijo Henry.

—Y Elodie, ¿aceptas a este hombre como esposo durante todo el tiempo que vivas?

—Lo acepto —respondió Elodie, antes de reparar en que sus votos y los de Henry habían sido un poco distintos.

Ambos se supeditaban a cuanto le quedase de vida a ella, no a él. ¿Podría deberse a que era frecuente que las mujeres murieran dando a luz, y por lo tanto se daba por hecho que su marido la sobreviviría? Pero ¿los hombres no morían en las guerras? Aunque, claro, dado el aislamiento geográfico de Aurea y su desinterés por las relaciones internacionales, el reino nunca se metía en guerras. Aurea llevaba ocho siglos en paz.

Pero Elodie ya había dicho que sí. Y pasara lo que pasara, no iba a faltar a su palabra, no estando en juego el futuro de Inophe. Henry le apretó la mano.

La reina Isabelle se levantó de su trono. Posó la mano con suavidad en el brazo del rey Rodrick y le susurró algo, que pareció sacarlo de su ensimismamiento y hacer que se levantara también. Juntos fueron hacia Elodie y Henry.

La reina le entregó una tela ceremonial dorada al rey, revelando la daga enjoyada que llevaba en la mano, con la misma pauta de mosaico dorado en la empuñadura que Elodie había visto por todo el palacio.

Tomó la mano de Elodie con brusquedad y le hizo un corte en la palma.

—¿Qué...? —gritó Elodie, tanto de sorpresa como de dolor.

Henry extendió la mano hacia su madre, a todas luces esperando recibir el mismo trato. Ni siquiera hizo una mueca al recibir el corte. La reina Isabelle apretó la palma de su hijo contra la de Elodie, mezclando la sangre.

Y de pronto...

Un destello de dos niños de pelo dorado, uno apenas empezando a caminar, el otro al borde de la adolescencia.

El pequeño siguiendo al mayor allá donde iba.

Luego, unos años más tarde, Henry descubriendo una cama fría y vacía, recibiendo el duro golpe de saber que su hermano se había marchado y de pronto estaba solo en el mundo.

Elodie dio un respingo y miró a Henry. Pero el príncipe solo le dedicó una sonrisa reconfortante y le apretó la mano con la suya. No daba ninguna señal de saber que Elodie hubiera visto su pasado, ni indicación alguna de que hubiera experimentado nada del de ella.

La reina Isabelle, en cambio, observaba a Elodie, y sus ojos se cruzaron. Luego la reina apartó la mirada tan rápido que Elodie no estuvo segura de si se lo había imaginado.

—¿Rodrick? —dijo la reina Isabelle—. ¿Estás preparado?

El rey alzó la dorada tela nupcial. Le temblaron las manos con violencia mientras envolvía con ella la mano de Henry y la de Elodie. Al terminar no los soltó.

—Aún... aún recuerdo cuando envolvieron de seda dorada mi...

—Calla, Rodrick, querido —lo interrumpió la reina Isabelle en tono amable, separándolo de la tela nupcial—. Ya habrá tiempo más adelante para rememorar nuestra boda, pero este es el momento de Elodie y Henry.

El rey se sobresaltó y miró a Elodie, como sorprendido de verla allí.

—Tú eres nueva.

El médico real llegó a toda prisa desde donde, al parecer, había estado tras el pabellón aguardando el inevitable momento durante la ceremonia en que se requiriera su presencia y llevó al rey Rodrick de vuelta a su trono.

—¿Deberíamos posponer la boda? —susurró Elodie a Henry—. El rey no parece encontrarse bien.

—No pasará nada —respondió él—. La ceremonia ya casi ha terminado.

Todos los invitados les sonrieron, como si el rey no acabara de olvidar que estaba asistiendo a la boda de su hijo. Solo el padre de Elodie, Floria y lady Bayford parecían preocupados por lo sucedido. ¿Tan acostumbrados estaban en Aurea a la enfermedad del rey Rodrick que siempre seguían adelante sin él? Elodie ni se imaginaba hacer lo mismo si fuese su padre quien padeciera alguna dolencia.

En todo caso, una asistente llevó a la reina una tiara dorada, una diadema con el ya habitual patrón de mosaico, y la reina Isabelle sonrió a Elodie y Henry. Le puso la tiara a Elodie en la cabeza.

—¡Os presento a mi hijo y a mi nueva hija, Elodie, princesa de Aurea!

Los invitados estallaron en vítores. La proclamación borró al instante toda preocupación por el rey y Floria se levantó de un salto para aplaudir y dar voces. Su padre miró a Elodie con melancolía, llorando y al mismo tiempo tratando de conservar la dignidad.

Hasta los ojos de lady Bayford estaban relucientes de lágrimas.

Elodie se volvió para asimilarlo todo.

«Soy una princesa», pensó. Igual que en un libro de cuentos, excepto por la parte del juramento de sangre. Pero aun así…

«Soy una princesa, y todo esto es real».

El banquete de bodas se celebró en los jardines de palacio, y fue incluso más grandioso que el festín de la víspera. Los platos eran más voluminosos y elaborados, desde bandejas rebosantes de marisco servido en conchas de oreja marina grandes como escudos hasta un hojaldre de metro ochenta de altura con forma de dragón, relleno de ternera y verduras asadas. Había jabalí al horno con tortas fritas de arroz y azafrán, corderos enteros haciéndose al crepitante fuego y picantones confitados en mermelada de bayasangre sobre un lecho de fideos de trigo áureo. De postre tomaron helado de pera plateada, tarta de oscuro chocolate y pastel de pétalos de rosa. Y cómo no, todo ello regado con cerveza de cebada aureana y su aroma a melocotón, nuez moscada y nítidos recuerdos.

Mientras se servía la tarta nupcial, cuya forma imitaba la del vestido de Elodie, la aristocracia de Aurea hizo cola para presentar sus respetos a los recién casados. Los invitados empezaron a bailar al son de una música que a Elodie le sonaba de algo. ¿Sería la misma canción que había oído desde la torre la noche de su llegada al reino? Debía de ser una tonadilla popular en Aurea, entonces. Pero no pudo hacerle mucho caso, porque debía prestar atención a la gente que se inclinaba ante el príncipe Henry y ella y les entregaba sus regalos de boda.

Tras el vigésimo noble, o quizá el vigésimo segundo, Elodie se inclinó hacia Henry y le susurró:

—¿Cuánto rato tenemos que quedarnos? Se hace tarde. Seguro que ya pasa de la medianoche.

Iba un poco achispada, en parte por la euforia de la noche y en parte porque se había pasado con la deliciosa cerveza aureana. Aunque una Elodie sobria quizá habría sido capaz de cumplir pacientemente con sus nuevos deberes de princesa, una Elodie intoxicada estaba más que ansiosa por dar inicio a su primera noche con su marido en el lecho nupcial.

Henry se echó a reír mientras devolvía la mano de Elodie, que ella le había puesto sugerente en el muslo, a la superficie de la mesa dorada.

—Tú procura disfrutar. Todo este banquete es en tu honor. Debería ser la mejor noche de tu vida. O al menos, eso me gusta pensar.

A Elodie se le ocurrían algunas formas de mejorar la noche incluso más, pero se calló la réplica ingeniosa por el momento. Ya tendrían tiempo más tarde para esas cosas.

La orquesta pasó a algo de tono más juguetón y una compañía de acróbatas entró dando brincos y volteretas en los jardines. Entretanto, otro aristócrata llegó a la mesa de Elodie y Henry y se inclinó ante ellos.

El noble abrió la boca para arrancarse con el requerido discurso sobre la elegancia de Sus Altezas, pero lo interrumpieron unos gritos y una conmoción en el extremo opuesto del césped.

—¡Alto! —bramó un caballero—. ¡Paradla!

Elodie se levantó para ver qué pasaba.

Los guardias retenían a una chica frenética, que daba puñetazos y patadas como un zorro atrapado en una trampa. Se revolvía en aspavientos de sus delgadas extremidades, y dio un fuerte puntapié en el costado de la rodilla de un guardia, haciendo que se doblara hacia donde no debería. El guardia se derrumbó dolorido y la chica se zafó de los demás y echó a correr entre las parejas que bailaban. Atravesó un rosal de un salto y siguió como una exhalación hacia Elodie, con los brazos sangrando por los rasguños de las espinas.

Era la chica a la que los abusones habían empujado en el trigal. Enfiló derecha hacia la mesa de Elodie.

—¡Detened esto! —gritó.

Varios caballeros llegaron a la carrera delante de Elodie y Henry. Desenvainaron sus espadas. Elodie se levantó de un salto.

—¡Solo es una niña!

La chica exclamó:

—¡Princesa, no debéis…!

Un guardia le dio un golpe en la nuca con el pomo de su espada. La chica cayó flácida e inconsciente al suelo.

—Pero ¿qué hacéis? —gritó Elodie.

Nadie le respondió. En una aglomeración de brillante armadura, los caballeros sacaron a la chica de la boda.

Henry se sacudió el polvo y se alisó las arrugas del jubón. Hizo chasquear la lengua.

—Antimonárquicos.

—Pero es solo una niña —repitió Elodie, mirando con los ojos muy abiertos hacia el lugar donde había estado.

Sin embargo, no pareció que nadie a su alrededor se inmutase siquiera. Las conversaciones se retomaron donde se habían interrumpido, el laúd y los bailarines volvieron a lo suyo y los sirvientes cayeron de inmediato sobre Elodie y Henry, como si hubieran estado esperando entre bambalinas su momento de brillar. Y vaya si brillaron. Sacaron brillo a todos los cálices y copas, a los tenedores, cuchillos y cucharas. Reemplazaron la vajilla usada, aunque ya se había servido la tarta y, que Elodie supiera, no quedaban más platos. Hasta le quitaron una minúscula salpicadura de tarta nupcial que Elodie tenía en un zapato de terciopelo, en la que no había reparado ni probablemente lo habría hecho, de no ser por la diligencia con la que la arreglaron igual que a la mesa.

Y entonces, todos y todo en el banquete de bodas prosiguió como si la pequeña campesina nunca hubiera hecho acto de presencia.

¿Cómo podía ser?

Henry se dio cuenta de que Elodie se había quedado paralizada. Le puso delante un tanque lleno de cerveza aureana y trató de calmarla llevándole una mano a la mejilla.

—No hay nada que temer, princesa mía. Los caballeros llevarán a la chica a casa, sana y salva, con solo una firme reprimenda a sus padres. Todo va bien.

—Pero… estaba muy alterada. ¿Qué era lo que gritaba?

—La inmensa mayoría de Aurea respeta a la familia real, pero siempre tiene que haber alguna manzana podrida. Los antimonárquicos son gente sencilla, que no alcanza a entender lo mucho que hacemos por el reino, y lo mucho más que estamos dispuestos a entregar que ellos, si estuvieran en nuestro lugar. Pero no permitamos que una sola voz disidente te arruine la noche. De hecho, bébete la cerveza y salgamos a la pista. Bailando se quitan las preocupaciones.

Aún estupefacta, Elodie hizo caso del consejo y fue apurando la cerveza mientras revisaba todo lo que había sucedido. Y, en efecto, la cerveza dotaba a quien la bebiera de una memoria cristalina. Elodie recordaba hasta el último detalle de la túnica bordada de la chica, todas las briznas de paja que salpicaban el tejido, y también el apremio y la angustia de su mirada.

Había algo estrambótico en esa capacidad que tenía Aurea de mirar hacia otro lado cuando ocurría algo inconveniente. Un rey que olvidaba que estaba en la boda de su hijo. Una chica que irrumpía en una recepción real y desaparecía un momento después. Incluso sin la cerveza, Elodie no habría sido capaz de olvidar esa noche.

Cuando Elodie dejó la jarra vacía en la mesa, Henry se levantó, le hizo una inclinación y le tendió la mano.

—¿Me honraréis bailando conmigo, mi princesa?

La inquietud seguía atascada en la garganta de Elodie como una espina de pescado. Pero a la vez era muy consciente del hecho de que, aunque hubiera pasado a ser una princesa, el futuro dc Inophe seguía dependiendo de la buena voluntad de la familia real aureana, es decir, de la buena voluntad de Henry y de la reina.

Elodie también tuvo que reconocer que no había recibido ninguna formación sobre cómo gobernar un reino. Ayudar a su padre a gestionar un ducado pequeño y empobrecido ya era bastante lioso. Y había mucho sobre Aurea que Elodie aún no sabía.

«Quizá no debería sacar conclusiones precipitadas antes de comprender mejor el reino», se dijo. Su reacción instintiva era alinearse con la chica, porque Elodie sentía debilidad por los menos poderosos. Como inophesa, llevaba toda la vida sabiendo lo que se sentía al serlo.

Y sin embargo allí tenía a Henry, delante de ella. Un gobernante amable y generoso, adorado por cuantos lo rodeaban. Como mujer práctica que era, Elodie no iba a desestimar la evidencia solo por una emoción visceral.

Se puso en pie, aceptó la mano de Henry y lo siguió al césped, donde bailaban los invitados a la boda. Tal vez, con el tiempo, comprendería a Aurea y a su pueblo, y entonces todo cobraría sentido.

¿Verdad?

Elodie

Bailar siempre hacía que Elodie se sintiera más grácil de lo normal. Su padre había pedido turno con ella en la pista después del baile con Henry. Revolotearon dando vueltas en los jardines, flotando con la música como libélulas al viento. Dos libélulas algo entonadas, como habrían reconocido sin tapujos, pero a Elodie no le cabía duda de que estaban siendo, en todo caso, un dechado de elegancia.

Cuando la melodía llegó a su suave final, el padre de Elodie tiró de ella para darle un fuerte abrazo.

—Sabes que te quiero, ¿verdad, Eli? Hasta la luna y de vuelta, y luego hasta el sol y más allá. —Se apartó sin soltarla y la sacudió un poco por los hombros—. ¿Sabes que te quiero, pase lo que pase?

Elodie le separó los dedos con delicadeza.

—Sí, padre, lo sé. ¿Qué se te está pasando por la cabeza, aparte de la cerveza?

—No, no he tomado cerveza. Esta noche no podía soportar todos los recuerdos que me traería. Me he limitado al vino, al glorioso vino, que emborrona el pasado hasta que ya no tienes que afrontarlo. Me…

—Padre, desvarías. ¿Qué tal si te sientas? —propuso Elodie, llevándolo a un banco de piedra bajo un enrejado de rosas doradas.

Se sentó a su lado y le cogió la mano temblorosa. Floria, que acababa de bailar por allí cerca con el hijo de un noble, vio a Elodie y a su padre. Se acercó correteando, con las mejillas aún sonrojadas por el júbilo del último vals.

—¿Va todo bien? —preguntó.

—Mi otra hija preciosa —dijo lord Bayford, atrayendo a Floria a un sensiblero abrazo.

Floria ladeó la cabeza y miró interrogativa a Elodie mientras imitaba el gesto de beber con la mano.

Elodie asintió. Su padre no se emborrachaba muy a menudo, aunque, cuando lo hacía, era propenso a las efusiones de afecto. Pero un hombre podía tener cualidades mucho peores que volcar su amor en las mujeres de su familia cuando se tomaba una copa de más. Lo habitual era que lady Bayford se lo llevara al dormitorio más o menos a aquellas alturas.

—¿Dónde está nuestra madrastra? —preguntó Elodie.

—No se… encontraba bien —dijo Floria.

Las hermanas suspiraron al unísono. Era muy propio de lady Bayford inventarse alguna excusa para ausentarse del banquete de bodas de Elodie porque no aprobaba que se hubiera casado.

Henry asomó la cabeza por la curva del sendero del jardín y los vio a los tres bajo el enrejado.

—Ahí estás, amor mío. Ya creía que mi flamante esposa había salido huyendo.

La reina Isabelle llegaba tras él.

—Princesa Elodie, espero que estés gozando de tu celebración.

—Así es, majestad.

—Estupendo. Si me lo permites, entonces, querría que participaras en otra tradición nupcial aureana. Por desgracia, te alejará de estas festividades, pero, si estás dispuesta, será el mayor honor de tu vida.

—Lo consideraré todo un privilegio —respondió Elodie.

—¡Espera! —gritó su padre.

Se arrojó sobre Elodie y le dio un torpe beso en la mejilla. Floria soltó una risita, pero luego también besó a su hermana.

—Espero estar algún día la mitad de hermosa que tú hoy.

—Estarás el doble de hermosa —dijo Elodie, y dio ella el último beso, en la coronilla de su hermana pequeña.

Aunque la experiencia de Elodie en el palacio hasta el momento había consistido en subir escaleras, esa noche la reina la llevó hacia abajo, internándose en el corazón del castillo. O mejor dicho, en sus entrañas, pues llegaron muy profundo bajo tierra, por debajo incluso de las cocinas y la lavandería de los sótanos. Allí las paredes no eran de oro, sino de granito, y la única luz procedía de la oscilante llama de las antorchas en los candeleros de la fría piedra.

Henry no las había acompañado. Le había explicado a Elodie que aquella parte de la noche estaba reservada solo a las mujeres.

Elodie intentó deducir de qué podría tratarse aquello, pero no tenía ni la más remota idea. ¿Habría alguna cámara acorazada especial donde guardaban las joyas de la corona, o algunos archivos que la reina quisiera mostrarle? Pero eso no tendría por qué excluir a los hombres. ¿Quizá sería algún tipo de ritual que preparase a Elodie para la noche de bodas, una ceremonia de oración privada que los bendijera con niños?

Se encogió y deseó con toda su alma que eso no fuese lo que iba a pasar.

Doblaron una esquina y se detuvieron ante una pesada puerta de roble. Una neblina púrpura se escurría al pasillo desde el interior por debajo de ella y por sus bordes, y llegaban unos cánticos desde el otro lado.

—Estás a punto de participar en un ritual sagrado —dijo la reina—. ¿Tendrás el gran honor de abrir la puerta, Elodie?

Un ritual sagrado. La magnitud de la situación se aposentó en el pecho de Elodie, que asintió, medio orgullosa por formar parte de aquello, medio incapaz de creerse que en verdad fuese una princesa que pudiera formar parte de aquello.

Abrió la puerta hacia dentro y la neblina púrpura invadió el pasillo envolviendo a Elodie en sus zarcillos de humo con olor a hierbas. Al otro lado se reveló una cámara redonda en cuya circunferencia había ancianas ataviadas con túnica carmesí, todas ellas sosteniendo gruesos cirios y entonando un suave cántico. En el centro de la estancia, la tatuada sacerdotisa que había oficiado el enlace de Elodie y Henry estaba quemando ramas de salvia y lavanda seca.

—No te criaste en Aurea —dijo la reina Isabelle—, así que no conoces nuestras costumbres. Todo esto podría parecerte… antinatural.

Elodie sonrió con educación.

—Nuestro pueblo también tiene sus costumbres. Seguro que a vosotros os resultarían igual de extrañas. Pero ahora soy una princesa de Aurea y participaré encantada en toda tradición que pueda celebrar este reino.

La reina Isabelle la miró de arriba abajo y, por un segundo, a Elodie le pareció captar un atisbo de tristeza en los ojos de la reina. Pero debió de ser un efecto óptico de la luz de las velas, porque al instante la reina asintió y dijo:

—Perfecto, pues. Que las sacerdotisas de Aurea te preparen.

Las mujeres que había contra la pared circular hicieron una profunda inclinación a la reina, que tomó asiento al fondo en lo que parecía ser una versión a menor escala de su trono. La suma sacerdotisa cerró la puerta de roble y entonces las demás dejaron sus cirios en unos candeleros de hierro que había en la pared de granito y se acercaron a Elodie.

La primera sacerdotisa le quitó el collar. La segunda le sacó las peinetas de oro del pelo.

—Un momento —dijo Elodie—. Henry quería que las llevara puestas.

—Las guardaremos a buen recaudo en la cámara imperial, alteza —respondió la sacerdotisa.

Al mismo tiempo, otra mujer le soltó los pendientes de las orejas y se los llevó antes de que Elodie pudiera decir nada más.

—Esta noche honraréis a nuestros antepasados aureanos —proclamó la suma sacerdotisa—. Esta ceremonia sagrada lleva practicándose desde hace generaciones la noche de cada boda real. Sois especial, princesa Elodie, y no obstante sois solo una más en la larga línea de mujeres que han hecho a Aurea el solemne juramento de entregarse en cuerpo y alma a sus necesidades, de honrar al reino con todo vuestro ser.

Elodie agachó la cabeza en muda aceptación.

De pronto, junto al fuego, la suma sacerdotisa profirió un aullido salvaje que pareció prolongarse y prolongarse.

Elodie casi dio un salto. Las mujeres que tenía alrededor la agarraron, manteniéndola en su sitio, como si temieran que fuese a huir despavorida.

—No iré a ninguna parte —les aseguró Elodie, confusa por aquella reacción exagerada—. Es solo que me ha pillado por sorpresa el…, hum, el chillido.

La soltaron pero no dejaron de vigilarla de cerca mientras entonaban un nuevo cántico con voz grave, en un idioma que Elodie no había oído jamás. Sonaba antiguo, lleno de consonantes bruscas y susurros.

Rykarraia khono renekri.
Kuarraia kir ni mivden.
Vis kir vis,
sanae kir res.

—¿Qué significa? —preguntó Elodie.

La sacerdotisa que tenía más cerca sonrió con amabilidad pero se encogió de hombros.

—Su significado se ha perdido con el paso de los siglos, pero las instrucciones de recitarlo son claras. De modo que honramos el ritual con el cántico, sabiendo que el simbolismo permanece intacto.

Elodie torció los labios. «¿Y si estuvierais invocando a un demonio sin saberlo?», pensó mordaz. Pero se reservó el comentario, no queriendo parecer irrespetuosa ni desmerecer la solemnidad del ritual de las sacerdotisas. Lady Bayford habría estado orgullosa del autocontrol que estaba mostrando.

Las sacerdotisas le quitaron el vestido, el corsé de barba de ballena y la camisola, dejándola solo con la tiara en la cabeza. No tenía frío, porque el fuego mantenía caliente la cámara subterránea, pero sí que se sentía algo perturbada por estar como su madre la trajo al mundo delante de tanta gente.

«Ten la mente abierta —se reprendió—. Este ritual es importante para Aurea, y por tanto también lo es para mí».

Elodie aventuró una mirada hacia la reina, pero Su Majestad tenía los ojos cerrados. No dormitaba, porque estaba sentada con la espalda muy recta y los brazos a noventa grados exactos sobre los reposabrazos del trono. Era como si estuviera meditando, a juzgar por el movimiento de su pecho en lentas y profundas inspiraciones.

Así que Elodie la imitó, llenándose los pulmones del aroma a lavanda y salvia, y sintió que la embargaba una nube de calma. Quizá fuesen las flores y las hierbas del aire. Quizá fuese la aceptación del nuevo lugar que le correspondía en aquella nueva tierra. En todo caso, se comprometió a concluir aquella ceremonia con aplomo y elegancia.

Las sacerdotisas parecieron percibirlo y dejaron de vigilarla con tanta atención. Sacaron largos tallos de romero de unas cestas que había en el perímetro de la cámara y empezaron a ungir con ellas el cuerpo entero de Elodie. Al ritmo de sus cánticos usaron el romero para aplicarle un aceite dorado que olía a girasoles y luz solar, a días de verano y abundantes cosechas otoñales.

Rykarraia khono renekri.
Kuarraia kir ni mivden.
Vis kir vis,
sanae kir res.

Cuando la piel de Elodie absorbió el aceite dorado y le retiraron el sobrante, las sacerdotisas empezaron a pintarle los brazos, las piernas, el cuello, el pecho, el vientre y la espalda. Sus movimientos eran eficientes, como los de una compañía de bailarinas que llevaran años practicando juntas. Una mujer llegó con un tallo de romero empapado de azul, y otra se apartó con agilidad en el momento exacto para dejarle espacio. Luego se acercó otra con pintura rosa mientras la sacerdotisa que acababa de teñirle a Elodie el muslo de naranja se retiraba sin rozarla.

El contacto reverente de aquellos pinceles de romero arrulló a Elodie y le infundió una sensación de paz. Estaba formando parte de algo más grande que ella misma, no ya solo de una boda real, sino de una grandiosa historia. ¿Cuánto tiempo llevaría vigente aquella tradición nupcial nocturna? Henry le había mencionado que su familia había sido la guardiana de Aurea durante ochocientos años.

Era muy posible que Elodie estuviera participando en una ceremonia que se remontara a casi un milenio atrás. Pensar en aquella santidad la dejó sin aliento.

Al poco tiempo estaba cubierta desde la punta de las orejas hasta las plantas de los pies en artísticos trazos de pintura. La neblina de lavanda y salvia se arremolinaba en torno a ella, infundiendo su aroma con las pinturas, los aceites y las trazas de romero que dejaban atrás los pinceles. Elodie se sintió transformada en una obra de arte viviente.

Le recogieron el pelo en intricadas trenzas que entretejieron con su tiara, como para asegurarse de que, incluso si se le ocurría saltar desde la cima del monte Khaevis, la diadema seguiría fija en su cabeza.

Volvieron a vestirla con la camisola y el corsé de barba de ballena. Y entonces, por último, sacaron un vestido nuevo. En contraste con la pesada seda del vestido de novia de Elodie, aquel estaba elaborado a partir de una tela de color púrpura claro, tan ligera que resultaba etérea. El vestido tenía múltiples capas, con una gema distinta cosida en cada dobladillo. Una capa estaba ribeteada de rubíes, otra de atigrados topacios. Una tercera tenía diamantes amarillos, otra esmeraldas, luego azules zafiros y, por último, amatistas. Y además, un hilo brillante entretejido en aquella tela imposiblemente delicada le confería un resplandor iridiscente cuando la luz de los cirios caía sobre ella en el ángulo adecuado.

Ese momento pareció condensar todo lo que había sido Aurea para Elodie en los últimos tres días: demasiado y, sin embargo, toda una salvación. Mientras se movía por primera vez con el vestido puesto, Elodie bajó la mirada a la opulencia que cubría cada centímetro cuadrado de su piel, sin saber muy bien cómo sentirse al respecto. Y aun así hizo lo que mejor se le daba: tragarse sus sentimientos personales y cumplir con su deber.

Era lo único que podía garantizar sobre su futuro en la isla de Aurea.

Isabelle

La suma sacerdotisa se acercó a la reina e hizo una profunda inclinación.

—Está preparada, majestad.

La reina Isabelle no quería abrir los ojos. Todavía no.

Pero aquello formaba parte de la tradición. Y la reina se obligaba a presenciar la ceremonia cada vez, a atestiguarla. A contemplar la horripilante magnitud del ritual y aceptar su responsabilidad. Era lo menos que podía hacer para honrar la vida que estaba a punto de sacrificar. Y era una forma de recordarse a sí misma que también ella fue princesa una vez, pero le habían perdonado la vida y le habían permitido ser reina.

«Perdóname, Elodie».

Isabelle hizo una última y honda inspiración y entonces abrió los ojos.

—Pareces un ángel —le dijo a Elodie.

—Gracias, majestad. ¿Qué viene a continuación?

«No quieres saberlo».

Cora

Cuando se abrió la puerta de la casita, el caballero arrojó a la chica al suelo de piedra sin más ceremonia.

—¡Cora! —exclamó su padre, corriendo a recogerla entre sus brazos—. ¿Dónde te habías metido? ¡Llevo toda la noche buscándote en los trigales!

—Ha irrumpido en palacio y ha amenazado a la princesa durante la boda real —dijo el caballero.

El padre de Cora palideció.

—¿Por qué has hecho una cosa como esa?

—No he amenazado a la princesa —dijo Cora, frotándose la nuca, que aún le dolía un poco por el golpe con el pomo de la espada—. He intentado decirle la verdad.

El caballero se quitó los guantes de montar y se cruzó de brazos.

—Es por esto que la costumbre dicta que los niños no conozcan las tradiciones de Aurea hasta que cumplen los diez años. ¿Cuántos años tiene la chica, maese Ravella? ¿Siete?

—Tengo nueve —espetó Cora.

El hombre meneó la cabeza, reprobador.

—Demasiado pequeña. Aún no son capaces de comprender el frágil equilibrio de nuestra vida aquí.

—Hemos intentado evitarlo —dijo su padre—, pero los niños hablan en los campos y...

El caballero movió la mano, sin brusquedad pero rechazando la excusa de todos modos.

—Debéis explicarle el motivo de que existan nuestras costumbres. Vosotros comprendéis por qué merecen la pena. No puede volver a colarse por las puertas del castillo. La próxima vez…

—No, por favor.

—Yo también tengo familia —dijo el caballero—, y haría cualquier cosa por mantenerla unida. A mi esposa se le partiría el corazón si alguno de nuestros hijos… Bueno, mejor no pensar en esas cosas. Habla con tu hija y haz que lo entienda. Y tenla vigilada de cerca.

—Lo haré, gracias. Gracias por traerla a casa.

El caballero gruñó, volvió a ponerse los guantes y se marchó.

El padre de Cora estalló en lágrimas y la abrazó de nuevo.

—¡Pero serás tonta! ¿Cómo has podido? ¿En qué estabas pensando?

—¡No está bien, papá! Lo que van a hacerle a…

—Chist. —Su padre apretó más a Cora—. A veces es mejor no darle demasiadas vueltas. Lo entenderás cuando seas más mayor. La vida en Aurea es como un estanque al amanecer, sereno y reflejando la luz dorada. Pero se rompe si tiras piedras al agua.

—¿Y qué pasa si me gusta tirar piedras?

—No te gusta, amor mío, créeme. Los aureanos no jugamos ni siquiera a hacerlas rebotar en la superficie.

Elodie

El pasillo que tomaron la reina y Elodie no ascendía de vuelta al castillo, sino que más bien seguía adelante por las profundidades de granito. Los grises pasadizos se fueron volviendo más oscuros si cabe al espaciarse más los titilantes candeleros, que proyectaban largas sombras a su paso. Elodie apretaba y aflojaba los puños a sus costados, tratando de dominar su miedo a los espacios cerrados, aunque los túneles parecían hacerse más angostos a medida que las paredes caían más en ángulo. Los recuerdos de quedarse atrapada en aquella grieta de la meseta inophesa, del sol ardiendo sobre ella, del sudor robándole su valiosa agua, de pasar horas en soledad bajo los buitres que volaban en círculo, retumbaron en su mente.

«Para —se dijo furiosa—. Si este va a ser mi hogar, tendré que habituarme a estos pasadizos subterráneos». Pero Elodie también confiaba en que no hubiera necesidad de visitar de nuevo a la sacerdotisa bajo el castillo. Al menos no en mucho tiempo, hasta el día en que ella misma fuese reina y presidiera la ceremonia posterior a la boda de su propia prole.

Tras lo que posiblemente fueron solo unos pocos minutos pero le parecieron una eternidad, Elodie y la reina Isabelle llegaron a una puerta de hierro junto a la que esperaba un caballero con armadura completa. Elodie a duras penas ahogó un suspiro de alivio nada digno por haber terminado de recorrer los estrechos túneles de piedra.

—Majestad, alteza —dijo el caballero, inclinándose. Abrió la puerta como si no pesara nada, dejando entrar un soplo de gélido aire nocturno—. Vuestro carruaje os espera.

—¿Carruaje? —preguntó Elodie.

Pero no le habría hecho falta, porque al salir del pasadizo encontró el carruaje dorado ante ella. Era más opulento que el que los había llevado a su familia y a ella desde el puerto a su llegada al reino. Al parecer ese carruaje no se contentaba con estar hecho de oro, sino que además tenía forma de cabeza de dragón, recubierta por completo de teselas con forma de escudo.

«¡Anda, pero si son escamas de dragón!». ¿Sería aquello lo que se suponía que representaban también el mosaico del salón del trono y el techo de su alcoba?

«Para vivir en un reino granjero y pacífico, desde luego a los aureanos les gustan los dragones», pensó. ¿Quizá el dragón, una poderosa criatura legendaria, sería su forma psicológica de compensar aquel estilo de vida tan relajado? A lo mejor los caballeros sin batallas que librar necesitaban algo que los hiciera sentirse como guerreros.

Hablando de caballeros, había más de dos docenas de ellos montados en corceles detrás del carruaje. Todos los soldados y las monturas lucían los colores carmesí y oro de Aurea en todo su esplendor, lo cual no era de extrañar teniendo en cuenta que venían de asistir a una boda real.

Sin embargo, sí que era un poco raro que estuvieran allí, en la parte trasera del castillo, y no en el patio de armas.

—Estás espectacular —dijo Henry, bajando del carruaje—. La pintura y el vestido púrpura te quedan de maravilla.

La sonrisa de su marido derritió el nerviosismo de Elodie.

—Tengo curiosidad por saber adónde lleva todo esto —respondió ella—. ¿Una solemne ceremonia subterránea, otro vestido nuevo y, ahora, un carruaje dorado con escolta de caballeros? ¿Es el principio de nuestra luna de miel?

—Tu curiosidad se saciará pronto —dijo la reina Isabelle—. Henry, os veré a los dos allí.

«¿Qué tendrá que ver la reina con nuestra luna de miel?», se preguntó Elodie mientras hacía una reverencia de despedida a su suegra.

Henry tomó la mano de Elodie y la ayudó a subir al carruaje. Los mullidos asientos eran de terciopelo carmesí y las paredes estaban cubiertas de seda dorada con el escudo de armas real bordado.

—¡Huy, las peinetas y el collar! —exclamó Elodie, llevándose las manos al cuello.

—No te preocupes —dijo Henry—. Estarán seguras en la cámara imperial.

El carruaje empezó a moverse. Elodie apretó la cara contra la ventana.

De pronto, la fría oscuridad de la noche se los tragó y Elodie cayó en la cuenta de que estaban ascendiendo por la ladera del monte Khaevis.

Elodie

El carruaje se detuvo a media altura del monte Khaevis. El cochero abrió la puerta y ayudó a Elodie a descender a un sendero rocoso. Un viento helado azotaba la escarpada ladera y se coló de inmediato entre las vaporosas capas de su vestido para congelarla hasta los huesos.

—¿Dónde estamos? —preguntó.

—Tú sigue —dijo Henry—. Voy detrás de ti.

—Pero ¿hacia dónde voy?

—Recto. Hay un sendero. ¿No decías que querías subir al monte Khaevis conmigo?

Pero en su tono había un matiz burlón que le daba una sensación muy distinta a la del Henry que había estado cortejándola los últimos ocho meses. Elodie se estremeció, y no solo por el frío.

Aun así era posible que se hubiera equivocado con el tono de Henry y con la escurridiza sensación fatídica que empezaba a invadirla. Además Elodie era una hoja forjada al duro calor de Inophe, que había estado dispuesta a entregarlo todo por su pueblo. ¿Qué eran unos pasos en la oscuridad cuando ya había pasado dos décadas combatiendo la hambruna y la sequía? Si Henry quería que siguiera un sendero, lo seguiría. No solo era su marido, sino también el compañero que había anhelado desde que tenía uso de razón. Ya no tendría que cargar ella sola con el peso del futuro de Inophe. Proveerían para Inophe y gobernarían Aurea los dos juntos.

Con esa seguridad en mente, Elodie emprendió el camino pedregoso, dando pasos cautelosos para no resbalar en la grava. Costaba ver a la luz de la luna, porque el cielo se había nublado desde el

94

banquete de bodas, pero se orientó lo mejor que pudo. Seguía helada, eso sí.

El estrecho camino ascendía en zigzag desde el lugar donde los había dejado el carruaje. Pero Elodie tardó solo unos minutos en coronar la cresta.

Por debajo de ella se abría una garganta profunda y angosta. Debía de ser el valle que había visto desde el palacio, el que atravesaba la falda del monte Khaevis. Ascendía una niebla de él como si fuese un caldero que ocultaba sus profundidades a la vista.

Pero no era allí donde estaba mirando Elodie. Porque al otro lado de la garganta se alzaban unas figuras envueltas en capas, todas ellas con el rostro cubierto por máscaras doradas y sosteniendo una larga antorcha, casi como una lanza, cuyas llamas oscilaban salvajes al viento.

Dio un respingo y se volvió hacia Henry.

Las antorchas se reflejaban en sus ojos.

Por un momento se quedó sin habla, porque ya había visto aquello antes, en su sueño. La había dejado helada entonces y la dejó helada ahora, con un escalofrío que fue como escarcha cristalizando en su columna vertebral.

Pero entonces Elodie recobró la compostura, recordó que los presagios no existían y que los sueños no podían predecir el futuro.

—¿Qué es esto? —preguntó.

Henry le puso las manos en la cintura con brusquedad, posesivo y controlador como nunca se había mostrado con ella.

—Eres la princesa de Aurea. Ahora esto también es tu responsabilidad.

—No digo que no lo sea.

Se quitó de encima las manos del príncipe y las arrojó lejos, ofendida al pensar que Henry considerase tan endeble el juramento que había hecho al reino como para traicionarlo en su primera noche como princesa.

Llegaron más figuras embozadas en capas por detrás de Henry, sus caras dotadas de un inquietante anonimato por las máscaras de oro. Los caballeros que habían escoltado el carruaje formaban en línea tras ellas, haciéndolas avanzar.

Elodie tragó saliva.

—Camina —dijo Henry.

—Pero es una garganta…

—Hay… hay un puente —dijo una de las figuras encapuchadas. Elodie se volvió hacia el hombre. Conocía esa voz.

—¿Padre?

El hombre apartó la mirada, calándose más la capucha sobre el rostro ya enmascarado.

La luz de las antorchas permitió a Elodie ver un poco en el cuenco sin fondo de niebla que era el abismo abierto ante ella. De más abajo emergían unas estatuas aladas, reptilianas, talladas en granito púrpura y gris. Eran idénticas a los dragones que habían visto en el mar cuando su barco se aproximaba a Aurea.

Desde el otro lado de la angosta garganta llegó otra voz conocida.

—Una tierra solo puede medrar si le ofrecemos nuestras bendiciones —proclamó la reina Isabelle. Llevaba una máscara dorada con cuernos retorcidos y puntiagudos—. Hemos sido elegidos para este deber sagrado. Durante generaciones ha sido nuestro deber, y nuestra carga, proteger a nuestro pueblo. Mantener fértil nuestra isla. Pagar el precio.

Al lado de Elodie, Henry gritó:

—¡Khaevis desea y nosotros debemos sacrificar!

—¡Vida por vida! —vociferaron las figuras encapuchadas—. ¡Sangre por fuego!

El semicírculo de antorchas se cerró en torno a Elodie, seguido a dos pasos de distancia por los caballeros. La acorralaron hacia el borde de la cresta, hacia el puente de piedra clara que cruzaba la garganta entre la niebla.

El pánico se apoderó de Elodie.

—Que la princesa recorra la senda de la comunión —dijo la reina, y su voz resonó en la ladera de la montaña.

«Ah». Una oleada de alivio inundó a Elodie. Solo querían que cruzara el puente. Otra desconocida tradición aureana, pero asequible, al menos.

—¿Puedo llevar antorcha? —preguntó a Henry.

—No es lo que dicta la ceremonia —gruñó una figura envuelta en capa.

Elodie frunció el ceño.

—Pero será casi imposible ver nada en el centro, donde el puente se hunde en la niebla. ¿Y si me caigo?

Henry extendió el brazo, le apretó la mano y mantuvo el contacto unos segundos.

—Ángel mío, tus pies no llegarán a tocar el suelo.

El viento la azotó de nuevo a través de su ligero vestido.

—Déjame tu capa al menos.

—No cuestiones los requisitos, princesa. Cumple con tu deber y todo terminará pronto.

Elodie se mordió la lengua para no replicarle con un insulto que había aprendido de los marineros. No era el momento. Además, Henry tenía razón en una cosa. Elodie era una princesa y haría lo que le pedían, no porque ellos lo dijeran, sino porque comprendía el deber y lo que se requería de quienes elegían gobernar. Y ella había elegido.

Dio un paso cauteloso más allá de la cresta y apoyó el pie en el puente. La piedra era delgada y estaba cubierta de escarcha, pero avanzaría con mucho cuidado.

—Primero el pie izquierdo y luego el derecho —empezó a susurrar para sí misma.

Era un poema que solía recitarle su madre siempre que Elodie estaba a punto de intentar algo nuevo.

> *Primero el pie izquierdo y luego el derecho.*
> *No hay desastre al que debas tener miedo.*
> *Así, un paso tras otro,*
> *dejarás atrás el foso*
> *y en menos que canta un gallo*
> *estarás de nuevo a salvo.*

El puente de piedra descendía en pendiente por la garganta y recorría un tramo a través de la densa niebla antes de ascender hacia el extremo donde la reina y su mitad del grupo de enmascarados esperaban con sus largas antorchas.

La falta de visibilidad en la parte central del puente no era tan grave como Elodie había temido. Cuando se introdujo en la niebla, vio que también penetraba en ella una parte de la titilante luz de las antorchas, y distinguió no solo las inmensas estatuas de dragones, sino también otras elaboradas tallas en las paredes de la garganta.

Representaban a mujeres en vaporosos vestidos, muy parecidos al que llevaba la propia Elodie. Algunas tenían el pelo suelto y ondulado, otras moños y trenzas, pero todas ellas llevaban una tiara en la cabeza. «¿Me la habrán puesto en homenaje a las ceremonias del pasado?». Quizá las tallas honraban a las generaciones de princesas que habían cruzado ese mismo puente en su noche de bodas.

Elodie resbaló en una zona congelada.

—¡Oh, no!

Cayó a gatas y empezó a resbalar en dirección al borde del puente, hacia las fauces abiertas de un dragón de piedra.

«¡Impulso!», pensó mientras la lógica se imponía al miedo, y echó todo lo que pudo de su peso en dirección opuesta a la que llevaba.

Se detuvo a un pelo de caer al precipicio.

Elodie se quedó tendida un momento en la piedra escarchada, bocabajo, resollando. Mirando hacia el fondo de la garganta.

Cuando se le hubo ralentizado un poco el corazón y ya no latía desbocado, se levantó con esfuerzo. Puso incluso más cuidado en los pasos que daba, mirando solo el lugar donde iban a posarse sus pies y no las estatuas de dragones que emergían de la niebla ni los murales de mujeres talladas en las paredes de roca.

Despacio pero considerándose afortunada, Elodie llegó a la parte del puente que empezaba a ascender de nuevo. Cuando salió de entre la niebla, dejó escapar un largo suspiro. «Gracias al firmamento».

La reina Isabelle dio un paso adelante. No había ni rastro del rey Rodrick, así que Elodie supuso que debía de haberse quedado en palacio, dado que el frío y la pompa de aquella ceremonia no podían hacerle ningún bien.

—Has recorrido bien la senda —dijo la reina.

—Gracias. Pero no comprendo el significado de lo que acabo de hacer.

—Durante la ceremonia nupcial, has mezclado tu sangre con la de Henry —le explicó la reina Isabelle, respondiendo a Elodie pero sin mirarla a los ojos—. Ahora formas parte de la familia real. Y nuestro linaje compartido viene acompañado de nuestra historia.

La reina le presentó una moneda de oro sobre un cojín de terciopelo carmesí. La moneda tenía casi el tamaño de la palma de la mano de Elodie.

Sin saber muy bien cómo reaccionar, Elodie hizo la reverencia más solemne que pudo teniendo en cuenta lo mucho que tiritaba por el viento. Aceptó la moneda con ambas manos.

En un lado tenía la imagen de tres mujeres con tiaras. En la otra, una cola puntiaguda y escamosa.

Una figura encapuchada trajo una tela doblada. La reina Isabelle la desplegó y la sostuvo en alto para que todos la vieran a la luz de las antorchas.

Era la tela matrimonial manchada por la sangre de Elodie y Henry.

La reina la arrojó al precipicio, y Elodie la vio caer, no despacio como una pluma, sino precipitándose a la oscuridad. Otro escalofrío le recorrió la columna vertebral.

—Cuando nuestros antepasados llegaron a las costas de Aurea —entonó la reina Isabelle, dirigiéndose a todos los presentes alrededor de la garganta—, estaban cansados y hambrientos, buscaban refugio y una nueva tierra en la que labrarse un futuro. La isla los recibió con sus fértiles llanuras repletas de trigo dorado y sus bosques a rebosar de curativa fruta. Era la salvación que anhelaban, la recompensa a su valentía tras un largo viaje por mar.

»Pero nuestro valeroso pueblo no era lo único presente en la isla. También había un monstruo aquí. La abundancia de esta tierra no le servía de nada, y sin embargo se negaba a renunciar a ella. Así que el rey y la reina enviaron a sus caballeros a ocuparse de la bestia, para que el resto de su pueblo pudiera ocupar la isla de Aurea en paz.

Las figuras con capas que bordeaban la garganta murmuraron

apreciando la difícil situación que habían afrontado sus antepasados. A la vez, un hombre del otro lado de la cresta montó a caballo y empezó a bordear el precipicio hacia el lado en el que estaban Elodie y la reina Isabelle.

—La arrogancia de los humanos enfureció al monstruo —prosiguió su historia la reina, con una voz hipnótica al transportarla el viento—. Abandonó su madriguera para destruir al rey y a la reina, y a sus tres inocentes hijas.

Elodie bajó la mirada a la moneda de oro que tenía en las manos. Tres mujeres con tiaras en un lado. Un monstruo en el otro.

La reina Isabelle lanzó una mirada a Elodie y, por un momento, dio la impresión de que la dura coraza de la reina flaqueaba. Pero entonces Isabelle cerró los puños y retomó el relato.

—El rey estaba desesperado por salvar a su pueblo, por entregarle aquel paraíso recién hallado como su nuevo hogar. Se arrodilló ante el dragón y le suplicó clemencia.

«El monstruo era un dragón». A Elodie se le revolvió el estómago. La obsesión de aquel reino con los dragones por fin tenía sentido. Todo ello, el mosaico de escamas, el escudo de armas, la cola puntiaguda de la moneda, era en homenaje a su historia.

—La familia real prometió darle a la bestia cualquier cosa que deseara a cambio de dejar a su pueblo en paz. —La reina Isabelle se volvió entonces y miró a Elodie a los ojos—. Lo que más les gusta a los dragones en el mundo son los tesoros. ¿Y qué puede ser más valioso para un rey que sus propias hijas?

El jinete llegó desde el otro lado de la garganta. Desmontó y avanzó a zancadas hasta situarse junto a la reina.

Era Henry.

No le dijo ni una palabra a Elodie.

—Se forjó el pacto —concluyó la reina Isabelle—. El rey sacrificó a sus tres hijas al dragón y, a cambio, el dragón dejó en paz al reino. Y cada año, durante la estación de la cosecha, Aurea debe renovar su promesa al monstruo con tres regalos de sangre real.

—Vida por vida —salmodiaron las figuras encapuchadas a ambos lados de la garganta—. Sangre por fuego.

«Tres plegarias», le había dicho Henry cuando Elodie le preguntó por las antorchas que había visto en la montaña la noche de su llegada. Y ella era una de las «plegarias».

—No. —Elodie sacudió la cabeza, incrédula—. ¿Me habéis *comprado* para entregarme al dragón?

La expresión de la reina era dura e implacable, pero sus ojos contaban una historia distinta, la de siglos de tristeza y lamentos. No iba a disculparse por lo que habían tenido que hacer las distintas familias reales para cuidar del resto del reino con el paso de los siglos, pero cargaba con el peso de ese remordimiento.

—Considéralo un honor —dijo la reina Isabelle—. Estás entregándote para proteger un país entero. ¿Acaso no estabas dispuesta a hacerlo para salvar Inophe, cuando aceptaste este matrimonio? Esto no es sino un paso más en la misma dirección.

—¡Padre! —gritó Elodie a través de la garganta, hacia la figura encapuchada a la que había reconocido a pesar de la máscara dorada—. ¿Tú sabías esto?

Su padre solo agachó más la cabeza, avergonzado.

No podía estar ocurriendo aquello. No después de los lujos de palacio, de los regalos en su alcoba de la torre, de la dicha de la boda.

O quizá precisamente por eso estaba ocurriendo. Todo lo que había llevado a ese momento había sido solo engordar al ganso para la matanza. Y Elodie era el ganso.

—¡Estaba dispuesta a hacer casi cualquier cosa por salvar Inophe! —gritó a su padre y a todos los presentes—. Pero jamás me habría cobrado la vida de nuestra propia gente. —Se volvió hacia la reina Isabelle—. No sucumbiré a mi muerte con docilidad.

—Habría sido más fácil que lo hicieras —respondió la reina, con voz repentinamente suave.

Miró hacia Henry y se marchó.

—Lo siento —dijo Henry, y le dio a Elodie un brusco beso en los labios.

Distraída y confundida por la boca del príncipe, Elodie no pudo defenderse cuando Henry la levantó del suelo, se la cargó al hombro y echó a correr por el puente.

—Henry, ¿qué estás…?

No tuvo tiempo de terminar la pregunta. Porque un momento estaba en sus brazos y al siguiente Henry ya la había arrojado a la oscuridad, y se le había subido el corazón a la garganta, y al igual que la tela matrimonial antes que ella, estaba precipitándose

abajo

y abajo

y abajo…

Elodie

El cuerpo de Elodie dio contra el fondo del precipicio y rebotó una, dos, tres veces, flácido y magullado por las rocas y las raíces que había raspado en su descenso, con los brazos y las piernas doblándose en todas las direcciones como si fuese una muñeca tirada a la basura. Resbaló por el fondo y Elodie no supo muy bien cómo era que seguía con vida, pero aún se oía el espectro de sus propios gritos retumbando contra las vertientes del monte Khaevis. Se hizo un ovillo, como si acurrucarse pudiera hacer que, de algún modo, el ruido y el recuerdo demasiado nítido de la traición de Aurea desaparecieran.

—¿Cómo habéis podido hacerlo? —gimió.

Era una pregunta dirigida a la familia real. A su padre. Y hasta a sí misma, por creer que bastaría el matrimonio con un desconocido para que todo el mundo no solo fuera feliz, sino que también comiera perdices.

Y, en vez de eso, la habían despeñado a su muerte desde un puente.

«Un momento». Elodie se estiró poco a poco y se incorporó. No estaba muerta. ¿Cómo había sobrevivido a una caída como esa? Desde allí abajo apenas se veían el puente y la niebla.

«Allí abajo» era una capa esponjosa de musgo, tan gruesa que, cuando Elodie introdujo el brazo en ella, no llegó al fondo. El musgo tenía una cierta elasticidad, tanto que debía de haber amortiguado el impacto al caer.

«¡Gracias al firmamento!».

No. Esa era la expresión de Henry. Una expresión aureana. Elodie se negó a utilizarla.

Se levantó a gatas sobre el musgo. ¿Sabrían la reina y Henry que aquello estaba allí abajo? ¿Y el padre de Elodie? A lo mejor no habían querido que muriera, a fin de cuentas.

«Venga, por favor». Elodie suspiró al comprender la verdad. Pues claro que no habían querido que muriera. No había ningún dragón; era absurdo plantearse ni por un momento que un monstruo surgido de los mitos y las leyendas fuese real. Elodie había permitido que la atmósfera macabra de la ceremonia con capuchas y máscaras la afectara, y en ese momento de debilidad había creído.

—La reina Isabelle ya me había advertido que sus tradiciones parecerían estrafalarias —se dijo Elodie, sacudiéndose el musgo de los brazos.

Pero entonces ¿a qué venía todo el ritual de la ladera?

Quizá fuera un rito de paso. Una prueba. Como el juego al que jugaban Floria y ella de pequeñas, el de dejarse caer de espaldas a los brazos de la otra.

Una prueba de confianza.

Elodie hizo una mueca. Era muy posible que ya hubiera fracasado en su primera ceremonia como princesa al no confiar en la reina. Pero ¿qué se suponía que debía hacer? ¿Decirle: «Sí, majestad, no veáis qué ganas tengo de lanzarme a lo desconocido y quizá a las fauces de un monstruo hambriento, solo por demostrar mi lealtad»?

Suspiró de nuevo mientras se ponía en pie.

Pero le flaquearon las rodillas y volvió a derrumbarse al musgo. Le temblaban todas las partes del cuerpo. O bien aún no se habían puesto al día con su cerebro, o bien no se tragaban la lógica con la que dicho cerebro intentaba convencerlas. En cualquier caso, tardó unos minutos más en notarse lo bastante firme para intentar levantarse otra vez.

En esa ocasión se arrastró hasta la pared de roca y la usó para apoyarse.

—¿Hola? ¿Hay alguien ahí arriba? ¡Ya estoy preparada para salir!

No hubo respuesta.

—¿Padre? ¿Henry? ¿Alguien?

Nada.

El pulso de Elodie empezó a acelerarse de nuevo.

«No pasa nada —trató de decirse a sí misma—. Esto solo era una prueba. Ya vendrá alguien. Vendrá mi padre. No van a dejarme aquí de verdad».

No llegaba ningún ruido desde arriba. No se oía el traqueteo de armaduras en el puente que harían los caballeros disponiéndose a rescatarla. No se desenrollaba ninguna cuerda. No había ni siquiera un cántico espeluznante.

En ese momento oyó algo. El relinchar de caballos. Y luego el sonido de cascos.

Que se alejaban al galope.

«¿Cómo? ¡No!».

—¡Volved! —chilló Elodie, renunciando a toda dignidad—. ¡No podéis dejarme aquí! ¡Socorro, que alguien me ayude!

Probó a trepar por la pared, pero la rigidez del corsé estaba pensada para acentuarle la figura y quizá para algún baile lento, no para escalar muros de roca verticales.

—¡Aaah! —Frustrada, Elodie se tiró del vestido, aflojó la almilla y escarbó entre las capas efímeras y enjoyadas para llegar a la prisión de barba de ballena que había debajo—. ¡Sal, sal de una vez!

Intentó llegar a los cordones de la espalda, sacudiéndose de un lado a otro en su intento de liberarse de aquella jaula. Por fin logró soltarlos lo suficiente para escurrirse fuera del corsé, y entonces se apresuró a ajustarse de nuevo la almilla del vestido, sintiéndose tremendamente expuesta bajo aquellas finas capas de lavanda. Pero en esos momentos a Elodie le daba igual el recato. Solo le preocupaba poder respirar y moverse. Además, tampoco había nadie allí abajo que pudiera escandalizarse por su apariencia, de todas formas.

La niebla de arriba se movió y, durante un segundo, la luz de luna la atravesó borrosa e iluminó parte de la pared de roca a unos metros de ella. Había una ornamentada uve tallada en la piedra, y Elodie dio un respingo. Era igualita que la uve del reloj de arena, con un asta curva que descendía en profunda y fina punta de flecha antes de elevarse de nuevo en un segundo trazo curvado, como el perfil de un lirio.

—¿Qué hace esto aquí?

En ese momento la niebla cambió de nuevo y sumió en la penumbra esa parte de la pared. Unos instantes después, otra luz distinta, más cálida, titiló al fondo de la garganta, revelando la entrada a algún tipo de túnel.

Elodie se sentía justificada al no tener muchas ganas de seguir lo que parecía más luz de antorcha.

Aunque, bien pensado, podrían ser Henry y los caballeros, que llegaban a recogerla. Tenía sentido. Creerían que sacarla izándola hasta el puente sería mucho más complicado, porque ignoraban que Elodie era capaz de trepar cuerda arriba sin ningún problema, ya que no era la clase de habilidad que solían aprender las damas de la corte. Por tanto, era lógico que llegaran por otro pasadizo en la montaña, al nivel en el que estaba ella.

Impulsada por el pensamiento, Elodie se metió en el túnel. Seguiría la luz y se encontraría de camino con el grupo de rescate, y así todo aquel suplicio acabaría mucho antes.

La luz era tenue, el túnel amplio pero sinuoso. Elodie, sin separar una mano de la pared de roca, avanzaba despacio y casi a tientas. Por pura costumbre, empezó a llevar la cuenta mental de todos los giros que hacía, como si estuviera diseñando uno de sus laberintos para que Floria lo resolviera.

—¡Au! —Elodie separó la mano de golpe de la pared del pasadizo. Una oleada de vapor ardiente la había quemado—. Pero ¿qué narices...?

Se agachó para acercarse otra vez al lugar de donde había salido el vapor, aunque procurando no arrimarse demasiado.

Un aire caliente y húmedo surgió sibilante de una grieta en la pared.

«¿Un dragón?», se preguntó sobresaltada.

Pero era solo una fumarola, y Elodie se sintió ridícula por haber sucumbido al relato de la supersticiosa ceremonia de la cosecha.

Además tenía sentido que allí abajo hubiera calor natural. El monte Khaevis había sido un volcán hacía muchísimo tiempo. Aquello era lo que quedaba de él.

La luz se hizo un poco más brillante. Elodie apretó el paso.

Al cabo de unos minutos, el túnel se ensanchó para desembocar de sopetón en un espacio abierto. Elodie dio un cauteloso paso adelante.

El sonido de algo moviéndose, *reptando*, resonó por toda la montaña.

Elodie se quedó inmóvil.

—¿Hola? —susurró, dudando si le interesaba llamar la atención de lo que hubiera hecho aquel ruido, porque desde luego no sonaba a caballeros con armadura.

Era imposible que fuera…

—*Vo drae oniserru rokzif. Mirvu rokzif.*

La voz era grave y rasposa, como el humo de carbón cuando un fuego ardía con demasiada intensidad. Con los ojos como platos, Elodie retrocedió unos pasos de vuelta al túnel y se apretó contra la roca, moviéndose con toda la lentitud y el sigilo que le permitía el terror. Porque había oído palabras. Sin duda alguna, palabras. Pero en un lenguaje que no conocía.

«Los dragones *no* existen», se dijo.

Aunque permaneció muy muy quieta.

Y cuando no pasó nada más, Elodie empezó a preguntarse si estaría volviéndose loca. Quizá la fatiga había conjurado voces en su mente. De todos modos se quedó en el pasadizo durante varios silenciosos minutos más.

La luz que llegaba desde delante se avivó y cobró un tono anaranjado en vez de amarillo. Elodie se obligó a llegar al final del túnel y echar un vistazo fuera.

Una ardiente bola de fuego cabeceaba arriba y abajo en lo alto, iluminando una gran cueva húmeda. Del techo pendían estalactitas como afilados dientes grises, y del suelo se alzaban estalagmitas como la otra mitad de una gigantesca mandíbula.

Entonces la bola de fuego se estrelló contra el suelo y emitió un apesadumbrado trino.

«¡Es un pájaro!». Elodie corrió hacia el pobre animalito herido.

Las llamas danzaban en las alas de la golondrina risquera. Elodie miró frenética alrededor en busca de algo con lo que apagar el fuego, antes de caer en la cuenta de que llevaba puesta la solución. Se arrojó al suelo junto al ave y la envolvió con su falda.

Privado de oxígeno, el fuego se apagó en cuestión de segundos. Elodie desenvolvió la pequeña golondrina. Pero ya era demasiado tarde. Su cuerpo yacía laxo en su regazo.

—¿Qué te ha pasado?

Otra golondrina en llamas llegó aleteando a la cueva. Elodie ahogó un grito. Dejó al primer pájaro muerto en el suelo, notó las manos pegajosas de una sustancia de color marrón oscuro que le había impregnado las alas y se las limpió en el vestido mientras se levantaba para mirar la segunda golondrina envuelta en llamas.

—¿Cómo puede ser? ¿Qué pasa aquí?

El pájaro chilló de dolor mientras volaba despavorido por toda la cueva, y le respondieron otros gritos. Fue solo entonces, a su llameante luz, cuando Elodie vio que las paredes de la gruta estaban recubiertas de nidos de golondrina, no de los que se hacían con palos, sino de los construidos con saliva de ave y barro. En cada nido había minúsculos pajaritos, que piaban de miedo.

Una enorme sombra oscureció el túnel del que había salido la segunda golondrina ardiente. Un sonido atronador y rítmico reverberó por toda la cueva.

¿Qué era? Aquello le recordaba a algo, y al mismo tiempo le era desconocido por completo. Elodie sentía las vibraciones. Lo que fuese que hacía ese ruido era lo bastante voluminoso como para desplazar una gran cantidad de aire, y por eso ella era capaz de sentir su movimiento. El corazón le aporreaba a un ritmo frenético.

Sonaba a...

¿A qué?

—¡A alas! —gritó Elodie mientras toda una bandada de golondrinas ardientes llegaban en tropel a la caverna.

Volaron más allá de Elodie, a su alrededor, arriba y abajo, estrellándose contra las estalactitas y cayendo en picado al suelo como una desesperada tempestad de estrellas fugaces que entonaran un espantoso coro de agonía y terror. Un pájaro logró llegar a su nido, pero, en sus últimos estertores, calculó mal la trayectoria, impactó contra sus gimoteantes bebés y el nido estalló como un petardo de plumas y ceniza.

Elodie se quedó plantada en el sitio, contemplando horrorizada y boquiabierta la llameante masacre que la rodeaba.

Y entonces... ese sonido reptante de nuevo. Más alto, más cercano que la primera vez que lo había oído. Cuero restregándose contra granito.

Los pájaros que quedaban vivos huyeron chillando de la cueva hacia el estrecho túnel por el que había llegado Elodie. La oscuridad se impuso en la cavernosa cámara, iluminada solo por la tenue luz de las moribundas llamas en los cadáveres de las golondrinas, entre las estalagmitas.

Elodie podía sentir a aquel ser. Toda esperanza de que fuera un destacamento de caballeros aureanos enviados a buscarla había quedado eviscerada por las aves ardientes, y supo con toda certeza que lo que hacía aquel ruido no era humano.

El sonido de algo deslizándose se aproximó más si cabe y la gruta empezó a calentarse, como si todas las fumarolas se hubieran abierto a la vez para liberar su vapor. Elodie se estremeció de todos modos y se agachó detrás de una estalagmita, esperando que lo que fuese aquel ser pasara de largo.

Y esperando que no fuera tan colosal como sonaba.

Quizá era solo el eco de las cuevas...

Escamas contra piedra.

Elodie lo oyó a su izquierda. Y también a su derecha.

«Ay, madre, ¿está rodeándome?».

Se encogió contra la roca, pero a la menguante luz de las golondrinas muertas vio cerca de ella una estalagmita que no estaba antes.

La estalagmita se movió.

¡Era una cola!

Elodie ascendió por su propia estalagmita, agradeciendo todos los años que había pasado subiéndose a árboles y peñascos en Inophe. No sabía hacia dónde iba, solo que debía apartarse del suelo, alejarse de aquella criatura.

—Por favor, no me hagas daño —susurró, aferrada a la cima de su roca.

La punta de la cola era más grande que ella. Estaba recubierta de blindadas escamas, y tenía unas afiladas protuberancias con forma de aletas, como si fuese una maza de armas.

Un gigantesco ojo violeta se abrió para mirarla. Su centro era una rendija dorada, depredadora, reptiliana.

—*Dev errai?* —preguntó el ser con voz áspera y cenicienta.

—¿Qué? —chilló Elodie.

El ojo se cerró y Elodie quedó sumida otra vez en la oscuridad. Luego volvió a abrirse, pero estaba en otro lugar de la caverna. Y Elodie no dejó de oír en ningún momento el constante raspar de cuero y escamas contra la roca.

—*Ni fama. Dikorr ni fama.*

—¡No sé lo que dices! ¿Qué quieres?

—¿Qué quieres? —repitió la voz, en tono casi burlón.

—Me entiendes —dijo Elodie con un resuello, olvidándose por un momento de estar asustada.

—*Ed, zedrae.*

—¿Qué eres?

—*Khaevis.*

Elodie trató de asimilar los sonidos que había hecho el ser. No lograba asociarlos con ninguna palabra que conociera.

Impaciente por la falta de respuesta, el ser habló de nuevo. Su enorme ojo violeta estaba, una vez más, en un lugar distinto. Más cerca.

—Soy *KHAEVIS*... DRAGÓN.

Elodie

—Dragón —dijo Elodie con un hilo de voz.

Existía. No era solo una historia. La familia real aureana de verdad había pretendido alimentar con Elodie al monstruo. «Ay madre ay madre ay madre».

Le llegaba el hedor de su aliento humeante, una acritud que saturaba el aire y hacía que le picara la garganta. Había quemado a todas esas golondrinas. Había rodeado a Elodie en aquella cueva.

—¿Qué quieres? —preguntó de nuevo, aunque sabía de sobra lo que quería aquel ser: tenerla en su panza.

—*Dek vorrai.*

—¿Qué quieres? —gritó Elodie, fingiendo un valor que no sentía.

—Eso es lo que he dicho, *zedrae. Dek vorrai.* ¿Qué quieres?

Elodie frunció el ceño. «¿Cómo?». ¿Por qué estaba repitiendo lo que decía ella? ¿Era así como hablaban los dragones?

O quizá el dragón repetía sus palabras porque… ¿porque no acostumbraba a hablar con humanos y tenía que pasar por el proceso de traducirse a sí mismo, tal vez?

Tendría sentido. Lo más probable era que el dragón no tuviera mucha compañía en la montaña.

«Anda». Monte Khaevis. Significaba «montaña del dragón».

Lo poco que Elodie había comido en el banquete de bodas amenazó con escaparse.

—*Vorra kho tke raz. Vorra kho tke trivi. Kho rykae* —dijo el dragón—. *Vis kir vis. Sanae kir res.*

Elodie no tenía ni idea de lo que significaba. Pero no podía quedarse allí plantada manteniendo una conversación unilateral con el monstruo. Mientras lo oía hablar, se dejó resbalar por la estalagmita hasta el suelo.

Confiando en que el dragón estuviera distraído con su pequeño discurso, Elodie empezó a avanzar de puntillas hacia el túnel.

—Te veo en la oscuridad —dijo el dragón, mientras se abría un ojo violeta y dorado justo a su derecha.

Elodie chilló y trepó a toda prisa por otra estalagmita, a pesar de lo inútil que sería cuando el dragón se decidiera a atacar. El monstruo inhaló.

—Tu sangre huele deliciosa. Sangre de princesa. Sangre fuerte.

Su aliento estaba demasiado cerca. Demasiado caliente, el azufre que contenía demasiado acre.

Sus dos ojos se abrieron por completo, de un violento color púrpura, fijos en el rostro de Elodie.

—¡Dios mío!

Tan de cerca, Elodie distinguía el mosaico de sus escamas, idéntico al que había por todas partes en el palacio de Aurea, solo que el dragón era de color gris oscuro, no dorado. Sus dientes tenían la longitud del brazo de Elodie y eran afilados como espadas. Su lengua trífida entraba y salía de sus fauces, como degustando el aire en torno a ella, como anticipándose al sabor que tendría Elodie en su boca.

—Quiero lo que me corresponde del trato —dijo la criatura con voz chirriante—. *Vis kir vis. Sanae kir res.* Vida por vida. Sangre por fuego.

—Creía que los dragones eran solo cuentos —susurró Elodie.

—*Erra terin u farris.* Yo soy el final de los cuentos.

—Por favor…

—Pero la sangre de *zedrae* fuerte es la más poderosa de todas…, así que muéstrame que eres fuerte, *zedrae*. Corre.

Abrió las fauces y alzó la cabeza para liberar unas llamas que iluminaron la gruta como las puertas del infierno. El dragón era incluso más inmenso de lo que había creído, sus alas como afiladas velas, su poderosa mandíbula llena de dientes del tamaño de espadas. Elodie chilló y salió disparada hacia el túnel.

Mientras corría trituró con los pies plumas y huesos, los restos de las golondrinas quemadas que no habían logrado alejarse mucho de la cueva. Iba tan deprisa que no dejaba de estamparse contra la roca cada vez que el pasadizo giraba.

El dragón se rio.

—Esta es mi parte favorita.

Exhaló una larga llama por el túnel que le lamió el talón del zapato. Elodie chilló y apretó el paso, golpeando rocas con los brazos, rascándose las rodillas contra la piedra serrada, pero sin detenerse.

El sonido correoso de algo que reptaba empezó a seguirla. El dragón podría haberla atrapado en cualquier momento, pero estaba tomándoselo con calma, disfrutando del terror de Elodie, degustando el aroma a adrenalina que emanaba de su piel.

Elodie emergió del pasadizo al suelo cubierto de musgo donde la habían arrojado, en el fondo de la garganta. De pronto le dio la impresión de ser como un anfiteatro, el lugar donde se enviaba a los prisioneros de guerra para que lucharan contra leones y tigres y murieran destripados mientras su público de captores miraba y aplaudía. Era un espacio demasiado abierto, que daba demasiadas facilidades al dragón para abalanzarse sobre ella y tragársela entera.

Pero la niebla se había despejado desde su caída y la luna iluminaba aquel abismo. Al otro lado de la garganta, bajo el puente, le pareció distinguir la boca de otra caverna.

—*Zedrae...* Princesa...

La voz del dragón resonó por el pasadizo y llegó hasta ella como unos zarcillos de humo envolviéndola.

Elodie corrió hacia aquella otra cueva.

Pero el musgo era grueso y la elasticidad que había impedido que se rompiera el cuello estaba reduciendo su velocidad, haciendo que sus pies se hundieran como en unas verdes arenas movedizas. Cayó, se levantó a trompicones, tropezó de nuevo, perdió un zapato en las profundidades del musgo. Era más rápido arrastrarse, y más aterrador, porque la siguiente mofa del dragón le llegó ya desde el final del túnel por el que acababa de volver.

—*Fy kosirrai.* Ahora lo comprendes.

—¡No comprendo nada! —gritó Elodie mientras seguía arrastrándose a cuatro patas, resuelta.

Le quedaban menos de diez metros para llegar al final del musgo. Ya casi estaba otra vez sobre roca sólida.

—*Errai khosif, dekris ae. Nydrae kuirrukud kir ni, dekris ae. Errai kholas.* —Y entonces, como si acabara de recordar que Elodie no entendía su idioma, el dragón añadió—: Estás sola, aquí abajo. Nadie vendrá a por ti, aquí abajo. Eres mía.

—No si puedo evitarlo.

Elodie llegó al final del musgo, saltó, aterrizó sobre el pie aún calzado y echó a correr hacia la entrada de la gruta.

El dragón saltó tras ella y sus inmensas alas silbaron al viento. La alcanzó con una zarpa en la pantorrilla derecha.

Elodie aulló de dolor. Pero la boca de la cueva estaba allí mismo, a solo un metro. Era pequeña, justo la clase de sitio que le habría encantado a Floria para jugar al escondite cuando eran niñas, y justo la clase de espacio angosto que Elodie aborrecía.

Le dio un vuelco el estómago. «Por favor, no, lo que sea menos un lugar pequeño…».

Pero su tamaño también significaba que el dragón no podría entrar.

Se abalanzó por la abertura.

El techo al otro lado era bajo y Elodie tuvo que agacharse para seguir corriendo, pero lo hizo tan deprisa como pudo teniendo una pierna sangrante, sin importarle en dirección a qué la llevara aquel hueco mientras la alejase del dragón que quería cenársela.

El dragón rugió. No podía perseguirla, sin embargo sus llamas no se veían afectadas por tales limitaciones. El fuego llenó el pasadizo detrás de ella y le prendió el dobladillo del vestido. Elodie le dio manotazos, para intentar apagarlo, pero entonces la llama alcanzó el pegajoso residuo que le había dejado en la falda la golondrina moribunda. Aquella sustancia pringosa era como aceite para el fuego, que se avivó.

Elodie chilló, cayó al suelo, rodó contra las rocas en un intento de sofocar las llamas. Le quemaron las piernas y los brazos, mientras las afiladas piedras le cortaban la carne y la gravilla le raspaba las heridas.

«Estoy ardiendo, *maldí-seù*, estoy ardiendo y no hay sitio al que huir y las paredes están muy cerca y voy a quemarme y a asfixiarme, y no puedo respirar, no puedo respirar, no puedo…».

Por fin logró apagar el fuego rodando por el suelo, y el túnel se llenó de humo. Elodie se atragantó, tanto por la ceniza como por la claustrofobia que tenía atascadas en la garganta.

«Tienes que recuperar el control —pensó, con lágrimas y moco cayéndole por la cara—. No pienses en la estrechez. Finge que estás fuera, que esta oscuridad es solo el cielo en una noche encapotada».

«¡Pero no lo es!».

Tuvo una arcada cuando el miedo le aferró el estómago y apretó.

«¡No, maldita seas! Hay un dragón persiguiéndote y no vas a morirte de claustrofobia, patética y pequeña…». Elodie se dio un bofetón a sí misma.

Se obligó a levantarse y echar a correr de nuevo. El dragón ya no hacía ruido, si bien eso no significaba que hubiera dejado de ser una amenaza. Podría liberar otra llamarada en cualquier momento.

Elodie se esforzó al máximo mientras intentaba memorizar cada curva del estrecho pasadizo. Pero tenía el cerebro nublado por el miedo y no lograba retener más de cuatro giros sin olvidar los anteriores.

«Ni siquiera viviré para aprovechar el conocimiento», dijo la voz lúgubre de su cabeza.

Pero la voluntad de sobrevivir era irracional, y fue lo que la mantuvo en marcha. Al poco tiempo el pasadizo se ensanchó hasta desembocar en otra caverna. Había un desnivel de casi dos metros, pero Elodie se dejó caer a la cueva y apenas se dio cuenta de que se torcía el tobillo, de tanto que agradecía poder enderezar la espalda y no estar confinada en un espacio tan…

—*Resorrad kho adroka a ni sanae.*

Elodie apenas logró contener un chillido cuando los ojos violetas se abrieron a pocos metros de ella.

El dragón aún no la había visto, pero estaba esperándola, sabía desde el principio que saldría por allí.

Por la mente de Elodie desfiló la imagen de las inocentes y mullidas ovejas que había visto en su primer paseo en carruaje por Aurea. «Me ha pastoreado como a un cordero». Solo había dos salidas de aquella caverna: el pasadizo por el que había llegado, que estaba a casi dos metros de altura, y el que bloqueaba el dragón.

Pero aquella cueva se parecía bastante a la otra. Había muchas estalactitas y estalagmitas, y unas cuantas grietas largas en las paredes. Lo cual le brindaba la posibilidad de ocultarse y al menos ganar un poco de tiempo.

Entonces la mirada de Elodie cayó sobre varios cráneos rotos que reposaban en el suelo. A uno le faltaba media mandíbula, otro tenía una sola cuenca ocular y un tercero tenía la coronilla entera aplastada. Dispersos por toda la caverna había huesos calcinados, y en las paredes se distinguían las marcas oscuras del fuego y la ceniza.

Y quizá lo peor de todo fue que Elodie vio una tiara igual que la suya, no muy lejos de donde estaba el dragón. Aún tenía pegados unos mechones de pelo de color platino trenzado con cinta azul.

«Ay madre ay madre ay madre, ¿la mujer de la otra torre?».

El dragón estaba olisqueando los restos de un vestido de color lavanda, horripilantemente similar al de Elodie, como si se deleitara con su aroma.

¿Las manchas de sangre aún contendrían el olor de su difunta propietaria? ¿El dragón podría oler el terror de aquella mujer, incluso en su sangre seca?

Elodie se arrancó un pedazo de la falda, que ya solo estaba sujeto al resto por meros jirones. Si tanto le gustaba al monstruo el aroma a princesa, tal vez le serviría como distracción.

Frotó la tira de tela contra la herida de zarpa que tenía en la pantorrilla, haciendo una mueca al apretarla para que sangrase más. Quería empapar bien el tejido con su sangre.

Avistó la grieta más prometedora de la pared, justo lo bastante ancha para colarse en ella de lado. Si su plan funcionaba, necesitaría un lugar al que escapar. Tal vez el dragón se limitaría a asarla allí mismo, pero parecía disfrutar de la cacería, y Elodie confió en que tuviera más ganas de sangre fresca que de verla muerta. Por ahora.

Con tanto sigilo como pudo, envolvió una piedra del tamaño de la palma de su mano con la tela empapada de sangre. La arrojó en dirección a un grupo de estalagmitas que había a su derecha.

El dragón se abalanzó hacia el sonido. Elodie corrió a la izquierda sin dejar de mirar la hendidura en la piedra. Avanzaba incluso más despacio que antes, porque debía de haberse hecho un esguince en el tobillo al dejarse caer desde el túnel. Llegó a la grieta y se embutió dentro en el mismo instante en que el dragón alcanzaba las estalagmitas y descubría su truco.

Se volvió de golpe para descubrir que Elodie ya no estaba.

—*Syrrif drae.* Una de las listas. —El dragón inhaló el tejido ensangrentado, como si el aroma de Elodie fuese un buen vino—. *Syne nysavarrud ni.* Lástima que eso no vaya a salvarte.

Elodie permaneció tan quieta como pudo, aunque estuviera atascada en el espacio más angosto que hubiera ocupado en toda su vida. El corazón le subió a la garganta.

Esperó que su sangre, tan cerca de las fosas nasales del dragón, fuera suficiente para ocultar el olor de donde estaba en realidad.

La bestia abrió la boca y liberó un chorro de fuego que se curvó a lo largo del arco que trazaba la pared de la cueva, poniéndola al rojo vivo. Elodie chilló cuando la roca le quemó la piel como un hierro de marcar, y se apretó más al interior de la hendidura para intentar alejarse del calor. La promesa de una roca más fresca la impulsó a adentrarse más y más.

—*Kuirr, zedrae...*

Elodie contuvo el aliento y las lágrimas.

—Sal, princesa.

No pensaba hacerlo.

Elodie se quedó quieta como una estatua, como una muy quemada, y escuchó todo lo que el dragón hacía en la gruta. Cada movimiento reptante, cada suspiro, cada asomar de su lengua trífida. Todo ello magnificado por el claustrofóbico terror de estar encajada en lo que muy bien podría ser su sepulcro.

El monstruo esperó varias horas, confiando en que Elodie creería que se había marchado. Confiando en que saldría de su escondrijo a sus fauces abiertas.

Elodie no le daría esa satisfacción.

Y por fin, cuando Elodie ya se notaba medio muerta por las heridas y por estar apresada en la grieta, el dragón se echó a reír, llenando la caverna de su aliento humeante.

—Enhorabuena por sobrevivir, *zedrae*. De momento.

Abandonó la cueva y sus correosas escamas rozaron contra la roca con su partida.

Elodie espiró.

El dragón se había ido. «De momento». Cerró los párpados con fuerza y apretó los puños, deseando que nada de aquello fuera real, que se tratase solo de una pesadilla de la que no tardaría en despertar para encontrar a Floria dando brincos en su cama, y que estuvieran de vuelta en Inophe sin haber oído hablar jamás de Aurea ni del príncipe Henry.

Pero cuando Elodie abrió los ojos, seguía atascada en aquella grieta imposiblemente estrecha.

Y empezó a sollozar.

Floria

Floria danzaba en su habitación de la torre. El banquete de bodas había terminado, pero los laúdes y las trompetas todavía sonaban en sus oídos, y su boca aún recordaba cada sabor dulce y salado que había deleitado su lengua, y su mente todavía rememoraba con cristalina claridad lo hermosa y feliz que estaba su hermana con el príncipe de sus sueños junto a ella.

Bueno, había que reconocer que Henry era más bien el príncipe de los sueños de la propia Floria, apuesto y rico y encantador. Si Elodie hubiera podido elegir por sí misma, seguro que habría preferido a algún príncipe erudito, alguien que le escribiera acertijos en vez de cartas de amor, que quisiera viajar con ella y visitar juntos todas las bibliotecas del mundo, en vez de quedarse en un apartado reino isleño el resto de sus vidas.

Pero Elodie sería feliz, Floria lo sabía. Porque su hermana siempre había sido la más adaptable de las dos, la que se arrogó el deber de hacer la compra en el mercado y cocinar y llevar la casa cuando murió su madre, la que arropaba a Flor todas las noches y le recitaba poemas épicos a modo de cuentos para dormir. Elodie lloraba la pérdida de su madre en silencio, pero siempre se había ocupado de lo que había que hacer, sin acusar el esfuerzo. Era la clase de mujer capaz de hacer el balance de las cuentas de los arrendatarios mientras enseñaba álgebra a Floria y leía filosofía antigua, lo cual había permitido a su padre prescindir de la institutriz.

Bueno, en realidad la institutriz había terminado casándose con su padre. Fue así como la señorita Lucinda Hall pasó a ser lady Bayford.

Pero Floria expulsó de su mente todo pensamiento sobre su madrastra, porque quería pensar en aquella boda y no en ninguna otra. Sí, Elodie sería feliz. Muy feliz. ¿Cómo no serlo en un palacio como ese? Y Henry la había colmado de cumplidos y de flores y de bellos vestidos. Floria se dejó caer en la cama y suspiró.

«¿Cómo le irá a Él en su primera noche como princesa?».

La reina se había llevado a Elodie para «otra tradición aureana». ¿Sería una ceremonia para entregarle más joyas a juego con su tiara? ¿Un anillo real, o tal vez un cetro?

O quizá hubiera unas palabras sabias que una reina tuviera que transmitirle a una princesa. Al igual que Elodie había empezado a llevar las cuentas de su padre tras la muerte de su madre, iba a tener que aprender cómo gobernar un reino.

Fuera cual fuera esa tradición aureana, Elodie no había regresado a la celebración después. Y Henry había desaparecido también.

De pronto, Floria se ruborizó. Tendría solo trece años, pero después de que su padre anunciara el compromiso de Elodie, Flor había oído las risitas de algunas chicas mayores de Inophe mientras comentaban lo que sucedía entre un hombre y una mujer en su noche de bodas…

—Puaj.

Floria hizo una mueca y sacudió la cabeza de un lado a otro, como para que salieran despedidos de ella los pensamientos de su hermana y Henry haciendo *eso*. Para terminar de limpiarse el paladar mental, Flor bajó de la cama de un salto, se plantó ante el espejo y admiró de nuevo su vestido. Las costureras le habían permitido diseñarlo, aunque también se habían asegurado de que no le hiciera sombra al vestido de novia de Elodie. Sonrió al contemplar los delicados ramilletes de flores y las mariposas que salpicaban la falda, como si Floria fuese un prado que hubiera cobrado vida.

—Cuando me toque a mí casarme, llevaré un vestido de pálida plata, como la luz de la luna en la noche más clara.

Y así Floria terminó quedándose dormida, aún con su vestido de mariposas, soñando con su propio futuro, con una boda y un esposo tan perfectos como los de Elodie.

Cora

Alguien llamó a la puerta del dormitorio de Cora.

—Cariño, soy mamá. ¿Aún estás despierta?

Cora se aovilló un poco más en la cama. No tenía ganas de que le repitieran lo mucho que había decepcionado a sus padres, pero tendría que decir que sí. Su madre era marinera y zarparía cuando la cosecha estuviera lista, para llevar el grano y la fruta de Aurea al resto del mundo. Cora había aprendido desde muy pequeña que debía aprovechar para estar con su madre siempre que pudiera, ya que pasaba más tiempo fuera de casa que en ella.

—Sigo despierta —dijo—. Puedes pasar.

La puerta se abrió y su madre fue con Cora y se sentó a su lado en la cama.

—He oído que te has colado en el palacio.

—Es posible que sí…

Cora se preparó para otra regañina. Pero en vez de dársela, su madre le revolvió el pelo.

—¿Cómo has logrado superar a los guardias?

Cora parpadeó, sorprendida.

—¿No estás furiosa?

—Ah, claro que estoy furiosa. Pero también impresionada.

El placer de enorgullecer a su madre hizo que a Cora le cosquillearan los dedos de los pies.

—He entrado con una compañía de acróbatas que iban a actuar en el banquete.

Cora estaba ágil y fuerte por trabajar en el campo, así que no era tan raro que la gente la hubiera considerado parte de aquel grupo.

—Muy hábil —rio su madre. Pero la diversión desapareció al instante. Bajó la voz y añadió—: Papá me ha contado a qué has ido.

Cora bajó la mirada a la cama y jugueteó con el edredón. Al contrario que los campesinos de otros países, los granjeros aureanos dormían en colchones y mantas hechos de lana áurea suave como las nubes. Poseían sus propias tierras, que prosperaban en un clima siempre perfecto, y todo el mundo tenía de sobra para comer. Pero Cora no había sabido que las cosas eran distintas en otros lugares hasta que su padre le había explicado, esa misma noche, que era la presencia del dragón lo que hacía de Aurea lo que era.

—No necesito más lecciones —dijo Cora—. Sé que he hecho mal.

—¿Has hecho mal? —preguntó su madre.

La autenticidad de su tono hizo que Cora alzase la mirada. Era una madre gentil, pero madre de todos modos, lo que significaba que no solía pedir su opinión a los niños. En esos momentos, sin embargo, la madre de Cora ladeó la cabeza y esperó paciente su respuesta.

—Papá dice que la vida es más dura fuera de Aurea —dijo Cora—. Que hay reinos donde todo el mundo sufre, de un modo y otro.

—¿Y?

—Y que es una bendición que tengamos este paraíso. De los dragones vivos emana magia por la fuerza de la sangre que corre por sus venas, así que debemos tener al dragón contento para que el reino se mantenga tan bueno como es. La vida nunca es justa, dice papá, y siempre hay que hacer concesiones.

—Opina igual que la mayoría de los aureanos. Pero yo a veces me pregunto qué compromisos merece la pena hacer.

Cora arrugó la frente.

—¿A qué te refieres?

Su madre se levantó y empezó a caminar por la habitación.

—Los campesinos no suelen vivir así. —Envolvió con un gesto el dormitorio de Cora. Era pequeño pero ordenado, con flores pintadas en las baldosas, un bonito mural de los trigales áureos en la pared y cortinas de raso en torno a la gran ventana—. He navegado a muchos países y he visto cómo son sus trabajadores y trabajadoras. Tienen la piel cocida y agrietada por el sol, hay impredecibles ventiscas en invierno y tornados en verano que destruyen sus cosechas, y sus arcas están vacías por pagar demasiados impuestos.

—Suena espantoso —dijo Cora, negando con la cabeza.

—Lo es. Créeme, la mayoría harían cualquier cosa por vivir en una paz y una prosperidad como las nuestras.

Cora asintió.

—Pero no todos. ¿Y si...? —Su madre la miró a los ojos—. ¿Y si hubieras nacido en uno de esos reinos? Imagínate que viene la reina Isabelle y te dice: «Cora, te invito a vivir en mi isla perfecta, donde nunca te faltará de nada. El precio a pagar es muy pequeño: tienes que elegir a tres chicas para que mueran».

Los ojos de Cora se ensancharon. Su madre siguió hablando.

—Si optaras por eso, tanto tú como otros miles de personas podríais gozar de una vida de riquezas, comer tanto como queráis, comprar todo lo que queráis, amar tan fuerte como queráis. Son solo tres vidas al año, a cambio de la felicidad de un reino entero. ¿Podrías hacerlo?

—¿Tengo... que conocer a las chicas en persona?

—¿Cambia en algo la dificultad moral de la decisión que no las conozcas?

Cora se abrazó a su corderito de peluche. Era demasiado mayor para hacerlo, pero necesitaba algo a lo que aferrarse. Comprendía que su madre estaba preguntándole si todo lo que había conocido desde su nacimiento era un crimen.

—Si le respondiera que no a la reina —dijo Cora muy despacio—, ¿tendría que llevar una vida normal, en un país normal, y sufrir?

—Puede que sufrieras, puede que no. Seguiría habiendo muchos momentos de felicidad y amor. La familia y los amigos también existen ahí fuera. Pero no tendrías garantizadas las cosechas abundantes, ni el buen tiempo, ni el dinero para vestidos bonitos. No tendrías asegurados ni los edredones ni las canciones en los trigales con un sol benévolo brillando sobre nuestras cabezas.

—Pero si respondo que sí, condeno a alguien a muerte. A tres personas, cada año.

Su madre cerró los ojos un momento y no dijo nada. Luego asintió.

—Sí, y esas tres almas estarán en tu conciencia para siempre, elijas pensar en ellas o no.

Cora se acurrucó en torno a su cordero de peluche.

—¿Soy mala persona si quiero ser feliz?

Su madre volvió a sentarse en la cama y le acarició el pelo.

—No. Solo eres humana. Hacemos lo que debemos para sobrevivir. La vida no es tan sencilla como el bien o el mal. Sobre todo se vive en las páginas intermedias.

Estuvieron calladas un rato, cada una perdida en sus propias meditaciones. Cora pensó en lo hermosa que había sido la princesa Elodie. En la compasión que había mostrado al saltar en su ayuda cuando los chicos habían tirado a Cora dentro de la zanja. Y en cómo, al no hacer nada, el pueblo de Aurea había enviado a una buena persona a su muerte. A las fauces de un dragón.

—Pero ¿qué podemos hacer? —preguntó Cora, interrumpiendo el silencio.

—No lo sé —dijo su madre—. Los antimonárquicos quieren rebelarse contra la familia real. Pero eso es demasiado simplista. El rey, la reina y el príncipe son lo único que se interpone entre nosotros y el dragón. Sin ellos, sin la horrible paz que negociaron sus antepasados, el dragón nos destruiría a todos. Somos, como siempre hemos sido, unos meros invitados en esta isla. Vivir en Aurea supone aceptar ese precio.

—Podríamos matar al dragón —propuso Cora.

Sus ojos se desviaron a la espada de juguete que había en el rincón. Tenía un escudo a juego que lucía el blasón aureano, con un irónico y prominente dragón.

—Antes que nada, si lo hiciéramos, perderíamos la magia que hace crecer el trigo áureo y las peras plateadas y las bayasangres y demás.

—Huy. Eso es malo.

—Sí, lo es. Pero aunque no fuera así, es una quimera pensar que podríamos matar al dragón —dijo su madre mientras se le hundían los hombros—. Ahí es donde la familia real fundadora cometió su primer error, dejando que su orgullo los llevara a creerse capaces de derrotar a una bestia tan legendaria. No, el resultado más realista de buscar pelea con un dragón sería declarar una guerra que no podemos ganar. Y entonces se perderían muchísimas más vidas inocentes que tres.

Las ojeras de su madre parecían más oscuras que cuando había entrado en la habitación. Era evidente que había perdido muchas noches de sueño pensando en aquel dilema.

—Y si la vida no es solo el bien o el mal —dijo Cora—, a lo mejor el dragón tampoco es solo un villano. Quizá no deberíamos matarlo, ni aunque pudiéramos. ¿Quiénes somos nosotros para decir qué vidas valen más que otras?

Su madre le dedicó una sonrisa triste.

—Eres muy sabia para ser una persona tan pequeñita.

Cora negó con la cabeza.

—Pero eso nos deja con el mismo problema que teníamos. Está mal no hacer nada y dejar que la tradición aureana continúe. Y también está mal intentar salvar a las princesas o matar al dragón. Estamos atascados.

—Sí que hay una posible solución —respondió su madre, aunque no parecía muy contenta con ella.

—¿Cuál es?

Su madre se inclinó hacia ella y le susurró al oído.

Cora frunció su menudo ceño a medida que lo comprendía. Entonces agarró su cordero de peluche y lo abrazó con más fuerza, mordiéndose el labio para intentar contener las lágrimas.

Alexandra

Alexandra Ravella cerró con suavidad la puerta de la habitación de su hija después de haber arrullado a Cora hasta dormirla. En el pasillo contiguo, sin embargo, la teniente Ravella se apoyó en la fresca pared y apretó los párpados con fuerza.

Había estado a punto de contarle su secreto a Cora. Pero en el último segundo, Alexandra se había echado atrás, porque ya le había puesto demasiado peso encima a su hija esa noche. Cora solo tenía nueve años; no merecía echarse al hombro toda la culpa con la que cargaba su madre.

Pero saber que Cora había irrumpido en la boda, que una mera chiquilla tenía más agallas y conciencia que ella, una mujer de más de cincuenta años...

Alexandra resbaló por la pared hasta sentarse en las baldosas. No podía seguir haciéndolo. Para su familia y el resto del pueblo, era una marinera normal y corriente que viajaba en un barco mercante y vendía los frutos de la cosecha de Aurea. Nadie sabía que era una exploradora, encargada de encontrar mujeres en otras costas que saciaran el hambre del dragón. Al fin y al cabo, Aurea no quería renunciar a sus propias hijas para casarlas con el príncipe Henry y arrojarlas esa misma noche al precipicio del monte Khaevis.

En consecuencia, tenían barcos exploradores que navegaban a nuevos territorios en partes remotas del mundo. El trabajo de Alexandra era buscar a familias que estuvieran dispuestas a prometer a sus hijas en matrimonio a cambio de oro, o grano, o cualquier otro recurso del que carecieran. Nunca les mentía sobre lo que iba a suceder después de la boda y, aun así, había hombres que se arrojaban a sus pies por el contrato.

La Sabuesa. Así llamaban a Alexandra. Había empezado como grumete a los catorce años, llevando mensajes entre los tripulantes y ocupándose de pequeñas tareas, como remendar velas o ayudar en la guardia nocturna. Pero el explorador de a bordo había tardado poco en descubrir lo perceptiva que era Alexandra acerca de la personalidad y las motivaciones de los demás marineros, y había empezado a entrenarla como su aprendiz. En las décadas posteriores, Alexandra había ayudado a reclutar a decenas de posibles candidatas a princesa. Mientras otros exploradores se especializaban en localizar a padres codiciosos, el don de Alexandra residía en identificar a los desesperados y diligentes, los que se sentían impelidos por el honor a ayudar a su pueblo, sin importar el coste personal. Ni aunque incluyera entregar a su propia hija a un dragón.

Lord Bayford de Inophe era esa clase de hombre, susceptible de convencer de que estaba tomando una noble decisión al renunciar a una hija a cambio de las vidas de muchos. Alexandra le había explicado a lord Bayford lo opulentos que serían los últimos días de Elodie. Cómo a aquella joven que se había criado en una tierra reseca le lloverían regalos y vestidos y comida y bebida, cómo la mimarían más de lo que hubiera soñado jamás, y cómo todo aquello sería en su honor por lo que estaba a punto de hacer.

Alexandra había establecido un vínculo con lord Bayford al contarle que también ella comprendía las decisiones difíciles que debía tomar una persona cuando de ella dependía el bienestar de otras muchas. Aurea sería un país rico, pero se parecía mucho a Inophe en que debía renunciar a algo para que los demás sobrevivieran, para que medraran.

Había sido Alexandra quien organizó que Elodie empezara a cartearse con el príncipe Henry. Era culpa de Alexandra que Elodie se hubiera creído el ensayado carisma del príncipe. Era obra de Alexandra que Elodie hubiera aceptado el compromiso y zarpado hacia allí, hacia su muerte.

Y, aun así, aunque Alexandra pasara días con náuseas después de cada matrimonio concertado, siempre había tenido la cabeza gacha, las anteojeras puestas en la medida de lo posible, igual que su marido y todo el resto del pueblo de Aurea. Había aceptado el diabólico acuerdo y su papel en él.

Hasta que Cora se había atrevido a intentar impedirlo.

Y entonces habían llegado a aquello, a la única solución que se le ocurría a Alexandra. Deseó que hubiera otra escapatoria, pero había pasado muchos años vomitando sus remordimientos en cada travesía, y no le venía a la cabeza ninguna otra salida aparte de aquella.

Alexandra abrió los ojos y se obligó a levantarse del suelo del pasillo. Su hija pequeña le había mostrado lo que era el valor. Ahora era responsabilidad suya mostrar a Cora qué hacer con él.

Elodie

Elodie se secó las lágrimas de los ojos hinchados y el moco que le goteaba de la nariz. Aún sentía la piel como si estuviera en llamas, le palpitaba el tobillo y no quería ni pensar en cómo tendría la pantorrilla, aparte de que la inesperada bendición del fuego del dragón parecía haberle cauterizado el zarpazo.

«Menos mal que Flor no está para verme así», pensó. Por el evidente motivo de que jamás querría que Floria tuviera que enfrentarse a un dragón, claro, pero también porque se suponía que Elodie era la valiente hermana mayor, la que no lloraba y podía con cualquier cosa.

Nunca había sido consciente de que «cualquier cosa» incluiría a un marido y unos suegros traicioneros que la despeñarían por un precipicio para alimentar a un dragón sediento de sangre. ¿Y qué papel había tenido su padre en todo aquello?

El dolor se apoderó de ella como impactos de relámpago alternados con tifones de náusea. Elodie giró la cabeza a un lado y vomitó.

Pero no pudo esquivarse a sí misma porque seguía encajada en una hendidura de la pared de una cueva, de modo que quedó cubierta de su propio vómito además de la pintura ceremonial de las sacerdotisas. Y tenía quemaduras. Y con toda probabilidad una infección en la pierna.

La piedra de la grieta pareció cerrarse en torno a ella y Elodie empezó a hiperventilar.

—No p-puedo hacer esto —susurró entre un nuevo embate de lágrimas.

Iba a asfixiarse allí y su esqueleto quedaría atrapado entre bloques de afilada roca, con la piel quemada tirante como la de una momia calcinada. Nunca volvería a ver el sol, nunca sonreiría por la ligereza de la risa de Floria, nunca contemplaría de nuevo el bello paisaje arenoso de su país natal.

¿Y cómo se sentiría Floria cuando regresara a Inophe y escribiera cartas a Elodie pero no obtuviera respuesta? Creería que Elodie la había abandonado, que consideraba indigno de una princesa escribir a la humilde hija del nimio señor de una insignificante tierra.

¿De verdad Flor pensaría eso de ella?

A Elodie le partía el corazón la posibilidad.

¿Y qué pasaría cuando Flor creciera y encontrara su propia pareja? ¿Quién le cepillaría el cabello azabache el día de su boda? ¿Quién la ayudaría a ponerse el precioso vestido que hubiera diseñado? ¿Quién haría el primer brindis de su banquete?

—Tendría que ser yo —dijo Elodie.

Y de pronto una oleada de ira fluyó por sus venas, porque ¿cómo se atrevían Henry y la reina Isabelle a arrebatarle a Elodie esos hitos en la vida de su hermana? ¿Cómo se atrevían a dejar a Floria sola en el mundo, sin su hermana y mejor amiga a su lado?

«No permitiré que ocurra», pensó Elodie, apretando los dientes.

Se quitó las lágrimas de los ojos y, en esa ocasión, no regresaron. Porque Elodie iba a hacer que quienes la habían metido allí lo pagaran caro. No sabía cómo, pero era la promesa que se hizo a sí misma, y a Floria.

Aunque antes Elodie debía encontrar la forma de seguir con vida.

Una hora después había conseguido internarse unos cincuenta metros más en la grieta. Era un proceso lento, porque Elodie tenía que contener a cada momento la claustrofobia que amenazaba con someterla. Sin embargo no le quedaba más remedio que hacerlo, ya que había decidido que regresar a la caverna anterior, la del enorme túnel que podría estar ocultando al dragón tras su primer recodo, era un riesgo que no estaba dispuesta a asumir.

La hendidura en la roca no era horizontal. En algunas partes ascendía y se ensanchaba, en otras descendía y se estrechaba. Elodie estaba avanzando por un tramo en que el hueco se había torcido de lado y tenía que arrastrarse sobre el vientre, con vete a saber cuántas toneladas de granito encima de ella, a escasos centímetros de su cabeza, con toda probabilidad a punto de derrumbarse y aplastarla y…

«Para». Elodie se mordió el labio y se obligó a inhalar una bocanada larga y lenta mientras detenía la espiral de sus pensamientos. Tenía que tomarse aquello paso a paso. O serpenteo a serpenteo, mejor dicho.

La imagen mental de sí misma reptando hizo que Elodie se riera un poco. Y luego mucho.

No podía contener las carcajadas, atrapada a medio camino entre la histeria y una fatiga arrolladora. Rio y rio, pensando en la ridiculez de ser una princesa con un vestido ceremonial hecho jirones, culebreando como una oruga pintada con los colores del arcoíris atrapada en… ¿en qué? Elodie estaba demasiado agotada para pensar en una analogía adecuada y, por algún motivo, eso hizo que se riera incluso más.

«Se me está yendo la cabeza».

Elodie tuvo otro ataque de risa.

Diez minutos más tarde las risitas remitieron y el desfallecimiento se apoderó de ella. Se le cerraron los párpados y, durante un segundo, Elodie se quedó dormida.

«*Merdú!*». Despertó sobresaltada. No iba a dormirse aún. Si lo hacía, era muy posible que muriera allí mismo cuando la pierna se le infectara de verdad y la deshidratación y el hambre acabaran de rematarla. O quizá al revés. Pero, en todo caso, se negaba a morir en una grieta de la roca.

—Me niego a morir en absoluto —gruñó para sus adentros, y siguió adelante.

Al poco tiempo la hendidura giró cuarenta y cinco grados, así que al menos Elodie podía más o menos erguirse de nuevo.

—*Sakru, kho aikoro. Sakru errad retaza etia.*

Elodie se quedó muy quieta.

La voz del dragón era tenue, pero amenazadora. ¿Estaría cerca de ella?

¿O era que el viento transportaba las bravatas por las cavernas?

—*Kho nekri... sakru nitrerraid feka e reka. Nyerraiad khosif. Errud khaevis. Myve khaevis.*

Elodie se estremeció. Pero el dragón no podía llegar a ella dentro de aquel espacio tan reducido, ¿verdad? Y, si no la había achicharrado ya, era improbable que lo hiciera en ese momento. O eso esperaba Elodie.

«La sangre fuerte es la más poderosa», recordó que había dicho el monstruo. Quiere una persecución, una adversaria. No solo una muerte fácil, razonó. En la cámara anterior, el dragón había calentado la roca con sus llamas para obligarla a salir. La temperatura había sido suficiente para quemarle la piel, pero no para matarla. Podría haber lanzado llamas al interior de la grieta, pero no lo había hecho, porque eso le habría arrebatado tanto su desafío como su cena.

«Por favor, que esa suposición sea razonable».

En todo caso, Elodie no podía quedarse allí, así que continuó avanzando, incluso con la pantorrilla agarrotada y el tobillo hinchado, incluso con las paredes de granito raspándole la piel quemada y poniéndosela en carne viva.

Veinticinco metros más adelante encontró ante su cara lo que parecía una babosa de color azul claro. Resplandecía.

Elodie parpadeó, segura de que eran imaginaciones suyas.

Pero no, estaba allí de verdad, con unos cinco centímetros de longitud y uno y medio de anchura, emitiendo una tenue luminiscencia azul.

«Si aquí hay vida, ¿puede significar que estoy cerca de otra cuerva?». No había visto nada más viviendo en aquella yerma hendidura, pero aquel gusano de luz debía de haber llegado allí desde algún lugar cercano donde hubiera comida. Quizá no para Elodie, pero sí comida para bichos como aquel. Esperó tener razón, y esperó que el sitio donde vivía aquel gusano fuese lo bastante grande para que ella pudiera ponerse en pie y estirarse.

Se apretó al lado del gusano, haciendo lo posible por evitar tocarlo con la cara al pasar. De cerca, vio que secretaba un viscoso fluido azul por los poros, que era de donde procedía la luz. Elodie contuvo las arcadas cuando el bicho movió las antenas hacia ella. Menos mal que ya no le quedaba nada en el estómago que vomitar.

A poca distancia del primer gusano de luz encontró dos más. Luego media docena. La hendidura empezaba a ensancharse lo suficiente para que Elodie por fin pudiera avanzar caminando en vez de agachada de lado como un cangrejo.

De pronto pisó algo que hizo un ruido húmedo.

—Puaj.

Elodie levantó el pie que conservaba el zapato. La suela estaba cubierta de cadáver de gusano azul. Pero el resplandor de su pringue iluminó un poco el angosto pasaje.

—Al menos tu muerte no ha sido en vano —dijo.

Se quitó el zapato, lo sostuvo a modo de vela improvisada y, pese a su asqueroso origen, agradeció la luz. Continuó avanzando, aunque el brillo del zapato se extinguió al poco tiempo. Aquella característica del pringue de gusano no duraba mucho tras la muerte del propio gusano, supuso.

Sin embargo cada vez había más bichos azules en la grieta, así que Elodie ganó velocidad, y luego de verdad la ganó a base de bien, porque la fisura en la roca se inclinó en marcado ángulo descendente y empezó a estar cubierta de algas que la hacían resbaladiza. Sin tracción en los pies descalzos, Elodie cayó de culo y resbaló cada vez más rápido por el escurridizo granito, aplastando gusanos de luz y algas con su cuerpo desbocado hasta que, de repente, se quedó sin suelo y chilló cuando la grieta se convirtió en un conducto vertical. Salió despedida de sus confines cubiertos de cieno y cayó al suelo con una dura y húmeda salpicadura.

Tendida de espaldas sobre un montón de algas en descomposición y gusanos machacados, Elodie gimió.

—*Caráhu...*

La palabrota de los marineros para cuando resbalaban o se les caía algo le pareció de lo más apropiada.

Pero cuando Elodie abrió los ojos, un suave resplandor azul la recibió desde arriba. Estaba en otra cueva, como había deseado.

Y los gusanos de luz en efecto vivían allí. Su colonia, lejos de resultar repulsiva, parecía un mar titilante en el techo de la cámara de granito. Cuando se movían, daban la impresión de ser diminutas olas en una marea creciente.

Era hermoso. Pacífico. Elodie notó que remitía la tensión claustrofóbica en su pecho, al hallarse en un espacio donde podía estirarse, y dejó que sus extremidades reposaran en aquel lecho blando de frescas algas. Le alivió las quemaduras de la piel y le permitió descargar de peso las piernas heridas.

Los gusanos se movían despacio, en absoluto silencio, desplazándose en hipnóticas pautas bioluminiscentes. Era como contemplar el océano, con suaves olas lamiendo la costa una y otra vez. Elodie sabía que debería levantarse y explorar su entorno. Tendría que determinar si era seguro permanecer allí. Pero estaba tan aliviada de poder tumbarse fuera de aquella grieta, y le pesaban tanto los párpados, que tal vez se permitiría cerrar los ojos un momentito de nada, porque se había ganado un pequeño respiro, y luego ya se pondría de pie y…

Estaba roncando a los cinco segundos.

Elodie

Soñó con princesas cayendo del cielo, como una regia granizada de vestidos y tiaras y rostros confusos. Unas tenían la piel clara y otras oscura, unas eran rubias de pelo liso y otras lo tenían moreno y muy rizado. La mujer del cabello de color platino que había estado en la otra torre se precipitó desde una nube tormentosa; sus cintas azules, un aguacero. Una princesa de pelo castaño cayó de cabeza y rebotó contra el musgo. Otra, corpulenta, aterrizó encima de ella, y luego otra y otra más, hasta que el fondo de la garganta era un apilamiento de realeza.

Un estrepitoso trueno, un rugido de alas. Siguieron lloviendo más princesas, pero el fondo de la garganta se inclinó y el esponjoso musgo vertió el montón de esposas sacrificadas en un estrecho pasadizo, por el que sollozaron y gatearon rebanándose los brazos y las piernas contra las afiladas rocas.

Elodie trató de gritarles en sueños.

—¡No! ¡No vayáis por ahí! ¡Os están llevando como ovejas al matadero!

Pero las princesas no la oían, así que siguieron adelante, una hilera de mujeres descartadas avanzando a gatas. El túnel daba a un escarpado precipicio, y una princesa de cabello rizado se arrojó desde el borde. Sus piernas cedieron y se rompieron con un crujido al dar contra el suelo dos metros más abajo. Dio un grito cuando unos ojos de color violeta se abrieron ante ella y dilataron las pupilas doradas por el olor de su sangre. Intentó levantarse pero no pudo. El monstruo la agarró con un rápido movimiento de garra. Su tiara, unos bucles de pelo y un jirón de tela de color lavanda cayeron detrás de una estalagmita como única prueba de que la mujer había estado allí alguna vez.

Las princesas seguían llegando. Y seguían cayendo. Algunas miraban antes de saltar y aterrizaban sin partirse huesos. Otras, superadas por el miedo, saltaban directas a las fauces abiertas del dragón.

Entonces el sueño empezó otra vez, con niebla, relámpagos y princesas que llovían del cielo.

Pero en esa ocasión, una princesa en particular se iluminó mientras descendía por los aires. Su pelo rojo oscuro era como la bandera aureana ondeando al viento, y parecía caer más despacio que las otras.

«¿Eres V?», pensó Elodie en su sueño.

Los penetrantes ojos verdes de la mujer se clavaron en los de Elodie, que dio un respingo, no solo por reconocerla —¡era la de la visión del reloj de arena!—, sino también porque ninguna otra princesa del sueño había sido capaz de verla ni oírla.

La princesa pelirroja dejó de caer y se quedó flotando con un brazo extendido, como llamándola.

—¿Yo? —preguntó Elodie.

La mujer asintió y le tendió la mano otra vez.

Elodie estiró también el brazo, pero no llegaba, porque la princesa levitaba en el cielo y ella estaba en otro lugar, observando al mismo tiempo desde dentro y fuera del sueño. La distancia que las separaba era de kilómetros pero también infinita.

—¡No puedo! —gritó Elodie.

«Sí puedes», vocalizó la mujer. Y entonces dibujó una uve en la nube de tormenta y sonrió, al mismo tiempo que el dragón llegaba rugiendo a la garganta con los ojos en llamas y…

Elodie despertó de sopetón, con la mano extendida todavía hacia la princesa pelirroja y la boca abierta componiendo un grito de «¡Cuidado!».

Se incorporó aturdida, con la frente chorreando de sudor y el corazón aporreando como un mazo su caja torácica.

—Era solo una pesadilla —se dijo.

Qué real había parecido. Pero tal vez era porque Elodie acababa de pasar por esos mismos terrores. Quizá el sueño era la forma que tenía su cerebro de asimilar lo ocurrido, un intento de hallarle algún sentido a aquella locura. En cuanto a la uve, podría deberse a que Elodie había visto una letra uve parecida tallada en la roca, al fondo del precipicio al que la habían arrojado. Y también al reloj de arena, claro.

Aun así había algo en aquella gruta que... no encajaba. Había como una neblina cálida en el aire, pero era algo más que las emisiones de las fumarolas. Daba la sensación de ser como si una capa invisible de *algo* impregnase la cámara. No, como si impregnase hasta el último centímetro de todos los túneles y las cuevas en los que había estado Elodie hasta el momento, incluida la angosta e interminable grieta en la roca. Una niebla desapercibida a la vista, pero cargada de un tenue olor a sangre y bosques antiguos, a viejas catedrales y a ámbar y a almizcle.

Transcurrieron un par de minutos antes de que Elodie pudiera sacudirse de encima el adormecimiento y empezara a distinguir lo que era real de lo que no.

Fue entonces cuando reparó en el inquietante hormigueo que notaba por todo el cuerpo.

—¡Puaj!

Los gusanos de luz se le habían subido encima y estaban pringándole toda la piel con su moco azul. Sentía sus minúsculas patas y sus viscosos torsos, sus resbaladizas antenas y los mordisquitos de sus bocas. Elodie se levantó de un salto y empezó a darse manotazos.

—¡Fuera, fuera! ¡No soy vuestra cena! ¡No soy la cena de nadie!

Los gusanos cayeron a montones en el fangoso lecho de algas. Solo entonces se dio cuenta Elodie de que no había dormido únicamente sobre las algas, sino también en parte sobre un bloque de roca manchado de una herrumbre marrón oscura.

Del color de... la sangre. Sangre muy vieja, y abundante, acumulada en estratos con el tiempo hasta infiltrarse en las vetas de la piedra y hacer que unas partes se vieran más oscuras que otras, como en un sanguinolento mapa del pasado.

«¡Madre mía!». Elodie saltó a una zona de roca seca cercana. Estaba cubierta desde la cabeza hasta los pies de materia vegetal en descomposición gris verdosa y de excreciones de luciérnaga, y había dormido sobre siglos de sufrimiento. ¿Es que esa pesadilla no terminaría nunca?

Le cosquilleó la pantorrilla.

No, por favor…

Elodie no quería mirar, pero tenía que hacerlo…

Tenía la herida de garra que le había hecho el dragón cubierta de gusanos de luz. Y aquellas alimañas estaban dándose un festín en su carne, moviéndose más deprisa de lo que Elodie los había creído capaces cuando se había dormido contemplando sus lentas trayectorias en el techo, babeando dentro de la herida y deleitándose como si aquel fuese el mejor día de su vida.

Elodie se agachó y tuvo una arcada hacia el montón de algas. Le salió un poco de bilis que le dejó la lengua amarga.

Tenía que quitarse a aquellos bichos. Trató de pensar en cualquier cosa excepto en su moco viscoso o lo que fuera, excepto en sus cuerpos hinchados retorciéndose como larvas empachadas a punto de estallar, excepto…

Elodie notó que se le revolvía el estómago e intentó vomitar otra vez.

Mareada y con la boca sabiendo a bilis, se encogió y empezó a sacarse los gusanos de la pierna tan deprisa como pudo. Le resbalaban en las manos y le cubrían los dedos y las palmas de aquel cieno azul.

—¡Os odio os odio os odio!

Arrojó el último bicho asqueroso a las algas.

Entonces se miró la pantorrilla para evaluar el daño que le habían hecho y… no había nada. No vio carne desgarrada. No vio ninguna hinchazón roja infectada. Solo un leve atisbo de tejido cicatricial rosado en la piel nueva que había crecido sobre lo que antes era una herida abierta.

—Pero… ¿cómo?

Elodie se comprobó los brazos y el resto de la piel expuesta, que se había quemado cuando el dragón liberó su fuego contra las rocas.

Sin embargo, al igual que con la herida de garra, no quedaba la menor evidencia del ataque salvo una leve ternura en la piel y el pálido brillo del tejido blando en remisión.

Se quedó mirando el montón de gusanos de luz sobre las algas.

—¿Me habéis curado? —preguntó.

Aunque ya no le prestaban atención, porque su trabajo había concluido. De hecho, los gusanos ya empezaban a regresar afanosos hacia arriba por la pared de la cueva, centímetro a centímetro, despacio pero sin detenerse, de vuelta a su hogar en la colonia del techo.

¿Cómo la habían curado tan rápido? ¿Habían estado trabajando en ella durante horas mientras dormía o habían empezado hacía poco?

Elodie supuso que no importaba. Habían mejorado su situación, y eso era más de lo que podría haber deseado.

—Siento haber dicho que os odiaba. Es que…

Suspiró para sus adentros por haberlos juzgado con tanta dureza. Se levantó e hizo a los gusanos de luz una larga reverencia. Era un gesto un poco tonto, pero también lo más respetuoso que se le ocurrió hacer. Las reverencias se dedicaban a quienes estaban por encima de una, a quienes merecían su mayor admiración.

—Gracias —dijo en tono solemne—. Gracias, gracias, gracias.

Lo único que seguía sin curarse era el esguince del tobillo, cosa que tenía sentido, porque los gusanos solo pudieron actuar allá donde llegaban sus poderosas secreciones. Elodie se sentó en una roca y miró su vestido. Había perdido los dobladillos con las gemas, arrancados hacía tiempo, así que solo le quedaba la tela de color lavanda, aunque muchas capas de ella. Rasgó una tira y la usó como venda para estabilizarse el tobillo.

Se levantó y probó a apoyarle peso. No estaba mal. Tendría que llevar más cuidado con ese pie, lo cual quizá sería más fácil de decir que de hacer, pero al menos los gusanos le habían curado las lesiones más graves, las que podrían haberse infectado y matarla.

Elodie por fin pudo echar un vistazo a su entorno. Era lo que debería haber hecho antes de dormirse, pero se alegró de que las cosas hubieran sucedido en otro orden, porque de lo contrario habría huido de aquel lugar antes de poder recibir su ayuda.

La cámara de las luciérnagas era húmeda y pequeña, con gran parte de las rocas cubiertas de resbaladiza alga. Había un agujero en la piedra a la derecha de la colonia de gusanos, que era el final del conducto por el que había caído Elodie. Por lo demás, la cueva no tenía nada digno de mención. Había unos cuantos pedruscos, pero no mucho más.

Los ojos de Elodie casi pasaron por alto otra humilde roca, pero un leve cambio en el color le llamó la atención e hizo que retrocediera de nuevo hacia ella.

Dio un respingo. Encima de la roca había una tenue uve tallada en la pared de la cueva. Estaba cubierta en parte por algas, pero trazada con la misma caligrafía ágil que la letra dibujada en las nubes por la princesa pelirroja, con el mismo estilo ornamentado que la uve del reloj de arena.

Elodie corrió hacia ella y le quitó las algas de encima. Pasó los dedos por la talla, siguiendo el surco de la uve en el fresco granito.

«¿Esto es lo que intentabas decirme en el sueño?».

Estiró el brazo, como tratando de alcanzar a la princesa pelirroja otra vez.

No le llegó a la mente ninguna palabra sabia. Pero mientras dejaba caer el brazo al costado, Elodie distinguió otra uve tallada más allá en la pared. Y luego otra.

¡Un rastro!

Elodie seguía sin saber quién era V, pero se pegó al granito y besó la letra, porque en ese momento aquella princesa imaginaria era su mejor amiga en el mundo entero.

Victoria

Ocho siglos antes

Habían pasado casi dos semanas desde que Victoria cayó a la garganta. Tenía el pelo rojo lacio y grasiento, enredado con ramitas. Estaba delgada, demasiado delgada, y el resplandeciente rubor que antaño lucieran sus mejillas había palidecido por la desnutrición y la falta de luz solar. Sus labios se habían agrietado como el pergamino viejo, a resultas de vivir al límite de la deshidratación, y su vestido bordado era más marrón que blanco. El chaquetón dorado no había sufrido mejor destino, y había perdido dos de los broches que se lo cerraban en torno al cuerpo.

Bueno, en realidad no había «perdido» los broches: los había sacrificado porque necesitaba las agujas para tallar su inicial en el granito.

Pero en esos momentos estaba arrodillada junto a un montón de vidrio volcánico hecho añicos. Recogió un pedazo, lo sopesó en la mano y entrevió su desaliñado reflejo en la lisa superficie negra. Tenía el mismo aspecto que si el dragón la hubiera masticado y la hubiera vuelto a escupir.

Victoria aferró el vidrio negro con más fuerza.

Aún tenía esperanzas de escapar. Mas sabía que tenía las posibilidades en contra, de modo que haría lo posible por ayudar a la siguiente princesa que sacrificaran al dragón. Y a la siguiente, y a la siguiente. Si Victoria no lograba salvar su propia vida, se esforzaría por salvar la de quienes vinieran detrás de ella. Dejaría marcas en las paredes, compartiría lo que había averiguado sobre aquellos retor-

141

cidos túneles y aquellas lúgubres cavernas, les mostraría cómo, tal vez, podrían sobrevivir.

Alzó la mirada hacia las luciérnagas azules del techo. Luego la bajó de nuevo hacia el granito y apretó el vidrio volcánico con fuerza contra él.

Una uve, tallada del mismo modo en que había acostumbrado a dar comienzo a la rúbrica de su nombre. Una elegante curva. Un descenso en picado a la fina punta. Y luego arriba con una floritura final.

Se movió cueva abajo y marcó otra uve en la roca. Y otra. Y otra.

«Sígueme...».

Elodie

Elodie no habría encontrado la boca del túnel por sí misma. Tenía poco más de medio metro de altura y estaba tapada por una piedra plana y redonda con una uve tallada. Había apartado la piedra rodando y se había metido gateando en el pasadizo, al no tener mejor opción que confiar en esa pista.

El túnel era estrecho, pero ni por asomo tanto como la grieta por la que Elodie se había arrastrado. Además, el suelo era liso, no de granito puntiagudo e irregular, sino más parecido al mármol pulido. «Demasiado liso para ser natural», pensó. ¿Tantas princesas se habían arrastrado por allí antes que Elodie, para eliminar sus asperezas por rozamiento? Se le atenazó el pecho al pensarlo. Porque significaría que toda una interminable procesión de otras mujeres habían sufrido antes que ella. Pero también significaría que Elodie no estaba sola en aquella experiencia. Se sintió un poco culpable por alegrarse de tener su compañía.

Aunque la roca era lisa, también estaba caliente. No ardía como la llama del dragón, pero se le iban a quemar las manos y las rodillas como no avanzara deprisa. Aurea era una isla volcánica, lo que implicaba que aún quedaba lava en las profundidades, que alimentaba las fumarolas de aquellas grutas.

«Por favor, que no tenga que preocuparme por una erupción volcánica además de por el dragón». Elodie gateó tan deprisa como pudo.

No había ninguna piedra bloqueando la salida al otro lado, de modo que Elodie se levantó en una cámara que tendría el tamaño de su alcoba en la torre del palacio aureano. En realidad, la distancia entre la cueva de las luciérnagas y aquella era más bien escasa. La pared que separaba ambas cavernas estaba punteada de pequeños agujeros, como si las burbujas en el magma de tiempos remotos hubieran creado huecos en la piedra volcánica al solidificarse. El brillo de los gusanos llegaba a través de todos ellos y confería a la cámara una tenue luminiscencia y una constelación de minúsculas estrellas azules.

Del suelo ascendían vaharadas de vapor. Más fumarolas. El aire caliente y húmedo formaba columnas alrededor de Elodie, que se internó en ellas como si pudieran fundir sus miedos. Como mínimo, le destensaron un poco los músculos y la calentaron en su vestido demasiado fino.

Siguió explorando la cueva. Había otra abertura en la pared del fondo, un poco más alta que Elodie. Se le aceleró el pulso. ¿Podría reptar el dragón a través de ella? Parecía demasiado angosta, pero Elodie sabía que en los desiertos de su país natal podían hallarse lagartos y serpientes en los espacios más pequeños e imposibles. Eran seres capaces de dislocarse la mandíbula y comprimir el cuerpo como si sus huesos estuvieran hechos de gelatina.

Elodie regresó hacia el pasadizo que llevaba de vuelta a la cueva de los gusanos, dispuesta a retroceder. Pero al agacharse vio que la luz que entraba por aquel túnel bajo caía sobre un mensaje en ingleterr tallado en la pared de la cámara.

ESTO ES SEGURO.
NO PUEDE LLEGAR.
—V

«Dios mío». Unas lágrimas de alivio surcaron las mejillas de Elodie, que se dejó caer al suelo, al fin capaz de relajarse de veras por primera vez desde que había llegado al monte Khaevis.

—Gracias, gracias —dijo con la voz quebrada.

Se permitió sollozar de nuevo, pero esa vez ya no se sentía tan sola. Se arrastró hasta las palabras y apretó la palma de la mano contra ellas, como para absorber el consuelo que transmitían. «Esto es seguro».

144

Al lado del mensaje de V había una agrupación de nombres talados en la roca, en su mayoría acompañados de una huella del pulgar en sangre, quizá como prueba adicional de que todas las mujeres habían estado allí:

Y seguían y seguían, hasta casi un centenar de nombres de mujeres que habían viajado desde todos los confines del mundo a aquel reino aislado, seducidas por la promesa de una vida regia llena de calma y prosperidad para luego arrojarlas por la ladera de una montaña y que apaciguaran la voracidad de un monstruo.

Elodie leyó cada nombre en voz alta, temblorosa, sabiendo que cada nombre representaba a una persona real que había padecido la confusión y el terror por los que ella misma acababa de pasar. Cuántas hermosas y rutilantes chispas de vida apagadas porque la familia real había hecho un trato con un demonio.

«A lo mejor por eso engendran solo hijos», pensó Elodie. Tal vez fuese la forma en que el universo castigaba a la realeza de Aurea por su maltrato a las tres princesas originales: habían dado de comer sus propias hijas a un monstruo, renunciando con ello a su derecho de dar a luz a niñas por toda la eternidad.

Pero eso no les había servido de nada a las otras princesas que llegaron después. Era la sangre de esas mujeres la que había manchado el suelo de la cámara de las luciérnagas, su sangre la que había impregnado la roca dejando atrás un legado de dolor y desesperación. Elodie permitió que las lágrimas siguieran manando mientras pronunciaba una queda plegaria por cada una de las mujeres representadas por su nombre en la pared de la caverna.

Pero no había los suficientes nombres. Henry le había dicho que su familia llevaba ocho siglos gobernando Aurea. Tres princesas al año durante ochocientos años significaba que debería haber unos dos mil cuatrocientos nombres allí.

—Oh —suspiró Elodie mientras la comprensión se asentaba como una pesa de plomo en su estómago.

Recordó los restos de la princesa rubia de la torre que el dragón había olisqueado con ansia, y los otros cráneos y huesos calcinados. Los nombres de aquella lista pertenecían únicamente a las princesas que habían sobrevivido el tiempo suficiente para descubrir la Cueva Segura. Menos del cinco por ciento de las sacrificadas.

Las demás, las que murieron antes, habían quedado borradas de la historia.

—*Fy thoserrai kesarre.* —La voz del dragón retumbó a través de las paredes de la gruta, amplificada por los túneles y haciendo temblar la roca—. Puedes esconderte ahora. Lo mismo se les ocurrió a otras. *Kev det ni antrov erru ta nyrenif*? ¿Por qué está tan vacía tu cueva, *zedrae*? ¿Has pensado en eso?

Elodie sintió que la sangre le abandonaba el rostro y regresaba en oleada a su corazón, que aporreó frenético al oír las amenazas del dragón.

—¿Dónde estás? —susurró.

Pero el dragón no le dio respuesta. Quizá estuviera muy lejos y la roca condujera bien su voz.

O quizá estuviera justo fuera del túnel más cercano, esperando.

Elodie se apretó contra el mensaje de V. «Esto es seguro. Esto es seguro. Aquí estoy a salvo», se recordó.

El dragón podía provocarla, pero no llegar a ella.

Pero Elodie no podía pasar por alto su pregunta. ¿Por qué estaba tan vacía la cueva?

Porque hasta las princesas que tallaron su nombre en la roca habían terminado muriendo.

Elodie se fijó en que las paredes estaban húmedas, sobre todo cerca de las fumarolas. Había agradecido el calor para aliviar sus cansados músculos al llegar allí, pero recordó lo ardiente que estaba el corto pasadizo entre aquella cueva y la de los gusanos. Quizá aquella cámara estuviera a salvo del dragón, pero Elodie ya notaba que haría demasiado calor para quedarse allí todo el tiempo, que sería como intentar vivir en una sauna. La humedad de las paredes no bastaría para recoger agua y beberla. Y tampoco había comida.

La Cueva Segura era solo un lugar de descanso, no un refugio permanente. Elodie tendría que aventurarse a salir si quería agua y comida con las que sobrevivir. Si es que había agua o comida allí abajo.

Lo único que Elodie sabía con certeza que había allí fuera era el dragón. Cerró los párpados con fuerza, como si así fuese a cambiar la realidad.

—*Akrerra audirrai kho, zedrae.*

La voz del dragón fue como la punta de una fría hoja de espada descendiendo por su columna vertebral. Elodie dio un gemido.

Odiaba no saber lo cerca o lo lejos que estaba el dragón. Y odiaba no saber lo que le decía.

«Pero sí que había oído algo parecido a ese idioma, ¿verdad?».

¡El cántico de las sacerdotisas! Cuando estaban ungiendo a Elodie con sus aceites y preparándola para la ceremonia, habían entonado unas palabras antiguas, unos sonidos con las mismas consonantes duras y las mismas erres siniestras. Aquello debía de ser todo lo que quedaba del conocimiento humano sobre el idioma del dragón.

Pero significaba que era posible aprenderlo. Que en algún momento del pasado, la gente sabía hablar esa lengua.

—*Kuirr, zedrae.*

Ahí estaba. Esa palabra, *zedrae.* El dragón no dejaba de usarla. Elodie enderezó la espalda mientras intentaba recordar el contexto de las otras veces que el dragón la había pronunciado.

Casi todo le volvió claro como el cristal. Elodie nunca había creído que se alegraría de emborracharse, pero en esos momentos dio gracias a los cielos por las ingentes cantidades de cerveza de cebada aureana que había ingerido en su banquete de bodas. Aún la llevaba en la sangre cuando la habían lanzado a la garganta. Lo cual significaba que su recuerdo de todo detalle en ese periodo estaba conservado casi a la perfección, le gustase o no.

Recogió un pedazo de vidrio volcánico que había en el suelo bajo los nombres de las princesas, buscó una zona de roca vacía y empezó a raspar en la pared lo que recordaba del idioma del dragón. Que siguiera provocándola si quería, pero V afirmaba que esa cueva era segura, así que Elodie iba a aprovecharla en su beneficio durante todo el tiempo que soportara el calor.

Zedrae, dedujo enseguida, significaba «princesa». Elodie no le había dicho cómo se llamaba, así que el dragón usaba la palabra *zedrae* para mofarse de ella.

«Soy *KHAEVIS*», había dicho.

Elodie talló: KHAEVIS = DRAGÓN.

Una parte de todo lo que recordaba estaba solo en la lengua del dragón. Al parecer el monstruo no consideraba necesario que Elodie lo comprendiera todo. Tal vez sabía lo amenazadora que sonaba su voz de por sí.

Pero había otras frases que el dragón había traducido, para asegurarse de que ella las entendía.

Vis kir vis. Sanae kir res. Vida por vida. Sangre por fuego.

Errai khosif, dekris ae. Nydrae kuirrukud kir ni, dekris ae. Errai kholas. Estás sola, aquí abajo. Nadie vendrá a por ti, aquí abajo. Eres mía.

Elodie se estremeció al rememorar la cruel promesa del dragón.

Aun así apuntó las palabras. Quizá le sirviera de algo saber lo que decía el cazador, si lograba descifrar lo suficiente del idioma para aprenderlo. Y si no, al menos dejaría atrás la información para que ayudara a la siguiente princesa que llegase a aquella caverna. Su pequeño regalo a la triste sororidad, como el que V le había hecho a ella con sus iniciales.

—Te tendré tarde o temprano —dijo el dragón, desconcentrando a Elodie de su trabajo—. *Sy, zedrae...* Hasta entonces, princessssa.

El silencio cayó sobre las cavernas. Elodie esperó por si el dragón decía algo más. Deseaba que lo hiciera porque así le daría algo a lo que aferrarse, las palabras, pero también deseaba que el dragón la dejara en paz.

Tras un largo intervalo sin oír nada más, Elodie dejó caer la esquirla de vidrio volcánico, que traqueteó contra la roca. El dragón iba a dejarla tranquila, por ahora. O tal vez estuviera esperando su momento fuera de aquella cueva y se lanzaría a perseguirla en el instante en que la abandonara.

Demasiado cansada para que le importara, Elodie se dejó resbalar hasta el suelo y apoyó la cabeza en la pared.

Solo entonces reparó en el basto mapa dibujado en el extremo opuesto de la caverna. Se parecía a los laberintos que Elodie solía dibujar para Floria, aunque ese estaba inacabado y con enormes huecos que rellenar.

Aun así compuso una débil sonrisa. Porque el idioma del dragón sería un misterio por resolver, pero de mapas y orientación Elodie sabía bastante.

Lucinda

Lucinda recorrió el muelle furiosa como una hiena que acabara de descubrir que alguien ya había devorado el cadáver que pretendía desayunarse.

—¿Cómo que no podemos zarpar de inmediato? —le gritó al capitán Croat—. La boda ha concluido. No quiero pasar ni un minuto más con estos... estos granujas que viven en castillos de oro y tiran joyas al aire como confeti. ¡Tenemos que marcharnos hoy mismo!

—Os ofrezco mis más sinceras disculpas, mi señora —respondió el pobre capitán.

Había estado echando una cabezadita en cubierta, un raro lujo, pues la vida en el mar solía rebosar de responsabilidades y emergencias, hasta que lo despertó el segundo de a bordo para informarle de que lady Bayford estaba en el embarcadero exigiendo hablar con él. El segundo había tratado de quitársela de encima con excusas, pero lady Bayford no era de las que se rendían con facilidad. Ni nunca.

—Mi señora —dijo el capitán Croat con toda la delicadeza posible, alzando una mirada torva hacia la cubierta del barco, donde su cómodo y soleado sitio de las siestas había quedado ensombrecido por una gruesa nube—, tenemos previsto zarpar mañana. Tardaremos todo el día en cargar el grano y los demás tesoros que componen la dote de lady Elodie.

«La dote». Un débil gemido escapó de los labios de Lucinda, que tuvo que apoyarse en un poste del embarcadero. Elodie de verdad había muerto.

—Lady Bayford, ¿os encontráis bien? —El capitán Croat se apresuró a cogerle el brazo—. Lamento de veras que no podamos partir ya mismo. ¿Queréis que os traiga algo? ¿Agua? ¿Una silla? Quizá un terrón de azúcar os ayude a recuperar fuerzas.

El hombre siguió parloteando sobre que comprendía que casar a una hija era un gran hito en la vida, y aseguró a Lucinda que seguiría viendo a Elodie, solo que no tan a menudo. Luego se lio a gritos con el segundo de a bordo para que trajera una silla, mantas y café azucarado que aliviaran el repentino ataque de debilidad de Lucinda.

Pero ella sabía que nada de todo aquello la ayudaría. Su aflicción le venía de muy adentro y estaba consumiéndola poco a poco. Había sido la institutriz de Elodie y Floria, les habían enseñado aritmética y ciencias y las había visto pasar de ser unas niñas pequeñas a unas jóvenes damas desenvueltas. Cuando murió la madre de las chicas, el corazón de Lucinda se había partido por ellas. Y cuando lord Bayford halló consuelo en sus conversaciones y después en su lecho, había creído que el matrimonio completaría de nuevo la familia de las pobres.

Pero Elodie… Oh, la feroz y lista Elodie… echaba tanto de menos a su madre que no quería ninguna otra. Floria solo tenía tres años cuando murió su madre, pero Elodie ya había cumplido los diez. Tenía toda una década de memorias a las que aferrarse. Una década de ideales con los que comparar a Lucinda y encontrarla deficiente.

«Porque nunca he podido compararme con Madeleine», pensó Lucinda, recordando la inteligencia, la belleza y la elegancia de la primera lady Bayford. Y quizá las propias inseguridades de Lucinda fueran culpables en parte, pero nunca había logrado intimar con las chicas. Había sido la capataz que las obligaba a recitar las declinaciones en latín y las castigaba si olvidaban las tablas de multiplicar. Pero cuando trató de interpretar para ellas el papel de madre, no fue capaz de sacudirse aquella costumbre de institutriz de escudriñar todo lo que hacían Elodie y Floria hasta el más mínimo detalle. Lucinda se sentía como una usurpadora que no merecía ocupar el lugar de Madeleine Bayford.

Y además acababa de cometer el fracaso definitivo: había permitido que sacrificaran a Elodie a un dragón. Se había quedado mirando mientras se llevaban al matadero a una de las chicas a las que quería como si fuesen sus propias hijas.

Lucinda no era mejor que la familia real aureana a la que tanto despreciaba.

—Lady Bayford —estaba diciendo el capitán Croat—, si no queréis sentaros aquí en el muelle, ¿me permitís que os acompañe a vuestro carruaje y de vuelta al palacio?

Lucinda miró hacia el mar, hacia las lejanas estatuas de dragones que señalaban la frontera de Aurea. Cómo deseó que pudieran haber salido ya a mar abierto. Cómo deseó que los sorprendiera una violenta tempestad. Cómo deseó lanzarse a las oscuras aguas y que se la tragaran entera, antes de que el remordimiento que la carcomía terminase de devorarla, bocado a bocado, desde dentro.

—No, capitán, gracias —respondió—. No tengo la menor intención de regresar a ese condenado palacio por el momento.

Lucinda dio media vuelta y se marchó trastabillando sobre sus piernas flojas, haciendo que los marineros se apartaran de su impredecible rumbo. Pero cuando abandonó el muelle, una mujer y una chica salieron de la sombra del edificio del práctico del puerto.

—¿Lady Bayford? —preguntó la mujer.

Le sonaba de algo, pero Lucinda no terminaba de situarla, porque tenía la cara semioculta por un sombrero de paja.

—Sí, soy lady Bayford. ¿Cómo lo sabéis?

—Navegué hasta aquí con vos.

—¡Ah! —Lucinda se llevó la mano al pecho—. ¡Teniente Ravella! ¡No os había reconocido sin el uniforme!

—Por favor, llamadme Alexandra. —La teniente le hizo una inclinación tan grácil como siempre, aunque iba vestida con túnica de campesina y calzas en vez del elegante oro y carmesí de una enviada real. Al enderezarse, añadió—: Esta es mi hija, Cora. Tal vez la reconozcáis del banquete de bodas de vuestra propia hija en palacio.

Lucinda de pronto se mareó y necesitó sentarse. Sí que recordaba a la chica. Era la que había provocado el alboroto antes de que los caballeros se la llevaran. No le había quedado muy claro sobre qué daba voces, pero de todos modos había hecho tañer la cuerda culpable en el pecho de Lucinda, que se había retirado del convite poco después, excusándose en una migraña.

—¿Por... por qué habéis venido?

Lucinda se dejó caer en un banco dorado, un lujo muy propio de Aurea en un lugar tan prosaico como un puerto. Esperó que Alexandra y Cora no estuvieran allí para agradecerle el regalo de su hijastra. Lucinda no habría podido soportarlo.

—¿Ese es vuestro barco, mi señora? —preguntó Cora—. ¿El Deomelas?

Lucinda asintió.

—En ese caso —dijo Alexandra—, nos preguntábamos si podríamos hablar con vos de unas cuantas cosas.

Elodie

El mapa tallado en la pared tenía aportaciones de muchas manos distintas. Las grutas eran laberínticas y confusas, con túneles sin salida o, peor aún, expuestos y vulnerables al dragón. Eso era con lo que Elodie debía tener más cuidado, porque las partes inacabadas del mapa con toda probabilidad significaban una de dos cosas: o bien eran zonas que aún no estaban exploradas o bien sí que lo estaban pero las princesas que habían ido allí no habían regresado con vida.

En todo caso, el mapa le otorgó a Elodie una comprensión básica de su cárcel. La Cueva Segura era el campamento base, aunque había demasiado calor y humedad para quedarse allí mucho tiempo. La garganta a la que la arrojaron estaba al noreste y la primera caverna, la de las golondrinas en llamas, incluso más al este. Los pasadizos que había recorrido estaban documentados también, incluida aquella espantosa grieta que tanto tiempo había tardado en cruzar centímetro a centímetro.

También había símbolos, que eran lo que más interesaba a Elodie en esos momentos. Una extensa cámara estaba marcada con una flor y una nota musical, otra con una equis y unas cuantas con líneas curvas que deseaba con toda su alma que significasen «agua».

Elodie no había bebido nada desde el banquete de bodas, que había sido vete a saber cuánto tiempo atrás. Era imposible llevar la cuenta del tiempo allí abajo, sin amaneceres ni anocheceres. La única luz provenía de los gusanos en la cámara contigua.

—Qué sed tengo.

Podía aguantar con menos agua que la mayoría, al haber crecido adaptándose al duro clima de Inophe. Pero el cuerpo humano seguía teniendo sus límites.

Elodie estudió el mapa un minuto más. En circunstancias normales, memorizar el camino que quería seguir habría sido sencillo, pero a Elodie la sustentaban solo un breve sueño plagado de pesadillas y sus nervios maltrechos. Así que confirmó la ruta tres, cuatro veces.

—Muy bien, puedo hacerlo. —Tocó el símbolo ondulado—. Por favor, no me mientas.

Elodie abandonó de puntillas la Cueva Segura, dando pasos cortos y lentos que le permitieran escuchar por si venía el dragón y apenas asomando la nariz cada vez que tenía que doblar un recodo. Cada leve ruido de la gravilla al caer del techo la hacía saltar, y estuvo a punto de desmayarse por contener tanto el aliento.

Tardó poco en descubrir que el mapa no era exacto del todo. A los cinco giros desde la Cueva Segura encontró un derrumbamiento donde debería haber estado la boca de un pasadizo. Al principio pensó que se había equivocado, pero regresó a la Cueva Segura y no, se había orientado bien. Quizá hubiera un túnel allí en el pasado, pero ya no existía. Elodie recogió un pedazo de vidrio volcánico y actualizó el mapa.

Dadas las posibles imprecisiones, iba a necesitar luz si quería recorrer los pasadizos sin perderse. ¿Llevarla sería una señal demasiado evidente para el dragón de que había abandonado la caverna?

Pero el dragón podía verla con luz o sin ella.

—Tendré que arriesgarme —dijo Elodie.

A oscuras no lograría orientarse en los túneles. Y no vería al dragón si iba a por ella.

Aunque no saberlo quizá sería preferible a ver cómo se acercaba la muerte.

«Concéntrate en lo que puedes controlar», se dijo. Era el único modo de superar la siguiente hora o el tiempo que le costara encontrar agua. Una tarea detrás de otra. Todo planeado con meticulosidad y llevado a cabo con mucha, muchísima, cautela.

Primer paso, la luz. Lo mejor sería una antorcha, y el residuo pegajoso que le había dejado la golondrina muerta en el vestido serviría de combustible. Pero no tenía forma de encender fuego, y no quería que se lo proporcionara la única fuente de ignición que había allí abajo.

Lo cual la obligaba a recurrir a los gusanos. Darían una luz tenue, pero mejor eso que nada. Si Elodie pudiera recoger unos pocos y llevárselos con ella…

¡El vestido! Su diáfana tela sería perfecta para envolver los gusanos. El tejido era fino y lo bastante translúcido como para dejar salir su luz.

Volvió a gatas por el corto pasadizo a la cámara de las luciérnagas.

—Ya me habéis ayudado mucho —dijo a la laguna azul de gusanos que cubría el techo—, pero ¿me haríais otro favor? ¿Quiénes quieren venirse conmigo de aventura?

Rasgó una tira ancha de la falda, agradeciendo sus muchas capas. Elodie la sostuvo en alto hacia los gusanos del techo, como ofreciéndoles un grandioso palanquín en el que viajar.

Por supuesto, ellos no tenían ni idea de que les estuviera hablando, no digamos ya de lo que quería. Y estaban demasiado altos para que Elodie pudiera agarrarlos.

«Mmm».

Tenía que buscar una forma de que bajaran por iniciativa propia. Por desgracia, Elodie no sabía cómo ni por qué se movían, ya que la última vez estaba dormida. Cuando despertó, ya los tenía encima intentando comérsela. Bueno, curarla, como había averiguado después, si bien en su momento le resultó alarmante encontrarlos sobre el corte de la pantorrilla y…

—¡Eso es! Si estoy herida, vendréis, ¿verdad?

Elodie buscó una roca afilada e hizo acopio de valor. Se rajó el antebrazo con una mueca de dolor, pero asegurándose de apretar lo suficiente para hacerse sangre. «O es una idea genial o se me está yendo del todo la cabeza».

Estaba a punto de averiguarlo.

Elodie caminó bajo la colonia de gusanos de luz y movió el brazo en el aire. Lo más seguro era que no viesen muy bien. De hecho, Elodie no se había fijado en que tuvieran ojos, y había estado bastante cerca de ellos, así que pensaba que se habría dado cuenta si los tuvieran. Al fin y al cabo había reparado en todo lo demás: sus espeluznantes antenitas, los pegotes de moco luminiscente que excretaban por los poros, lo regordetes que eran sus cuerpos viscosos... Puaj.

«Sé buena, Elodie —se regañó—. No pueden evitar tener ese aspecto. Además, ¿qué clase de dama insulta a las criaturas a las que está suplicando ayuda?».

Dio un bufido. Vale, sí que se le estaba yendo la cabeza.

Pero entonces un gusano se despegó del techo. Y otro. Y otro. ¡Funcionaba, funcionaba! Movió el brazo sangrante y otra docena cayó hacia el olor de la sangre.

—Nunca he visto unos bichos más preciosos que vosotros en toda la vida —los arrulló mientras se los ponía en la herida y dejaba que la curaran.

Cuando terminaron, los recogió en la tira de tela y se la ató a la muñeca. La lámpara de gusanos daba una luz tenue y azulada. Elodie sonrió, complacida consigo misma. Luego partió de nuevo.

En esa ocasión, Elodie se desvió al noroeste en vez de tomar el inexacto quinto giro que la había llevado al callejón sin salida. Avanzó tan lenta y silenciosa como pudo, estorbada por el tobillo torcido y siempre consciente de que había un dragón hambriento con ella en las cavernas. De vez en cuando la luz azul caía sobre una marca en la pared del túnel, a veces una uve, otras un símbolo diferente, como un sol, una flecha u otras marcas extrañas cuyo significado desconocía.

De momento, lo único que Elodie tenía en mente era encontrar la cueva de las líneas onduladas.

A medida que recorría los angostos pasadizos, el terreno fue haciéndose más duro y escarpado; el aire, cada vez más frío. La temperatura de aquellas cavernas era muy variable según su proximidad a las fumarolas, supuso. Elodie se estremeció. Deseó poder acurrucarse en los brazos grandes y cálidos de su padre como cuando era pequeña. Deseó que su padre estuviera allí para abrazarla.

Entonces lo recordó en la ceremonia de las máscaras.

Su incapacidad de mirarla a los ojos.

«¿Sabías lo que iban a hacerme, padre?».

Lo cierto era que no quería conocer la respuesta. No en esos momentos. Tenía que mantenerse optimista y concentrada. Así que, aunque le dio otro escalofrío, empujó el recuerdo de la figura encorvada y enmascarada de su padre a los rincones más oscuros de su mente.

Siguió adelante. Un giro a la izquierda. Recto y hacia la derecha en la siguiente curva. Pasar junto a un símbolo de equis, que Elodie daba por sentado que significaría «No entrar», y luego en la siguiente ramificación del túnel tomar el segundo desvío, que debería estar orientado hacia el oeste. El tobillo empezaba a palpitarle de nuevo.

Y siempre, en primera fila de su mente, estaba la pregunta: «¿Dónde estás, dragón?». No le gustaba lo silencioso que estaba todo. Elodie aflojó el paso para escuchar con más atención si cabe.

La mayoría de los pasadizos se encontraban donde indicaba el mapa, pero algunos, como había descubierto antes, habían quedado bloqueados por desprendimientos, a menudo sembrados de huesos antiguos y algún guante hecho trizas o una tiara fundida. Aquellos túneles y cavernas eran un enorme cementerio de princesas sacrificadas, y Elodie se estremecía cada vez que daba con más evidencias de las mujeres que, por desgracia, la habían precedido. Tuvo que obligarse a no mirar demasiado, a desviar la atención y volver a concentrarse en recordar el trazado del mapa, a deshacer sus pasos y buscar rutas alternativas.

Por fin, los gusanos de luz y Elodie llegaron a una gruta húmeda y helada. Había tres líneas curvas talladas en la roca a la entrada.

—Gracias a los cielos.

Elodie tenía la boca tan reseca como un verano inophés y, contra toda precaución, aceleró el paso y casi irrumpió a la carrera en la cueva.

Directa a un charco de fango que le llegaba a las pantorrillas.

—¡Uj!

Sus pies descalzos hicieron sonoros ruidos de succión al salir del frío barro. Tenía tallos de plantas podridas pegados a la piel, y el aire olía a decadencia. Elodie hizo caer la luz de su lámpara de gusanos en el fango.

—Por favor, que esto no sea toda el agua que hay.

La caverna era alargada pero poco ancha. Elodie la recorrió de extremo a extremo y encontró un par de acumulaciones de setas y más charcos embarrados, semicongelados en la gélida cámara, pero nada más. Tenía tanta sed que se arrodilló y se planteó comerse pedazos del hielo formado en los bordes de los charcos.

Ya había dejado en el suelo su manojo de gusanos y tenía el brazo extendido hacia un trozo de hielo fangoso cuando una gotita de agua le cayó en la mano. Elodie se sobresaltó y la retiró del charco.

Entonces cayó otra gota, exactamente en el mismo sitio donde había tenido la mano.

Su mirada vagó hacia arriba, siguiendo la trayectoria de las gotas.

Un témpano. No solo uno, sino grupos de ellos, justo encima de cada uno de los charcos.

—Seré idiota —dijo Elodie, aunque sonreía de alivio.

La gravedad había recogido el agua en charcos, pero de algún lado tenía que haber salido antes de eso. Los témpanos estaban demasiado altos para alcanzarlos, sin embargo. Lo que necesitaba era un tazón, pero allí abajo escaseaban un poco, la verdad.

«Las setas». Elodie corrió de vuelta a la parte de la cueva donde había visto que brotaban. Las había de dos tipos: unas grandes y de sombrero rojo y, en el extremo opuesto de la caverna, otras pequeñas, rosas y delicadas.

Encima de las setas rojas estaba tallada la palabra COMER.

Y encima de las bonitas y rosadas, ¡¡¡NO!!!

—Voy a confiar en ti —dijo Elodie mientras arrancaba la seta roja más grande de todas, con un sombrero del tamaño de un cáliz.

Regresó al charco congelado y le puso la seta encima, del revés para que la parte inferior del sombrero pudiera recoger el agua.

Plic

plic

plic.

Aquello iba a tardar un rato.

El estómago de Elodie rugió.

—Ya puestos, más vale que coma mientras aguardo —dijo mientras volvía hacia las setas rojas—. Y de verdad espero que la princesa que hizo estas marcas supiera de botánica y las etiquetara bien.

Victoria

Ocho siglos antes

Victoria y sus hermanas pequeñas, Anna y Lizaveta, estaban acurrucadas juntas en la caverna de los témpanos. Tenían un aspecto tan desaliñado como cuando habían sido refugiadas en el mar, solo que ahora estaban prisioneras en la guarida de un dragón. Había unas manchas oscuras e hinchadas bajo los ojos de la pequeña Anna de doce años, y la piel de Lizaveta, de catorce, había adquirido una cualidad demacrada, casi translúcida, más próxima al color de los témpanos de lo que debería. Olían a sudor y a lágrimas y a sangre seca en los vestidos.

Agradecían tener una fuente de agua, pero hacía mucho frío mientras esperaban a que los témpanos goteasen, de modo que compartían el calor corporal.

—Estas setas saben a serrín —dijo Lizaveta, y dio otro mordisco a una de sombrero rojo.

—No te ha impedido comerte las cinco anteriores —repuso Victoria con una sonrisita pícara pero cariñosa.

—Es porque me muero de hambre.

Anna suspiró.

—Echo de menos la comida de nuestra cocinera. ¡Qué no daría ahora mismo por un pastel de champiñones y tomillo como debe ser! —exclamó, haciendo una mueca a la seta roja que tenía en la manita, que, al contrario que Lizaveta, ella solo había mordisqueado.

—Finge que eso es lo que estás comiendo —dijo Victoria, intentando animar a su hermana más pequeña.

161

Llevaban ya cinco días en las cuevas y Anna estaba cada vez más y más débil. Era un milagro que hubieran sobrevivido hasta entonces, y Victoria estaba decidida a mantenerlas con vida y ayudarlas a escapar.

Anna dejó caer la seta al suelo enfangado y se levantó para mirar los témpanos. Lizaveta recogió el sombrero rojo abandonado y se lo comió. Victoria cerró los ojos y masticó su propia seta roja. En efecto, sería toda una proeza imaginar que era otra cosa que un hongo con sabor a serrín.

Debió de haberse quedado dormida, presa del frío y la inanición, porque despertó sobresaltada cuando Anna trinó:

—¡Hermanas, mirad lo que he encontrado! ¡Parecen hadas diminutas y son deliciosas!

Les tendió un puñado de setas rosas que tenían el aspecto de estar hechas de encaje y, sí, recordaban a pequeñas hadas con vestidos de gasa.

—¡Hala! ¿Puedo probarlas? —preguntó Lizaveta, acercándose para coger unas pocas de la mano de Anna.

—¡No! —Victoria se levantó de un salto y dio un manotazo para quitarles las setas-hada a sus hermanas—. ¡Son cebos de hada! Muy venenosos. Dios mío, Anna, ¿cuántas te has comido?

El rostro de su hermana adquirió una lividez fantasmal.

—No muchas…

—¿Cuántas son no muchas? —Victoria aferró a su frágil hermana por los hombros y la sacudió—. ¡Cuántas son no muchas! —gritó.

—¡No lo sé! —exclamó Anna, que empezó a sollozar—. Tenía mucha hambre, y sabían a caramelo, y yo… yo…

—¿Tú qué?

—No… No puedo…

—¿No puedes qué? —vociferó Lizaveta, pisoteando los cebos de hada en el suelo como si dejar de verlos fuese a hacer desaparecer los que tenía su hermana pequeña en el estómago.

—No puedo… respirar.

Anna se agarró el cuello. La cara empezó a ponérsele violeta. Victoria miró alrededor, en busca de cualquier cosa que pudiera ayudar a la niña que había conocido desde su nacimiento. La niña que ya bailaba antes de poder andar. La niña que, cuando jugaban a disfrazarse, siempre quería fingir que era Victoria.

Un sonido áspero, gorgoteante, salió de la boca de Anna. Las lágrimas surcaron su cara púrpura mientras caída de rodillas.

—¡Ayúdala! —sollozó Lizaveta.

Pero no había nada en las cuevas que pudiera salvar a Anna. Incluso allí fuera, en el mundo que aún existía más allá de aquel infierno draconiano, el cebo de hada no tenía antídoto.

Lo único que podía hacer Victoria era acunar a su hermanita en sus brazos y abrazarla mientras moría.

—Lo siento —dijo Victoria, atragantándose con su miedo, su ira, su remordimiento—. Esto es culpa mía. No debí traeros aquí. Debí venir yo sola…

Los ojos de Anna se desorbitaron. Aferró la mano de Victoria.

—¡No te vayas! —lloró Lizaveta.

—Te quiero —susurró Victoria—. Nunca te olvidaré.

—¡No! —chilló Lizaveta.

Anna tuvo un espasmo y cerró los ojos.

Su cuerpo se quedó muy quieto.

Y ya no hubo más sonido en la caverna aparte de los témpanos y su rítmico

plic

plic

plic.

Elodie

Plic plic plic plic plic plic plic
PLIC plic plic PLIC plic plic PLIC plic plic
PLIC PLIC plic PLIC PLIC plic PLIC PLIC plic PLIC
PLICPLICPLICPLICPLICPLICPLICPLICPLICPLIC

Elodie se levantó de un salto al oír el súbito derretimiento de los témpanos. Abrió la boca, atrapó el agua fresca y tragó y tragó. Nunca en su vida le había sabido nada a tan necesario y tan delicioso al mismo tiempo. Se echó a reír bajo el gélido chaparrón, giró sobre sí misma, llenó su cáliz de seta y bebió. Hasta después de llenarse la barriga, siguió bebiendo y bebiendo y bebiendo...

Hasta que cayó en la cuenta de que ya no hacía frío.

Y la caverna estaba más iluminada, no por el azul de los gusanos, sino por algo amarillo. Algo anaranjado.

Algo como el fuego.

Se le tensaron todos los músculos del cuerpo mientras miraba hacia donde no quería: arriba.

El techo de la cueva era en parte de roca, pero en parte de hielo. Grueso hielo, unos quince metros. Pero, aun así, la silueta del dragón al otro lado era inconfundible, su serrada columna vertebral una sombra en forma de hoja a la luz de las llamas que disparaba al hielo, lo único que se interponía entre la criatura y Elodie.

—*Nyerru evoro, zedrae. Nyerru saro.*

Elodie se quedó petrificada, con escalofríos descendiéndole por la espalda.

El dragón siseó.

Elodie salió de su parálisis. Chilló mientras recogía su manojo de luciérnagas y corrió tan deprisa como le permitía su tobillo torcido. Recorrió a toda velocidad los túneles por los que había llegado, implorando a su cerebro que recordara el camino de vuelta. Derecha, derecha, giro cerrado, pasar la intersección, no ir por la marca de la equis, girar a la izquierda…, no, eso no tenía salida, solo una pila de huesos mordisqueados, ¡ay, madre!, volver atrás, girar a la derecha, apretar el paso cuesta abajo.

—*Vis kir vis. Sanae kir res* —rugió la voz del dragón a lo largo y ancho de las grutas—. *Vorra kho tke raz.* ¡Quiero mi parte del trato!

—¡Yo no he aceptado ese trato! —gritó Elodie.

Aunque en realidad sí que lo había hecho. Había animado a su padre a avenirse a la oferta de Henry, sabiendo lo que significaría para la gente del ducado. Pero entonces Elodie no conocía todas las partes del acuerdo.

Se estampó contra una roca que la dejó sin aliento, a demasiada velocidad por la pendiente. Ya estaba cerca de la Cueva Segura. Solo unos minutos más y…

Elodie dobló un recodo y chilló. Lo que antes le había parecido una cavidad en el techo del túnel era en realidad un agujero, que acababa de llenarse por un inquieto ojo púrpura y dorado.

—*Demerra vis er invika. Kir rever, annurruk vis tu kho. Voro erru raz.*

El aliento humeante del dragón se filtró por las grietas de la roca. ¿Cuán estable era la estructura? Si el dragón se lo proponía, ¿sería capaz de romper la piedra y sacar a Elodie de un zarpazo?

Invocó todo el coraje que pudo reunir y replicó:

—Tus provocaciones no me hacen efecto si no las entiendo. Solo eres ruido. ¡Un ruido insignificante!

Un rugido atronador hizo temblar las cavernas, y cayeron rocas del techo. Había sido una estupidez ridiculizar a la bestia.

Pero ya que estaba acorralada, Elodie pretendía sacar algo en claro de la situación. Haría hablar al monstruo, lo incitaría a revelarle información. Recordaría sus palabras para apuntarlas. Traducirlas. Ayudarse a sí misma y ayudar a las futuras mujeres sacrificadas a no pasar tanto miedo.

El dragón hizo un gruñido burlón.

165

—He dicho que yo permito la vida en la isla. A cambio se me paga con vida. Ese es el acuerdo.

—Y yo te he dicho —repuso Elodie, alejándose muy despacio— que no he aceptado ese acuerdo.

El dragón sorprendió a Elodie al echarse a reír. Luego dijo:

—*Esverra zi kir ni kir ta diunif aeva, zedrae.* Llevaba mucho tiempo esperándote, princesa.

—¡Pero si te comiste a otra princesa hace solo unos días!

Elodie recordó a la mujer triste con cintas en el pelo de la torre.

—Era sabrosa, pero no lo bastante buena.

—¿Y qué la habría hecho más apetecible? ¿Salsa de chocolate? ¿Se puede saber qué más quieres?

—*Nyonnedrae. Verif drae. Syrrif drae. Drae suverru.* No a cualquiera. A la adecuada. A la lista. A la que sobrevive.

Fue el turno de Elodie para reír.

—¿No se te ha ocurrido que una princesa no puede sobrevivir si te la comes?

Pero se había acabado hablar. Ya tenía todas las frases que iba a ser capaz de recordar y, cuanto más tiempo permaneciese allí, más probable sería que el dragón hallara la forma de atravesar aquella roca y alcanzarla. Así que Elodie dio media vuelta y corrió.

A su espalda, el dragón aulló. Luego arrojó una bocanada de fuego por el agujero del túnel.

Elodie corrió más rápido, sin hacer caso a los agudos dolores del tobillo. El fuego la rozó en el instante en que salía de su alcance, e incendió el manojo de gusanos. El tejido de la lámpara, hecho a partir de la capa más exterior de la falda de Elodie y, por tanto, cubierto del pegajoso residuo inflamable de la golondrina muerta, estalló en una bola de fuego.

—¡Dios mío!

Elodie notó que le quemaba la muñeca y se sacudió la lámpara al suelo del túnel. Los gusanos se retorcían de dolor dentro de la tela, y las llamas se volvieron de un refulgente azul en el momento en que el fuego los consumió.

—Cuánto lo siento —susurró Elodie—. Solo intentabais ayudarme y…

—*ZEDRAE!*

Elodie ahogó un grito por la ira que oyó en la voz del dragón. Ella ya no era un entretenimiento para la criatura y tenía que marcharse. Ya.

—Volveré para daros un funeral como es debido, lo prometo —dijo a los gusanos muertos.

Se los llevaría si pudiera, pero la tela era ceniza. Todo era ceniza. Y si no se iba de allí a toda prisa, también ella lo sería. Pero pretendía regresar.

Corrió con todas sus fuerzas, apoyando demasiado peso en el tobillo malo sin poder remediarlo.

Elodie giró deprisa por los túneles. Izquierda, izquierda, casi ciento ochenta grados, siguiente curva cerrada.

El dragón rugió de nuevo.

El terror le puso de punta todo el vello de los brazos y la nuca. Los instintos de ser una presa la impelían a quedarse muy quieta, a hacerse pequeña, a ocultarse a plena vista y confiar en que el dragón no podría verla si no se movía. Sin embargo ese instinto se equivocaba, porque Elodie no era un ratoncito, sino una mujer adulta, y resultaba imposible que el dragón no la viese si dejaba de correr.

«¡Sigue, sigue!», se gritó a sí misma.

Giro a la derecha, pendiente suave, túnel en zigzag y luego otro giro a la derecha. Empeñó más velocidad, tanta como le permitía la cojera.

Elodie no aflojó hasta llegar a la cueva de las princesas y la pared marcada con las palabras «Esto es seguro».

—Estoy bien —jadeó, tratando de recobrar el aliento y convencerse a sí misma a la vez—. Estoy bien —repitió.

Pero al mirar los nombres de todas las princesas que la habían precedido y no habían logrado escapar, Elodie de pronto sintió en los hombros el peso de todas sus muertes.

Nadie salía de allí jamás.

Nadie.

Elodie se abrazó a la pared y sollozó. No estaba bien en absoluto.

Elodie

Minna cantaba una suave melodía a los gusanos de luz mientras le sanaban las quemaduras de la cara y el torso. El dragón casi había conseguido matarla en esa ocasión, pero aún le quedaban energías para luchar. Sonrió hacia la daga corta de vidrio volcánico que se había fabricado afilándola contra un peñasco. Una princesa guerrera de Kuway no se resignaría a la derrota.

La visión pasó por la mente de Elodie tan lúcida como si fuera su propio recuerdo. Se apartó con brusquedad de la pared de la caverna. ¿Por qué había sucedido aquello? ¿Y cómo?

Era como el sueño que tuvo la primera vez que llegó a la cueva de las luciérnagas y se había quedado dormida sobre el lecho de algas, como el sueño de las princesas cayendo a través del tiempo. Antes de saber siquiera que existían.

Pero Elodie no solo había estado durmiendo encima de algas. También había una antigua y oscura mancha de sangre, dejada por las princesas del pasado.

Miró hacia la pared llena de nombres de princesas y dio un respingo. Al lado de muchos de ellos se veía una huella de pulgar, imprimida en sangre. Elodie estaba demasiado aterrada la primera vez que entró en la Cueva Segura para pensar en el significado de esas huellas, y excesivamente hambrienta y sedienta y temerosa desde entonces para hacer algo más que pasarlas por alto al verlas.

Pero entonces extendió el brazo y apretó su propio pulgar con-

168

tra la herrumbrosa mancha marrón que había junto al nombre de Minna.

Minna cantaba una suave melodía a los gusanos de luz mientras le sanaban las quemaduras de la cara y el torso. El dragón casi había conseguido matarla en esa ocasión, pero aún le quedaban energías para luchar. Sonrió hacia la daga corta de vidrio volcánico que se había fabricado afilándola contra un peñasco. Una princesa guerrera de Kuway no se resignaría a la derrota.

Elodie se separó de la mancha de sangre, con el corazón atronando. Le costó trabajo respirar, porque el aire parecía más denso que solo un momento antes. Se había acostumbrado a los confines de las grutas, a la cálida neblina que llenaba todo espacio abierto de un peso invisible. Antes le había parecido que olía a ámbar, a bosques viejos y a religiones antiquísimas. En esos momentos sospechaba otra cosa.

«Este es el olor de la magia».

Pues claro. El dragón había vivido en Aurea desde hacía siglos, así que su almizcle y su poder debían de impregnar todo túnel y cámara subterránea. Tal vez los gusanos de luz ya fuesen mágicos de por sí, o tal vez fuese el efecto de la magia en su evolución. Y quizá también se debiera al dragón que existieran el trigo áureo y las bayasangres y las peras plateadas. La presencia de su magia podría estar afectando a todo el reino de Aurea, no solo a las cavernas. Elodie no podía estar segura, pero le veía sentido.

Lo que sí sabía con certeza, en cambio, era que en Inophe no había podido acceder a los recuerdos de otra persona con solo tocar su sangre. De haber podido, habría leído la mente de Floria centenares de veces, siempre que había tenido que limpiarle un rasguño en la rodilla o curarla después de que su hermana intentase dar de comer a una cabra del desierto.

Pero no todos los aureanos podían usar la sangre como ventana al pasado. En la boda de Elodie, la palma cortada de su mano había estado contra la de Henry, y el príncipe no había dado ninguna señal de estar teniendo visiones. De hecho, si aquel tipo de magia fuera común en el reino, habría más gente usándola.

«Pero espera…». Elodie recordó a la reina Isabelle observando mientras ella tocaba la palma ensangrentada de Henry. Los ojos de la reina eran lo primero que Elodie había visto después de su vistazo a la infancia del príncipe.

«La sangre de *zedrae* fuerte es la más poderosa de todas», había dicho el dragón.

Y todas las princesas que habían llegado a la Cueva Segura eran lo bastante fuertes, comprendió Elodie al mirar los nombres tallados en las paredes. Las huellas de pulgar empezaban al final de la segunda hilera. Debió de ser cuando la princesa Minna descubrió lo que podía hacer su sangre, que el poder que corría por sus venas podía dejar fogonazos de lo que estaba sucediéndole. Y, luego, las princesas de los siglos siguientes habían seguido su ejemplo.

Con avidez, Elodie apretó el pulgar contra otra mancha de sangre.

Seis siglos antes

Ailing marcó una cruz en el mapa de la Cueva Segura. La cámara con la que se había topado ese día tenía un techo tan alto como el de una catedral. Ella no pertenecía a ninguna religión que rezara en iglesias, pero cuando vio los esqueletos de las anteriores princesas tumbados en vestidos que se desintegraban, con los brazos cruzados en postura reverente sobre el pecho, lo comprendió.

Era el lugar al que habían ido a morir. Aquellas a las que el dragón no había devorado de inmediato, o las que no habían podido escapar, acudían allí a afrontar la muerte por deshidratación e inanición.

Parecía como si hubiera un acuerdo tácito entre las princesas: la Cueva Segura era un refugio, un lugar de esperanza para la recién llegada. No lo echarían a perder muriendo allí. Y por tanto, aquella caverna grande como una catedral se había convertido en un mausoleo, en su último lugar de reposo...

Esa era la visión completa. Elodie salió escarmentada de ella, pero también apretó los puños, sintiendo visceralmente la larga y oscura historia de la que había pasado a formar parte.

Tres siglos antes

Rashmi talló marcas en el mapa. Había encontrado una cueva llena de plantas comestibles, sus tallos rebosantes de dulce carne. Eran mucho mejor opción que las insípidas setas rojas de la otra cámara.

Las visiones eran breves, como si la gota de sangre hubiera capturado solo ese momento. Pero no importaba. Elodie estaba convencida de que eran reales. Sentía una conexión tangible con el espíritu de las mujeres que habían llegado antes que ella, tan cálido y veraz como los recuerdos de su madre abrazándola, dándole un beso de buenas noches, diciéndole lo orgullosa que estaba de su valiente chiquitina.

Una parte de Elodie esperaba no encontrar más sangre fuera de aquella pared, porque cada gota derramada significaba que alguien había sufrido. Pero otra parte confiaba a la desesperada en que hubiera más pistas del pasado.

Cuando hubo terminado con los recuerdos de las huellas de pulgar, recorrió la Cueva Segura, buscando. Halló otra gota de sangre en el suelo, casi invisible, vertida cuando una princesa herida se hallaba enfrascada en profunda meditación.

Cinco siglos antes

Eline caminaba de un lado a otro por la Cueva Segura, dándole vueltas al nuevo hecho que había descubierto: la criatura también tuvo familia en otro tiempo. Bestial y reptiliana, pero familia aun así.

¿Por eso deseaba tanto devorar a las princesas de Aurea? ¿Era una retorcida venganza sobre los humanos, cuya especie era tan numerosa mientras el dragón no tenía a nadie más? Eline no estaba segura, pero le daba la impresión de que tenía algo que ver con el acuerdo al que había llegado con Aurea. Ojalá pudiera averiguar qué.

—Ojalá conociera yo también las respuestas —dijo Elodie.

171

En concreto, no sabía muy bien qué pensar sobre la revelación de que la criatura no había sido siempre la única de su especie allí. Pero antes de que pudiera seguir pensando en ello, dio con otro recuerdo en un rincón de la caverna.

Un siglo antes

Camila estaba quitándose pinchos de antodita de los brazos. Había pasado el día recolectando las puntiagudas flores, y dedicaría el siguiente a incrustarlas en las paredes de los túneles a modo de defensa. Los pinchos no matarían al dragón, pero tal vez por lo menos le harían daño y lo ralentizarían.

Y Camila estaba dispuesta a aprovechar cualquier ventaja que se le ofreciera.

—Sí —susurró Elodie.

El corazón se le empezó a acelerar, por una vez no de miedo, sino de renovada determinación. Porque en aquella cueva, Elodie no estaba sola. Allí había una sororidad, y también la creencia de que, aunque sus distintas vidas abarcasen siglos enteros, eran más fuertes juntas. Las aportaciones desinteresadas que habían hecho las princesas del pasado a todas las que las sucedieron despertaron a Elodie de su autocompasión.

Recogió el vidrio volcánico que había usado antes y empezó a anotar todo lo que recordaba de su última «charla» con el dragón. Empezaba a deducir cómo funcionaba el idioma y lo que significaban más y más palabras. No sabía si terminaría resultándole útil a alguien, pero quería dejar a las princesas del futuro toda la información que lograra reunir.

Lo que Elodie apuntaba no era solo una lista de palabras. Los años que había pasado en compañía de mercaderes extranjeros y marineros en el puerto de Inophe le habían enseñado que todo idioma tenía su sintaxis, el orden en el que se juntaban las palabras. Y también estructuras gramaticales. Algunos idiomas ponían los adjetivos detrás de los sustantivos que modificaban, otros lo hacían al revés. La jerga políglota de los marineros inopheses hacía lo primero, y además tenía una estructura de verbo-objeto-sujeto, por lo que la frase «George comió sabroso pastel» sonaría como: «Comió pastel sabroso George». El orden era distinto al que Elodie conocía desde pequeña, pero el significado era el mismo.

Y eso era lo que Elodie estaba intentando descifrar de la lengua del dragón. Por las frases que había conseguido desmontar y examinar, el idioma parecía seguir la estructura tradicional de sujeto-verbo-objeto a la que estaba acostumbrada. Pero no había artículos como «la» o «una», que ella supiera. Y hasta el momento, los adjetivos que había encontrado terminaban en «if» y no tenían género.

«*Syrrif drae*», había dicho el dragón. Persona lista.

—En eso tienes toda la razón —dijo mientras raspaba sus notas en la pared de la Cueva Segura.

Tener una actividad intelectual en la que trabajar era reconfortante. Aunque estuviera investigando el idioma de una bestia asesina que pretendía devorarla, hacer algo tan familiar como resolver un acertijo relajaba los nervios de Elodie.

Al terminar, miró la brillante piedra negra que tenía en la mano. En su visión la princesa Minna de Kuway se había hecho una daga a partir de ese material. Elodie también quería un arma. Eligió otra esquirla de vidrio volcánico, un poco más grande que la que estaba utilizando para tallar, se situó ante una roca que le llegaba a la cintura y empezó a trabajar.

Horas más tarde, Elodie estaba empapada de sudor por la temperatura de la Cueva Segura, y tenía la espalda agarrotada, las manos sangrando y un pedazo algo menos romo de vidrio volcánico. Resultó que tallar roca para crear un cuchillo resultaba mucho más duro de lo que había esperado. A lo mejor era que no acertaba con el ángulo, o quizá que cada vez que creía estar afilando una punta, en realidad solo estaba quitándole la punta que ya había creado.

Fuera cual fuera el problema, Elodie tenía las manos demasiado dañadas para resolverlo en ese momento. Dejó el destrozado pedazo de cristal negro sobre la ropa y se tumbó bajo el mapa con intención de descansar los agotados músculos y decidir lo que haría a continuación.

«Quizá sería mejor aprovechar mis puntos fuertes, en vez de tratar de emular los de otras». Ella no sería una princesa guerrera, pero sí una maestra de los laberintos, tanto a la hora de crearlos como a la de encontrar su salida. Si alguien podía resolver el acertijo de aquel laberinto subterráneo, esa era Elodie.

Pero antes tenía que salir de la Cueva Segura. El calor húmedo y sofocante de las fumarolas empezaba a marearla. Elodie no quería volver a las partes expuestas de las cavernas, si bien no tenía más opción. Si se quedaba en la Cueva Segura, se desmayaría por el calor o se asfixiaría por la pesadez del aire.

El mareo también podría deberse a la desnutrición. Elodie necesitaba sustento. No había comido ni de lejos las suficientes setas antes de verse obligada a huir del dragón. Pero no podía regresar a aquella caverna, claro, por motivos evidentes.

Sin embargo, según la visión de la princesa Rashmi, existía una alternativa: la cueva de la marca rara, llena de dulces y comestibles plantas.

A medio camino de la cámara que había señalado Rashmi en el mapa, Elodie se detuvo donde habían muerto los gusanos de su primera lámpara. Con ademán solemne, envolvió sus cenizas en otro pedazo de tela arrancada de su vestido.

—Os he prometido un funeral —dijo—, y cumpliré con mi palabra.

Se guardó el pequeño fardo en el corpiño y siguió adelante. Ya no se sentía sola: contaba con la sororidad de todas las mujeres que habían llegado antes que ella y le señalaban el camino.

Pero después de dar solo unos pasos, los túneles comenzaron a vibrar. Se soltaron pequeñas piedras del techo.

Elodie inhaló de golpe y se apretó inmóvil contra la pared.

—Zedrae... —dijo una voz como el queroseno—. *Ni sanae akorru santerif*. Tu sangre se hace más fuerte. Puedo olerla hasta desde aquí.

¿Dónde sería «aquí»? Las palabras del dragón parecían surgir de todas partes a la vez por culpa del eco, tanto cerca como lejos. Elodie se había alegrado hacía poco de que su fuerza la conectara con las princesas del pasado, pero de repente deseó ser débil para no resultarle tan tentadora a la bestia.

«No, no pienses eso», se regañó mientras inhalaba una silenciosa y cauta bocanada. El dragón devoraba todos los sacrificios, fuesen débiles o no. Solo tendría una posibilidad de sobrevivir si era fuerte.

Necesitaba comida. No podía quedarse encerrada en la Cueva Segura, esperando a morir. Elodie cerró los ojos un segundo y aguzó el oído en busca de las escamas del dragón rozando contra la piedra. Pero no había nada. Con un poco de suerte, el dragón estaría lejos y sus palabras eran solo para provocarla. Se aventuró a seguir recorriendo el túnel.

—¿Dónde estás ahora? —preguntó el dragón.

Elodie se detuvo.

El monstruo se echó a reír.

—Explora tanto como quieras, *zedrae*. Pero recuerda…, *errai kholas*.

«Eres mía».

Contuvo el aliento incluso mientras todo el cuerpo le temblaba. «*No* soy tuya —pensó Elodie con toda la ferocidad que pudo, tanto para convencerse a sí misma como para desafiar al dragón—. Mi destino me pertenece a mí, y yo decidiré cuál es».

Aun así se apresuró a regresar hacia la Cueva Segura. Si el dragón estaba buscándola, no podía arriesgarse a vagar por ahí, por mucho que necesitara el agua y la comida. La risa del monstruo la persiguió por el laberinto y, aunque el dragón aún no la había localizado, Elodie sentía el calor de su hambre pisándole los talones mientras recorría los pasadizos a la carrera.

Tomó los desvíos a toda la velocidad que pudo, y el tobillo malo se le torció otra vez haciéndola caer a las rocas. Se hirió las manos y las rodillas, dejando más sangre con la que estimular el apetito del dragón.

El sonido de la profunda inhalación del monstruo reverberó por los túneles.

175

—Oooh —gimió de placer al captar su aroma, e inhaló de nuevo, ya no muy lejos.

«¡Arriba, arriba!», se chilló Elodie a sí misma. Le caían lágrimas por las mejillas. Se levantó a toda prisa, apenas capaz de ver a través del velo de lágrimas y del miedo y del dolor. Corrió a ciegas por el último tramo hasta llegar a un pasadizo estrecho.

El cuerpo del dragón se estampó contra la entrada apenas unos segundos después de que Elodie se hubiera abalanzado a su interior.

Elodie chilló y reptó más rápido por el estrecho paso, con las paredes tan cerca que le arrancaron una capa de piel al internarse entre ellas.

El dragón siseó al escupir fuego. Las llamas calentaron la ropa y una chispa cayó sobre el pelo de Elodie, incendiándolo.

Echó los restos para cruzar la última parte del túnel y llegó a cuatro patas a la Cueva Segura. Se dio manotazos al pelo mientras rodaba por el suelo, golpeándose contra peñascos sin que le importara porque estaba en llamas y se le quemaba el cuero cabelludo y casi la cara y...

El fuego se apagó.

«Oh, dios...». Elodie se echó a llorar.

—Eso me ha gustado —dijo el dragón, y su aliento a ceniza estaba tan cerca que llenó la Cueva Segura—. Pero se te acaba el tiempo. Me traerán a otra *zedrae* dentro de dos días. Te tendré a ti antes de que llegue ella.

«Cada septiembre inauguramos la cosecha con una semana de gratitud por todo lo que tenemos —le había dicho Henry a Elodie—. Durante esa semana hacemos tres plegarias...»

La princesa del pelo platino y las cintas, el domingo. Elodie, el miércoles. Y la tercera «plegaria» sería el sábado.

Elodie se envolvió las rodillas con los brazos y empezó a mecerse adelante y atrás, le temblaba todo el cuerpo. Tres bodas, con solo unos días de separación. Tan pronto como una esposa había muerto, Henry podía casarse con otra y ungirla como princesa. Otro sacrificio. El pago al dragón por la paz y la prosperidad de la isla.

176

«¿Lo sabías, padre? ¿Me vendiste por voluntad propia a un dragón?».

De pronto recordó la noche anterior a la boda, cuando lady Bayford había entrado en la habitación de la cima de la torre y le había exigido a Elodie que cancelara la ceremonia. Lady Bayford, cuya forma de decir las cosas muchas veces erizaba a Elodie…, y Elodie, que siempre se molestaba con ella sin plantearse lo que pudiera estar intentando decir, sin oír más que lo que le salía de la boca.

¿Se habría enterado lady Bayford del sacrificio nupcial? Ahora que Elodie le daba vueltas al recuerdo en la cabeza, parecía… posible.

Si era lo que había ocurrido, entonces cuando su padre llegó como si nada unos minutos después, buscando en concreto a lady Bayford, para luego decirles a Elodie y Floria que no hicieran caso a nada de lo que hubiera dicho su madrastra…

«*Maldí-seù*».

Su padre lo sabía. En realidad Elodie no había querido confirmarlo. Quiso creer que lo habían obligado a asistir a la ceremonia de las antorchas en la montaña contra su voluntad, igual que a ella.

Pero en el fondo de sus entrañas lo había sabido. Y por fin estaba segura.

¿Cómo podía alguien criar a una niña, enseñarle a arrancar los pinchos de las ciruelas y a montar en los caballos más difíciles, decirle cada día lo mucho que la adoraba… para luego enviarla al matadero como a una cabra del desierto en día de fiesta?

Elodie había querido a su padre con todo su corazón, pero ya no sabía ni quién era esa persona, y por tanto no sabía qué hacer con ese corazón.

—Tendría que haberle entregado mi cariño a alguien que lo mereciera más —sollozó mientras se le inundaban de nuevo los ojos.

Horas más tarde, tiritando de hambre, agotamiento y calor, Elodie reptó por el corto pasaje hasta la cámara de las luciérnagas y desenrolló la tela que contenía los restos de los gusanos de luz. Esparció las cenizas por las algas, bajo la colonia.

177

—Estáis en casa —dijo con suavidad a las cenizas—. Gracias por ayudarme.

Al contrario que su padre, que, sin piedad, la había abandonado a su muerte.

Elodie

El dragón estuvo acechando fuera de la Cueva Segura todo el día, o quizá toda la noche, Elodie no lo sabía. Había perdido la noción del tiempo, la boca le sabía como si la tuviera rellena de lana y el delirio de llevar demasiado tiempo sin comer empezaba a hacerle tiritar el cuerpo y la mente.

Después del funeral de los gusanos, el calor de la cámara la arrulló hasta dormirla, aunque de manera irregular. Entraba y salía de sueños lúcidos, o tal vez fueran alucinaciones provocadas por el trauma y el hambre. Algunos sueños no tenían sentido, como el de los elefantes con cabeza de zorro compartiendo bebedero con un cactus andante. Otros eran recuerdos mezclados con fábulas, como una lección de aritmética que le había impartido lady Bayford transformada en una casa hecha de números y galletas azucaradas. Al despertar de ese, Elodie se descubrió masticándose sus propios labios agrietados.

Le palpitaba el tobillo. Lo tenía hinchado y tierno al tacto, y de vez en cuando le enviaba chispazos de dolor tendones arriba sin más motivo que recordarle que estaba condenada. Cuando volvió a quedarse dormida, soñó que se serraba el pie con el vidrio volcánico que había intentado afilar.

—Te desafío en combate singular, dragón —dijo Elodie Ensoñada, arrojando el pie amputado ante ella como un guante.

La bestia se tragó el aperitivo que era su pie.

—Acepto el desafío, *zedrae*.

Pero cuando el duelo iba a comenzar, una golondrina risquera pasó volando entre Elodie y el dragón.

—Despierta —pio el pajarito—. Tengo una cosa que enseñarte.

Elodie Ensoñada ahuyentó a la golondrina.

—Estoy ocupada, ¿no lo ves?

—No puedes combatir al monstruo. Perderás —respondió el ave.

—Entonces moriré con honor —dijo Elodie Ensoñada.

Avanzó a la pata coja sobre el pie que le quedaba hacia el paciente dragón. La golondrina surcó el aire entre ellos de nuevo y se puso a dar picotazos en la cara de Elodie.

—Hay otra forma. ¡Despierta, despierta!

Elodie se incorporó de sopetón en el cálido suelo de la caverna. De verdad había una alondra risquera volando justo por encima de su cabeza. La tenía tan cerca que era perfectamente factible que le hubiera estado picando la cara.

La fatiga le nublaba el cerebro. Elodie se limpió la saliva seca de la comisura de la boca.

—¿Eres el mismo pájaro que me visitó en la torre de palacio?

El ave danzó alrededor de ella, trinando.

Era muy poco probable. Pero a Elodie se le escapó una risita delirante. Hasta la más leve posibilidad de que fuera la misma golondrina le daba un poco la sensación de tener a una amiga en aquel lugar desolado.

La golondrina fue hacia el mapa de la pared de la Cueva Segura. Voló en círculo por delante de una sucesión de cámaras que estaban marcadas con una nota musical, una flor y un sol, en ese orden.

—¿Quieres que salga ahí fuera? —preguntó Elodie.

El ave trazó otro círculo en torno a esa parte del mapa.

—¿Cómo sabes interpretar un mapa? ¿Eres un producto de mi imaginación?

La golondrina ladeó la cabeza mirándola, como si se sintiera insultada.

Elodie soltó un bufido y se echó a reír otra vez. De veras estaba perdiendo el contacto con la realidad. Rio y rio hasta casi agotar todas sus fuerzas, y entonces se tumbó de nuevo y durmió.

Al despertar, el pájaro ya no estaba. O quizá no había estado nunca. Desde luego, Elodie seguía teniendo el pie al final de la pierna: no se lo había amputado para lanzarlo en desafío a un duelo con el dragón. Resultaba difícil saber si algo de las últimas horas era real o no.

Pero descansar le había hecho un poco de bien, eso sí. Elodie seguía cansada y sedienta y hambrienta, y demasiado acalorada y sudorosa en aquella sauna de caverna. Aunque ya no sentía los brazos y las piernas débiles como si no tuviera huesos, y podía pensar con la suficiente claridad como para reparar en que ya no oía el ambarino aliento del dragón fuera de la Cueva Segura.

Se había marchado.

¿Por cuánto tiempo? Elodie no podía estar segura. Se levantó y renqueó hasta el mapa de la pared, porque aunque el pájaro hubiese sido una alucinación, la esperanza que le había dejado, la de que pudiera haber otra salida de aquello aparte de morir en las fauces del dragón, permanecía en ella.

La parte etiquetada con los símbolos de la nota musical, la flor y el sol era la que tenía más marcas de todo el mapa. ¿Significaría algo? ¿Estaba tan anotada porque era importante? ¿O era una simple coincidencia que hubiera varias cámaras dignas de mención conectadas?

Con el dragón lejos de allí por el momento, Elodie debía tomar una decisión. Podía quedarse en la Cueva Segura y sentir lástima de sí misma mientras las fumarolas la iban cociendo al vapor hasta matarla. Podía salir otra vez en busca de la caverna de la princesa Rashmi, la de los tallos comestibles. O podía seguir el consejo de un pájaro imaginario.

Obtener sustento era la opción más práctica. Pero ¿de qué serviría, aparte de mantener viva a Elodie un poco más de tiempo? El dragón le había prometido que la mataría antes de que llegara la próxima princesa. Dos días…

No, menos que eso. Porque a saber cuánto de ese tiempo se le había pasado durmiendo.

Pero la alternativa era desplazarse a una parte concreta del mapa solo porque se lo había dicho una alucinación.

Algo se movió en una esquina del techo de la Cueva Segura. Elodie chilló.

Era la golondrina. Voló trazando un círculo delante del mapa, por la parte marcada con la nota musical, la flor y el sol.

—¿Estás segura? —le preguntó Elodie.

El ave pio.

Elodie no tenía ni idea de lo que significaba el trino. Ya entendía algo del idioma del dragón, pero seguía sin saber hablar en golondrina risquera.

De todos modos, cuando el pájaro salió volando por el angosto pasaje que conectaba la Cueva Segura con el resto del laberinto, Elodie fue tras él. Era una de las cosas menos increíbles que le habían sucedido desde su boda.

A la piedra gris la siguió más piedra gris. Algunos túneles ascendían, otros se ramificaban y se hundían más y más en las profundidades. La mayoría de los pasadizos eran cálidos, aunque un nítido frescor empañaba los más cercanos a la cueva de las setas y los témpanos.

Elodie quería moverse despacio, pero el vuelo de la golondrina le transmitía una sensación de urgencia. Y quizá el animal tuviera buen motivo para ello. No sabía dónde podía haberse retirado el dragón, pero sí que era solo algo provisional. Elodie tenía que aprovechar al máximo el poco tiempo que tuviera antes de que la bestia regresara para darle caza.

La música llegó hasta ella antes de que Elodie encontrara su fuente. Era ultraterrenal, como un coro de querubines soprano cantando, sus voces como flautines en el viento.

Los labios de Elodie se separaron mientras se detenía, solo un momento, a escuchar.

«¿Cómo puede existir algo tan bello en un lugar tan espantoso?».

Apretó el paso. La melodía ganó intensidad, llenó los túneles.

A Elodie se le escapó un respingo al entrar en la caverna.

Ya había visto nidos de golondrinas risqueras, por supuesto, en

182

sus primeras y horribles horas bajo tierra. Pero la caverna donde se encontraba tenía diez veces el tamaño de aquella. Las altísimas paredes estaban picadas de agujeros —era un gigantesco tubo de lava, comprendió Elodie— y los pájaros revoloteaban por todas partes, cruzando el aire entre sus nidos, mientras su canto resonaba por los agujeros de la piedra como en un gigantesco órgano.

Igual que en la primera cueva de golondrinas, los polluelos piaban y asomaban la cabecita de sus nidos. Pero en contraste con el aura de pánico que había impregnado aquella experiencia, allí las crías parecían estar intentando cantar con los animales adultos y, al hacerlo, aportaban su registro más agudo a la melodía.

—¿Aquí es donde vives? —preguntó Elodie a su ave guía.

La golondrina se limitó a mirarla y siguió volando.

Un túnel, o más bien una arcada, separaba la cueva musical de la siguiente. A Elodie se le trabó la respiración al cruzar. La siguiente caverna era igual de alta que la de la música, pero, en vez de nidos de golondrina, aquel tubo de lava estaba cubierto de las mismas flores con aspecto cristalino que componían el ramo que había recibido Elodie al llegar por primera vez a palacio. Había pétalos de todos los colores imaginables, de vivo rosa y brillante amarillo, de profundo naranja y centelleante rubí. Cada uno de ellos recordaba a un prisma largo y puntiagudo.

Antoditas, así se llamaban. Ya le habían advertido que aquellas flores tan parecidas a gemas podían hacerle cortes. Pero saberlo solo consiguió que a Elodie le gustaran más. La belleza y la ferocidad formaban una combinación de veras formidable.

Hizo una profunda inhalación, que no solo le trajo el ligero perfume de las flores, sino también una sensación de calma que primero le llenó los pulmones y después se expandió por su cuerpo, una serenidad que viajó con el oxígeno por sus venas. Las fumarolas hacían cálida esa caverna también, a pesar del elevadísimo techo, y Elodie se sintió como si estuviera haciendo una gira privada por un jardín botánico secreto.

Normal que las princesas del pasado hubieran marcado esas cámaras en el mapa. Suponían un descanso más que bienvenido del temor a ser asada viva y descuartizada por garras de dragón. Elodie sonrió mientras contemplaba los pétalos de antodita resplandecer a la luz, tan impresionantes como verdaderas piedras preciosas, y…

Un momento. Resplandecían. A la luz.

Elodie miró hacia arriba del todo.

Entraba un haz de luz solar, que llegaba a la cueva en ángulo, y sus rayos dorados se filtraban hacia abajo.

—El símbolo del sol —susurró, sintiendo que la esperanza se alzaba tímida en la boca de su estómago.

Solo alcanzaba a ver un techo de roca desde donde estaba, pero era posible que el conducto de lava se desviara más arriba hacia el noroeste y terminara abriéndose en la cima de la montaña.

También era posible que allí arriba hubiese otra capa de grueso hielo, como en la cámara de los témpanos. Pero a esa cámara no había llegado ninguna luz solar.

¿Podría ser la salida? ¿Sería ese el verdadero motivo de que las otras princesas vinieran a este grupo de cavernas?

La golondrina que había llevado a Elodie hasta allí pasó volando delante de ella. Trinó una alegre melodía, dio dos vueltas a su alrededor y luego ascendió recta, más allá de las antoditas del color de gemas, más allá de lo que parecía el techo de la caverna. Viró al noroeste y se perdió de vista en la parte inclinada del tubo de lava que Elodie no llegaba a ver. Unos segundos después oyó el eco de su feliz melodía, que regresaba caverna abajo desde algún lugar mucho más lejano. Su canción sonaba como si estuviera bañada por la luz del sol.

Toda una bandada de más golondrinas llegaron planeando desde la cueva musical y alzaron el vuelo, siguiendo a su amiga. También ellas trinaron alegres mientras ascendían y doblaban el recodo del tubo de lava, desapareciendo para no regresar.

Entonces fue cuando Elodie vio la uve tallada unos tres metros por encima de donde estaba.

—Sí que es una salida.

Elodie se tapó la boca con la mano, casi incrédula.

Lo único que le faltaba por averiguar era la forma de llegar hasta allí arriba.

Victoria

Victoria estaba de pie en la cueva de las antoditas. El dragón se había comido a Lizaveta seis días antes. No había cadáver que enterrar. Ni siquiera un jirón de su vestido. Sus dos hermanas habían muerto y Victoria no podía culpar de ello a nadie más que a sí misma.

Había llorado hasta que le dolieron los ojos toda la última semana. Cumplió con los rituales funerarios tan bien como pudo estando bajo tierra. Y luego empezó a dejar pistas para las futuras mujeres a las que sacrificaran despeñándolas a aquella madriguera de dragón, instrucciones que quizá las ayudaran a evitar el destino de Lizaveta y Anna.

A Victoria ya no le quedaba otra cosa por hacer que terminar lo que había empezado, que llevar a cabo su plan.

Así que alzó la mirada hacia la luz solar que se filtraba desde arriba a la cueva de las antoditas. Empezó a recitar los nombres de sus hermanas, una y otra vez.

Y entonces Victoria se puso a escalar.

185

Elodie

Elodie dio varias vueltas en torno a la caverna, estudiando la pared en busca del camino más viable hacia arriba. Estaba acostumbrada a trepar por cuerdas y árboles, pero una pared de roca era muy distinta. Sobre todo si estaba salpicada de antoditas afiladas como navajas.

Había tres posibles rutas de ascenso. La más directa estaba obstaculizada por infinidad de flores. La segunda más corta pasaba por varios puntos del conducto de lava que situarían a Elodie en un ángulo precario. Y la tercera senda, por la que había optado V, era más enrevesada pero la mantendría en una pendiente más segura. Además evitaba las partes donde había más densidad de antoditas.

«Bueno, Victoria no me ha llevado por mal camino hasta ahora», pensó Elodie. Buscó un par de buenas piedras a las que agarrarse y se aupó a la pared.

El principio fue bastante fácil. Había unas cuantas rocas grandes que sobresalían, así que Elodie tardó solo un minuto en utilizarlas para llegar a la uve tallada. A partir de ahí empezaba el verdadero ascenso. A tres metros del suelo, Elodie apretó los dientes mientras hundía los dedos en la pared de la cueva.

Estaba cansada. Muy cansada.

Pero era la única manera.

«Usa las piernas», se recordó. Era el truco para trepar. La fuerza en los brazos no era tan importante como los músculos más grandes de las piernas, y Elodie los tenía bien desarrollados gracias a los años que había pasado caminando por Inophe y cabalgando con su padre para visitar a sus vasallos. Incluso debilitada por la falta de

186

comida y agua, tendría más fuerza que la mayoría de quienes lo hubieran intentado.

El otro truco de la escalada era encontrar buenos asideros para las manos y los pies. Las rocas eran diferentes a los troncos de árbol a los que estaba habituada, pero Elodie no era ninguna novata, y ya había llegado hasta allí arriba.

Bajó la mirada. Huy. No muy arriba aún, aunque el argumento seguía valiendo.

Elodie empujó con las piernas y agarró una piedra que sobresalía de la pared. Se desgajó en su mano con una lluvia de tierra.

—¡No!

El impulso de arrancar la piedra envió a Elodie hacia atrás. Cayó al suelo con un golpe seco.

—*Caráhu!*

Se incorporó y se frotó el hombro, que se había llevado lo peor del topetazo. Por suerte, no había sido desde muy arriba. Elodie había caído de árboles mucho más altos que los escasos tres metros que había logrado escalar por la pared de la caverna.

Se comprobó el tobillo. No había caído sobre él, menos mal, pero aun así rasgó otra tira de su vestido y se lo envolvió de nuevo, bien apretado, para darle más firmeza. Tendría que hacer fuerza con él para escalar la pared.

La invadió una oleada de agotamiento. Elodie trató de combatirla imaginando lo que sería reencontrarse con Floria y escapar de Aurea. Hasta se aferró a pequeños detalles irracionales, como pensar que el botiquín del viejo capitán Croat tendría todo lo que necesitaba para vendarse el tobillo como era debido. Su parte cínica no se lo tragaba, pero insistió en ello de todas formas, porque necesitaba hasta la última pizca de esperanza que pudiera reunir.

Y funcionó, en cierto modo. Imaginarse a sí misma con Floria en la proa del Deomelas puso a Elodie en pie. Volvió a estudiar las paredes de piedra y decidió empezar por un lugar diferente. Que la uve estuviera tallada en un punto concreto no significaba necesariamente que aquella fuese la mejor ruta. Habían transcurrido muchos siglos entre la época de Victoria y la de Elodie, siglos de erosión y de flores de antodita creciendo y muriendo. Un camino despejado por aquel entonces no tenía por qué seguir estándolo en la actualidad.

Elodie escaló de nuevo, descansando aquí y allá en salientes que le servían como estrechas repisas. Ascendió más de treinta metros antes de quedarse sin asideros. Por delante solo tenía montones y montones de antoditas.

Respiró hondo, agarró una y dio un gañido cuando sus pétalos con forma de gema le cortaron la palma de la mano. Sin tener con qué sostenerse, medio resbaló y medio cayó, su impulso se vio ralentizado solo por todas las repisas de roca que golpeó de camino hacia abajo.

Por lo menos no se estrelló contra el suelo con toda la fuerza. Pero, aun así, el impacto le sacudió el cuerpo entero y le vació los pulmones.

El aire de la cueva, que antes le había parecido agradable, se había vuelto demasiado caliente y húmedo. Le dificultaba recobrar el aliento. Cada inspiración le costaba horrores.

Al cabo de un tiempo fue capaz de respirar de nuevo. Elodie rodó sobre sí misma y gimió.

Tendría que buscar la forma de utilizar las antoditas como asideros. Aunque parecían flores, estaban incrustadas con firmeza en la roca, como cristales creciendo de la pared de la cueva. Por un breve instante, Elodie se maravilló por la estructura que debían de tener las raíces de la antodita para implantarse de aquella manera, ¡y para horadar la roca sólida!, pero enseguida se sacudió el pensamiento de la cabeza porque no era momento para indagaciones científicas.

«Ojalá tuviera guantes y botas». Elodie contaba solo con su vestido, que estaba quedándose a marchas forzadas sin tela que arrancarle. A ese ritmo saldría de la madriguera del dragón vestida solo con sucia ropa interior, como una princesa salvaje. Los restos de lo que le habían ungido las sacerdotisas en la piel durante la ceremonia debía de parecer, a esas alturas, pintura de guerra llevada en mil batallas.

«A lo mejor sí que me he convertido en una princesa salvaje», pensó Elodie mientras rasgaba la penúltima capa del vestido y se envolvía las manos y los pies con la tela, creando unas manoplas y unos calcetines improvisados.

—Allá vamos otra vez.

Elodie escogió la misma ruta que antes, porque seguía pareciéndole la más prometedora. Cuando llegó a la parte de la pared sin asideros, pronunció una rápida oración, estiró el brazo hacia arriba y, con mucho cuidado, se agarró a una flor.

Antes de usar las piernas para empujarse del todo, Elodie puso a prueba el grosor de sus manoplas. Parecía ser suficiente. Luego zarandeó la antodita para asegurarse de que estuviera bien arraigada en la roca y pudiera sostener su peso.

Lo sostendría.

—Más vale que esto lleve a una verdadera escapatoria, V —dijo Elodie.

Empujó con las piernas, asiendo la primera antodita con la mano izquierda y llevando la derecha hacia otra.

Las dos aguantaron.

«¡Sí!».

Elodie siguió ascendiendo a un ritmo constante, ya sin necesidad de hacer pausas tan largas entre movimientos, al no tener que buscar rocas a las que aferrarse. Había flores más que de sobra para usar como asideros. Las golondrinas regresaron volando desde arriba y se arremolinaron a su alrededor, entonando su melodía alegre y aflautada como para darle ánimos. A medida que Elodie trepaba más alto, la luz se hizo más brillante. Quizá fuese solo porque el sol estaba alzándose allá fuera. Pero a ella le gustaba considerarlo una señal de progreso, una promesa de que ya se acercaba el final de aquel suplicio.

Llegó a una zona donde la pared se inclinaba un poco, de forma que ya no escalaba en vertical, sino por una pendiente de unos quince grados menos. Aunque en términos matemáticos no era gran cosa, el cambio fue lo bastante significativo como para aliviar un poco sus doloridos músculos. Podía apoyar más peso en la piedra, en lugar de sostenerse a sí misma del todo contra las codiciosas zarpas de la gravedad.

La luz solar se hizo más intensa y, de pronto, Elodie había subido lo suficiente para alcanzar a ver el lugar donde la chimenea de roca empezaba a doblarse, y atisbó una rendija de azul y esponjoso blanco.

—¡Eso es el cielo!

Embargada de júbilo, Elodie echó mano a una antodita sin mirar, con la cabeza todavía alzada para ver mejor el cielo. La libertad.

Falló y cerró la mano en torno a la nada. «*Merdú!*». Perdió pie y empezó a resbalar pendiente abajo. Agarró una antodita, pero era una planta de flores muy pequeñas que aún no había arraigado lo suficiente en la pared y la arrancó mientras seguía cayendo.

—¡No!

Llegó al punto donde el tubo de lava cambiaba de ángulo y pasaba de tener un poco de inclinación a hacerse completamente vertical, momento en el cual Elodie se precipitó por la pared de roca, chillando.

Lanzó manotazos a las antoditas y logró aferrarse a una, haciéndose más cortes en las manos y sufriendo un fuerte tirón en el brazo. Colgó de ella unos preciosos segundos, pero entonces los pétalos se partieron y Elodie siguió cayendo, golpeándose y rebotando contra los afilados salientes de roca hasta que por fin aterrizó con un fortísimo impacto en el suelo de la caverna. Un dolor atroz le recorría el brazo. Gritó de agonía.

En ese momento sintió una oleada de pánico visceral. Si se había roto el brazo, no podría escalar. Estaría atrapada en el laberinto del dragón para siempre. O hasta que el monstruo oyera el escándalo que estaba montando y viniera para comérsela. «Ay madre ay madre ay madre...» ¿Por qué había chillado al caer? ¡Seguro que el dragón llegaría en cualquier momento!

Elodie se obligó a incorporarse y examinar su brazo. La lógica guerreó contra la histeria en su cerebro, y apenas logró conservar el raciocinio mientras comprobaba si se había destrozado los huesos.

Le dolía el costado derecho. Debía de haberse fracturado un par de costillas. Pero, por algún milagro, tenía el brazo intacto, aunque entumecido. Notaba el dolor agudo solo en el hombro, y empeoraba al intentar moverlo.

«Está dislocado», comprendió Elodie. Ya le había pasado alguna vez al caerse de árboles. En esos tiempos habían llamado al médico para que volviera a colocarle el hombro en el sitio. Le habían dado medicinas para que no sintiera nada. Y su madre la había cogido de la mano.

Pero en aquella cueva, Elodie estaba sola. Y lo único que deseaba era acurrucarse en el regazo de su madre y llorar.

«¿Por qué lo intento siquiera?». No sabía si la uve tallada significaba que Victoria había logrado salir o solo que lo había intentado. Era perfectamente posible que Victoria hubiera empezado a escalar y se hubiera matado en una caída.

—Tendría que ofrecerme yo misma al dragón y acabar con esto —gimió Elodie, agarrándose el hombro, con un dolor tan intenso que veía destellos de estrellas blancas entre las lágrimas.

«Esto asusta, pero no es imposible —pareció susurrarle al oído la voz de su madre. La frase formaba parte de su arsenal de ánimos, como el poema sobre dar un paso tras otro—. Si tú no puedes hacerlo, Elodie, nadie puede».

—¿Qué se supone que tengo que hacer? —preguntó Elodie—. ¿Colocarme yo misma el hombro en su sitio? Y luego ¿qué? Aquí no hay nada útil que me ayude a escalar. Se me está acabando el vestido y, aparte de eso, ya solo tengo esta ridícula tiara que las sacerdotisas me enredaron con las trenzas, como si lo más importante del mundo fuera que muriera llevándola puesta y...

«Oh».

Que no se diga que la moda femenina es una mera decoración vacua.

Elodie podía usar la tiara para trepar. En vez de agarrarse a la antodita con las manos, podía pasar la tiara por encima de las flores.

Alzó los ojos hacia el haz de luz que entraba por la chimenea. A continuación se llenó los pulmones de aire, contó hasta tres y empujó el hombro dislocado al interior de su cuenca, tratando con todas sus fuerzas de no chillar.

Tan pronto como menguó el dolor inmediato, Elodie retomó la escalada, consciente de que con toda probabilidad el dragón no tardaría en aparecer. Tenía que salir de allí sin perder ni un segundo.

Enganchar la tiara en torno a las antoditas resultó ser la mejor idea que había tenido. Siguiendo el mismo recorrido por tercera vez, Elodie progresó deprisa por la pared de roca.

Cuando alcanzó el punto desde el que empezaba a verse la rendija de cielo, se negó a mirarla y cometer el mismo error que antes. En vez de eso, siguió ascendiendo, concentrada solo en la siguiente antodita que tenía por delante. La pared de la caverna mantuvo su inclinación de quince grados durante un trecho, pero luego volvió a hacerse vertical. De hecho, aquella zona de la roca comenzó a virar un poco en la otra dirección, de cero grados a negativos, y Elodie tuvo que moverse de lado hacia otra parte del cilindro. Quizá hubiera dominado el método de escalada con tiara, pero no le serviría para adherirse a la piedra como una araña. Por desgracia, Elodie era solo humana.

Estaba ya a una altura vertiginosa. Caer sería…

«No pienses en eso».

A lady Bayford nunca le había hecho gracia que Elodie se dedicara a trepar, pero en esos momentos se alegró muchísimo de no haber hecho caso a los consejos de su madrastra. Al menos en aquello.

Por fin llegó a la parte de la cueva donde la chimenea volcánica se encontraba con la falda principal de la montaña. El tubo de lava se combaba allí, pero Elodie había escarmentado de sus descuidos anteriores y, aunque podría haberse arrastrado por la escarpada pendiente, siguió enganchando la tiara metódicamente en la antodita. Un progreso lento y firme era mejor que una descuidada rapidez. Sobre todo a aquella altura.

—*Zedrae…, der krerrai vo irru?*

«Dios, no. El dragón». Estaba allí, debajo de ella. El corazón de Elodie le aporreó las costillas rotas.

Golpeó sin querer la tiara contra el afilado pétalo de una flor y debió de darle en un punto débil en el oro, porque la diadema se partió.

Empezó a resbalar chimenea abajo. Desesperada, Elodie intentó hundir los talones en la roca y asir una antodita que pasaba. Enroscó los dedos alrededor de ella y sus pétalos como hojas le cortaron la piel de nuevo, pero, a pesar del intenso dolor, se aferró más fuerte.

El impulso cesó de sopetón y su hombro derecho estuvo a punto de dislocarse otra vez. La sangre fluyó por los dedos y la muñeca de Elodie. Le resbalaba la mano, perdía agarre en la antodita. Estaba colgando en el mismo límite donde terminaba la chimenea y comenzaba la parte principal de la pared de la caverna, absolutamente vertical, y desde allí vio la grisácea armadura de escamas del dragón muy abajo, haciendo aquel aterrador ruido de cuero raspando al moverse en círculos por el suelo.

—*Der krerrai vo irru?* —preguntó la bestia con voz rechinante.

El humo de sus fosas nasales ascendió en volutas hasta llegar a Elodie y abrazarla como un amante indeseado.

Pero el dragón no logró desconcertarla, porque Elodie empezaba a comprender lo que decía. Juntando las normas gramaticales y el vocabulario que había aprendido hasta entonces, dedujo que *Der krerrai vo irru?* significaba algo parecido a «¿Dónde va este ____?».

«¿Dónde va este (camino / cueva / ascenso)?», o bien «¿Dónde crees que va esto?».

No era una traducción exacta, pero Elodie captaba el significado general.

En todo caso, empezó a resbalarle la mano otra vez y la satisfacción se disipó con el humo.

Clavó los talones con más fuerza en la roca, se ajustó el harapiento tejido que le quedaba en las manos y se agarró a otra antodita.

—*Nythoserrai vinirre. Visirrai se.*

Elodie bufó.

—Soy muy consciente de que puedo caerme.

El dragón dio un siseo de sorpresa.

—¿Cómo es que entiendes el khaevis ventvis? ¿Mi lengua?

Khaevis significaba dragón. Elodie recordaba eso de su primer encuentro con la bestia, cuando le había chillado «SOY *KHAE-VIS*». Así que khaevis ventvis debía de ser el nombre del idioma dragón.

—Soy una persona lista, ¿recuerdas? *Syrrif drae*, dijiste. Te escuché y aprendí.

—*Iokif.*

El dragón soltó una risita que fue como un terremoto en las cavernas. Elodie no conocía esa última palabra.

—*Kuirr tu kho* —añadió el dragón.

—¿Te parece que quiero ir a ti? —preguntó Elodie—. ¿Por qué no subes volando y te me comes ya?

Sin duda la diversión de la cacería debía de estar extinguiéndose ya para la criatura. Pero sus alas serradas permanecían plegadas a lo largo de la columna vertebral. El dragón era demasiado grande y no tenía espacio suficiente para abrir las alas dentro de aquella cámara. «Gracias a los cielos». Sería su única oportunidad de salir con vida de allí.

—*Sodo nitrerrad ki utirre diunif ira...*

Cayeron rocas alrededor de Elodie, pasando veloces junto a su cara, y ella apretó con más fuerza la antodita a la que estaba agarrada, aunque las flores atravesaron la tela y le hicieron cortes en las manos.

El dragón salió reptando de la caverna.

Elodie se estremeció. Había entendido parte de la última frase, algo sobre ir por otro camino. Quizá el dragón no fuese capaz de volar hasta allí arriba, pero desde luego no tenía intención de dejarla en paz.

Se inclinó contra el suelo de la chimenea durante un largo momento, haciendo acopio de las esquirlas del valor que acababa de destrozarle la aparición del monstruo.

A menos de cincuenta metros por delante, el tubo de lava se abría a la luz del sol y el cielo azul.

—Puedo hacerlo —murmuró.

Elodie volvió a pensar en Floria, en lo abandonada que iba a sentirse si Elodie no estaba para acudir a su boda, para llevarles regalos a sus hijos, para cartearse con ella cada semana.

—Puedo hacerlo. *Tengo* que hacerlo.

Con manos sangrantes, Elodie medio trepó y medio se arrastró por la escarpada pendiente de la chimenea. Cada nuevo corte que se hacía en la piel la acercaba más a la luz solar. Cada nueva protesta de sus costillas fracturadas y su tobillo torcido la aproximaba más a la libertad.

El sudor y el polvo le nublaron la visión mientras llegaba al borde de la chimenea. Los rayos de sol, que ya le besaban la piel, nunca le habían parecido tan nutritivos. El aire fresco nunca le había sabido tan dulce. El cielo nunca le había dado la sensación de ser tan infinito. Unas silenciosas lágrimas de alivio surcaron el mugriento rostro de Elodie.

Floria, su padre y su madrastra debían de estar disponiéndose a zarpar, con la boda ya concluida. Lo único que tenía que hacer Elodie era llegar al puerto. Según su mapa mental de la zona, lo más probable era que estuviese en la parte sudeste de la montaña, cerca de la base, por donde pasaban los caminos que llevaban a los extensos terrenos de cultivo aureanos. El recorrido hasta el puerto sería fácil en comparación con lo que Elodie acababa de afrontar.

—Ya voy —dijo, tanto para sí misma como para su familia.

Sintiendo crecer la esperanza, Elodie se arrastró sobre el borde de la chimenea, se puso en pie con energía y echó a correr.

Pero de pronto se quedó sin suelo por delante, como si alguien hubiera guillotinado la montaña. Elodie chilló y logró detenerse a apenas unos pasos de salir despedida por el precipicio.

El pulso le atronaba en los oídos. Se aferró a un peñasco y miró por el borde.

Había acertado al suponer que estaba en la parte sudeste del mapa, pero había calculado mal la topografía. Bajo la suposición de que el complejo de cavernas era completamente subterráneo, Elodie había dado por hecho que emergería cerca del nivel del mar.

Pero en vez de eso, las grutas debían de ascender con sutileza por el interior de la propia montaña, porque había terminado en la cima de un estrecho pico, a más altura incluso que el lugar desde donde la habían arrojado a la garganta.

Y no tenía dónde ir.

Elodie

Irónicamente, el paisaje de Aurea visto desde allí era asombroso. El palacio centelleaba a la luz del sol, como un precioso broche incrustado en el pecho de la montaña. Los huertos de pera plateada, las matas de bayasangres y el trigo dorado cubrían el terreno como una vibrante colcha de retales verdes y dorados. Unas nubes ralas teñían el cielo azul como surgidas del pincel de un artista habilidoso.

Allí estaba el puerto, y los barcos cabeceando suavemente en los muelles sobre una titilante agua cerúlea. La mayoría estarían cargados con la cosecha, para venderla en países próximos y lejanos y regresar después a Aurea rebosantes de riquezas. Había un pequeño grupo de embarcaciones con una bandera a franjas amarillas y azules que no estaba allí cuando llegó Elodie. También vio el Deomelas, con su estandarte inophés, de un naranja tan brillante que se distinguía incluso desde allí, ondeando al viento.

La visión del barco de su familia a lo lejos, y sobre el fondo de aquel reino tan engañosamente hermoso, hizo que Elodie chillara:

—¡Sois unos cabrones desalmados! ¿Cómo podéis dormir por la noche sabiendo lo que me habéis hecho a mí y a las mujeres que vinieron antes?

Su voz resonó por el gris y el púrpura de los picos y los valles del monte Khaevis. El viento transportó su rabia.

—No os merecéis esta isla. No os merecéis a la buena gente que se desloma para vosotros. —Elodie escupió por el precipicio—. Si yo fuera un dragón, quemaría hasta los cimientos ese miserable castillo que no os ganasteis.

Su pecho ascendía y descendía mientras fulminaba con la mirada el palacio, imaginándolo derretido en las rocas como un lingote de oro en una fragua. Si conseguía salir de esa montaña, encontraría la forma de que la familia real pagara por todos sus crímenes. Ocho siglos de sacrificios. Ocho siglos de vidas perdidas.

Pero antes de eso, Elodie tenía que sobrevivir. Se retiró del borde del abismo y de lo más afilado de su propia ira. Tenía que llegar a las tierras bajas, a su familia y luego a su barco.

No podía regresar a las cuevas, lo cual le dejaba solo una opción: una cornisa de menos de medio metro que recorría la cara del precipicio, vertical por lo demás. Elodie no veía adónde llevaba, ni si continuaba más allá de la curva de la ladera.

Había una uve tallada sobre el inicio de la repisa. Elodie exhaló.

—Gracias, Victoria.

Sin duda era el camino a seguir, aunque apenas podía considerarse una repisa. Era más bien un afloramiento de rocas que no se habían enterado de que debían caer cuando lo hizo el resto del acantilado.

Elodie avanzó muy despacio de lado, haciendo caer guijarros con cada reticente paso. Sin antoditas a las que agarrarse, estaba por completo a merced de la montaña. Lo único que podía hacer era pegarse a la pared de piedra tanto como fuese posible y rezar para que la repisa no cediera bajo sus pies.

El camino empezó a estrecharse incluso más mientras trazaba la curva del monte Khaevis. Como el pliegue de una tela, esa parte de la ladera estaba protegida del sol y acunaba una bolsa de densa niebla. Elodie se estremeció por el repentino bajón de temperatura y por la húmeda neblina que le empapó la fina capa que le quedaba a su vestido. Por un breve instante echó de menos el vaporoso calor de las grutas del dragón.

No se veía nada a más de un brazo de distancia, así que Elodie tuvo que ir tanteando con los pies antes de apoyar su peso en cada paso que daba.

Primero el pie izquierdo y luego el derecho.
No hay desastre al que debas tener miedo.

Le temblaba la voz, pero siguió recitando.

Así, un paso tras otro,
dejarás atrás el foso
y en menos que canta un gallo
estarás de nuevo a salvo.

Pero entonces, mientras Elodie estaba en lo más denso de la niebla, hubo una fuerte ráfaga de viento.

Seguida de otra. Cayeron piedras de arriba en un pequeño alud, y Elodie se arrojó contra la pared del acantilado para evitar precipitarse ella también.

¿Qué diantres estaba pasando?

Hubo otra estrepitosa ventolera. ¿Sería la forma de aquel lado de la montaña, como el interior de una copa, lo que hacía que el viento reverberase de ese modo? ¿Igual que la cueva-órgano que amplificaba el canto de las golondrinas?

La siguiente ráfaga llegó atronadora. La niebla se onduló empujada por la fuerza del aire. Luego otro poderoso rugido, y otro más cerca…

Elodie chilló al ver de pronto al dragón, sus alas serradas como colosales paneles de espadas largas forjadas. Se abalanzó hacia ella, Elodie saltó de lado y las garras del monstruo cayeron sobre el lugar que había ocupado.

Se movió a toda prisa por el saliente, incapaz ya de comprobar si la cornisa de piedra seguía existiendo allá donde ponía el pie. Lo único que le quedaba era su fe en que Victoria no la llevaría por mal camino.

—Serás mía, princesa —rechinó el dragón—. Como todas las anteriores.

—¡No soy solo una de muchas! ¡Me llamo Elodie! —gritó ella—. Y las otras princesas también tenían nombre. ¡Beatrice! ¡Amira! ¡Charlene! ¡Fátima! ¡Audrey! ¡Rashmi! ¡Yoojin! —Bramó todos los nombres tallados en la pared de la Cueva Segura—. ¡Vas a recordarlas! ¡Vas a respetarlas!

El dragón rio. Había retrocedido a la niebla, con toda probabilidad para coger impulso antes de atacar otra vez.

—Por fin tengo tu nombre. Elodiiiiiiie. Suenas deliciosa.

Elodie tembló al oír cómo la bestia degustaba su nombre, dándole vueltas en la boca como a un aperitivo antes del plato principal.

Emergió de entre la niebla, con los ojos violetas entrecerrados y las fosas nasales dilatadas. Elodie se preparó mientras el monstruo embestía hacia la ladera, pero el dragón hizo un violento viraje y descargó un coletazo contra las rocas para derribarla.

«*Merdú!*». Elodie lo esquivó de un salto y se aferró a un arbolito esquelético que crecía en el granito.

Pero el árbol no podía soportar su peso y empezó a flaquear e inclinarse más allá del saliente.

—Por favor, no... —Elodie pendía de él, cara a cara con la pared vertical del despeñadero—. Asusta pero no es imposible, asusta pero no es imposible —recitó desesperada, llorando mientras ponía la mano en el fino tronco del árbol precario.

—*Dakhi krerriv demerra se irrai?* —se burló el dragón—. ¿Cómo de lejos pensabas que te dejaría llegar? —Ascendió desde la niebla—. ¡Se acabaron los juegos!

Liberó un chorro de fuego. Las ramas prendieron mientras Elodie se izaba por ellas. Tenía el vestido también en llamas, y se abalanzó de vuelta al saliente para aplastarse contra la roca y sofocarlas. El arbolito estalló con una deflagración final y por fin rindió su agarre a la ladera. Elodie vio con los ojos muy abiertos cómo caía al olvido, igual que habría hecho ella de haber sido un segundo más lenta.

No, ella no habría caído. El dragón la habría atrapado y la habría aplastado entre sus garras. O entre sus fauces.

El saliente que bordeaba el precipicio ya solo tenía centímetros de anchura. Veinticinco centímetros. No, veinte.

Pero el fuego del dragón había disipado la niebla por un instante y Elodie entrevió una fisura en la pared de roca. Otro espacio diminuto e infernal. Y, sin embargo, su única esperanza.

Metió el brazo en la fisura. El dragón descendía en picado hacia ella con las zarpas extendidas. Elodie se empujó al interior de la grieta y logró calzarse en ella justo en el instante en que el dragón golpeaba el granito, levantando nubes de polvo de roca al triturar la ladera con las garras.

—*Nyerru evoro*. No hay escapatoria, *zedrae*.

Elodie no le hizo caso y se retorció internándose más en la grieta. Esta empezó a ensancharse y Elodie ya no estaba emparedada en piedra. La fisura vertical llegaba hasta la misma cima, desde donde entraba una rendija de luz solar. Elodie avanzó más y la grieta se ensanchó para dar paso a un espacio alargado, de unos dos metros de amplitud máxima y unos diez de profundidad.

—Gracias a los cielos —suspiró Elodie.

El fondo de la grieta estaba sumido en la sombra, pero la luz del sol cambió un poco y Elodie atisbó un destello metálico por el rabillo del ojo.

Era una tiara, fundida en parte, con mechones de cabello chamuscado pero evidentemente rojo pegados a ella.

Y encima de la tiara, talladas en la roca, las palabras:

NO ES SEGURO.
—V

—*Maldí-seù* —renegó Elodie.

Detrás de ella, el dragón rugió.

—Oí que a esa princesa también hubo que perseguirla.

«¿Lo oyó?», pensó Elodie. Significaba que ese dragón no era el que había dado caza a Victoria. ¿Cuántos otros dragones habían vivido allí, y cuándo y por qué se habían marchado o perecido?

—¡Pero esa *zedrae* era un horror! —exclamó el monstruo—. *Nitrerra santaif vor kir ni.* Tengo mayores esperanzas para ti.

Elodie se volvió con ferocidad. El ojo del dragón llenaba toda la abertura de la grieta, así que no veía más que un malévolo violeta rajado de oro.

—¡Eres una bestia despiadada!

Luego recogió un puñado de piedras y empezó a arrojarlas contra el ojo del dragón, que rugió al contacto de las afiladas rocas y sacudió la cabeza sin soltarse de la ladera de la montaña, haciendo temblar la prisión de Elodie.

Ella siguió tirando piedras, porque, total, ¿qué tenía ya que perder? Estaba a punto de morir. Sabía que era solo una hormiga para aquel monstruo, pero hasta las hormigas mordían, y ella pensaba caer luchando.

—¿Por qué no te comes a las princesas enseguida y les evitas el sufrimiento? ¿Por qué tienes que jugar con nosotras como si fuéramos unas presas desdichadas?

—Porque sois unas presas desdichadas —restalló el dragón, con una voz como chispas sobre madera a punto de estallar en llamas.

—Yo soy Elodie Bayford de Inophe, y princesa de este infierno que es Aurea. Soy…

—Eres tediosa.

El dragón exhaló un chorro de humo amarillo por el hocico. La vaharada llenó la fisura y Elodie tosió por su acritud. Le irritó la garganta y le inundó la lengua del punzante sabor a huevo podrido. Se le anegaron los ojos y tropezó sobre el tobillo malo mientras la cabeza empezaba a darle vueltas.

—*Kuirr. Nykuarrad etia.*

—¿Y qué pasa si no salgo? —replicó Elodie, frotándose los ojos llorosos e hinchados—. ¿Me dejarás pudriéndome aquí? —Señaló la tiara de Victoria—. ¿O me abrasarás en este agujero como le pasó a ella?

El dragón hizo un ruido siseante, como si estuviera inhalando a través de sus afilados dientes.

—Ella no murió abrasada. Y yo no te mataría con fuego a menos que no me dejaras otra opción. *Vis kir vis. Sanae kir res.* Pensaba que lo entendías.

Vida por vida. Sangre por fuego. El dragón no dejaba de repetirlo. Elodie ya conocía las palabras, aunque seguía sin saber qué significaba la expresión.

Pero lo que sugería era que el dragón quería comérsela, no solo matarla. Quizá necesitara su sangre.

¿Para qué?

El ojo violeta apareció de nuevo en la abertura de la grieta.

—Puedes morir como una cobarde o *kuirr* y afrontar tu destino con valentía.

Elodie recogió otro puñado de piedras y las lanzó.

El dragón se apartó de la fisura con brusquedad y bramó:

—*KUIRR! NYKUARRAD ETIA!*

—¡Jamás! —gritó Elodie—. No saldré nunca. ¡Prefiero asarme aquí dentro que rendirme y entregarte mi sangre!

La bestia rugió, expulsando humo amarillo por las fosas nasales. Elodie esperó a que su vida pasara ante sus ojos. El recuerdo de su madre, durmiéndola con una nana. El recuerdo del nacimiento de Flor. De cabalgar por el reseco pero hermoso territorio de Inophe. De laberintos y sonrisas, de los idiomas de los marineros y de historias que hacían reír, de noches junto a Floria inventándose constelaciones nuevas.

Pero la visión de sus recuerdos no llegó.

Ni tampoco el fuego de dragón.

En vez de eso, el monstruo siseó:

—¿Qué es eso?

De repente, sin explicación, llegó el batir de alas y la retirada del dragón.

«¿Qué acaba de pasar?».

Quizá fuera un truco. Un intento de inducir a Elodie a correr hasta la abertura de la grieta para ver si de verdad el dragón se marchaba volando.

Y entonces la agarraría cuando asomara la cabeza por la fisura.

—*Syrrif* —dijo Elodie—. Pero no tan listo como crees.

Permaneció donde estaba, en silencio para oír el regreso del dragón.

Ahí fuera no escuchó ni un ruido. Esperó más tiempo, pero no oía nada. El dragón quizá pudiera moverse con sigilo dentro de sus cavernas, si bien en el aire resultaba imposible que pasara desapercibido. Sus alas anunciaban su presencia con cada estrepitoso batir.

—No estoy muerta aún —dijo Elodie, sin creérselo del todo.

Algo había distraído al dragón, a ella le daba igual qué fuera. Lo único que necesitaba saber era que tenía un poco más de tiempo. Cada momento que seguía con vida significaba otra oportunidad de sobrevivir.

Pero allí dentro no había nada que hacer. Elodie no podía mirar la tiara de Victoria. No podía ver a su único faro de esperanza eviscerado.

Tenía que mantenerse ocupada. Tenía que seguir en movimiento para no congelarse. Tenía que hacer algo para no limitarse a contemplar su propio futuro nefasto en la tiara de Victoria.

Así que Elodie recogió la piedra más afilada que encontró y empezó a apuntar en la pared las palabras nuevas que había pronunciado el dragón para luego razonar sus posibles traducciones. El dragón se había sorprendido de que Elodie entendiera parte de lo que decía, por lo que debía de ser la primera princesa que se hubiera comunicado jamás con el monstruo, la primera que no era una simple comida.

Al saber un poco de su idioma, Elodie había descubierto que aquel dragón no siempre había sido el único de Aurea. Eso confirmaba el recuerdo de la otra princesa que Elodie había experimentado en la Cueva Segura, el de que la criatura había tenido familia. Quizá fuese un dato importante… de algún modo. Elodie aún no estaba segura de cómo. Pero aprender más khaevis ventvis solo podría ayudarla. Y a las futuras princesas también.

Se acomodó para pensar a fondo en cómo sonaba la lengua del dragón. La primera impresión que le había dado era que estaba hecha de consonantes duras y erres siniestras. Pero de verdad había muchas erres, y Elodie cayó en la cuenta de que la letra estaba presente en todos los verbos que utilizaba el dragón. *Kuirr.* «Sal». *Nykuarrad etia.* «No te lo volveré a pedir», donde el verbo era *nykuarrad*.

—Estoy segura. Los verbos se conjugan según el sujeto —murmuró Elodie para sí misma.

Recordó que la lengua vernácula de los marineros también hacía cambiar las terminaciones verbales. En su idioma, el verbo «beber» se modificaba dependiendo de si lo hacía el hablante (*bébu*) o el oyente (*bébuz*), y también de singular a plural (nosotros *bébinoz*, ellos *bébum*). La lengua del dragón parecía seguir unas normas similares.

Elodie diseccionó más frases que recordaba, tanto las que acababa de pronunciar el dragón como otras de sus encuentros previos.

Después de transcribirlo todo y extrapolar la lingüística del idioma del dragón lo mejor que pudo, sin embargo, a Elodie no se le había ocurrido ninguna idea nueva para salir de la montaña. *Nyerru evoro.* Tal vez el dragón no había mentido al afirmar que no había escapatoria.

Se frotó los ojos. Los efectos del gas irritante por fin se le habían pasado del todo mientras trabajaba. Se volvió hacia la tiara de Victoria.

Elodie frunció el ceño y se acercó más.

Había una uve escrita con sangre en el suelo. Llevaba a otra uve y unas pocas salpicaduras, un metro a la derecha, en la base de la pared, y después las gotitas se convertían en un reguero de sangre y uves hasta…

Elodie dio un respingo.

El rincón más alejado de la grieta estaba cubierto por completo de sangre vieja. Elodie no se había fijado antes por culpa de la sombra, y porque tenía la visión emborronada por el humo cáustico del dragón.

Elodie puso un pie en ella y, al instante, vio a Victoria tendida en el suelo sobre un gran charco de sangre. Le faltaba un brazo, que había sido arrancado por el dragón.

—Te quiero, Lizaveta. Te quiero, Anna —susurró Victoria en el recuerdo—. Estaré pronto con vosotras.

Victoria

Ochocientos años antes

Morir duele más de lo que había imaginado, como si me arrancaran los músculos de sus tendones uno a uno, como si me cosecharan el alma de la médula ósea a cucharadas. Mi mente empieza a vagar, buscando distraerse del dolor. Como preparándose para mi final, regresa al principio, a nuestros sueños y esperanzas. A cuando aún tenía a mi familia. A antes de que todo se torciera.

Veo con toda claridad nuestra llegada a la isla de Aurea, como si hubiera sido ayer. Veo a mis padres, el rey Josef y la reina Carlotta, a mis hermanas Lizaveta y Anna y a nuestro hermanito, Josef II, todavía un bebé. Nuestra tierra natal, Talis, quedó destruida por catastróficos terremotos y plagas, y habíamos perdido a más de la mitad de nuestra población ya en el exilio. La primera vez fue la peste; luego, un gobierno hostil. Hallamos una isla compuesta únicamente de salinas y agua salobre, y una selva repleta de insectos transmisores que picaron e infectaron a muchos de nuestros súbditos más fuertes. A veces nuestra gente moría sin más motivo que estar demasiado exhausta para continuar.

Aún puedo sentir el gozo y el alivio que nos llenaron el pecho cuando nuestra diezmada flota echó el ancla junto a las costas de Aurea. Allí había una tierra de abundancia, aislada del resto del mundo y todavía deshabitada por la humanidad. El suelo volcánico era fértil y rebosaba de peras plateadas, curativas bayasangres y unos cereales como jamás habíamos probado, ricos en sabor y nutrición, capaces de restaurar nuestra menguada salud a las pocas semanas de haber desembarcado. Aurea era la salvación que habíamos estado buscando.

El único problema era que la isla no estaba deshabitada del todo. En su única montaña vivía un dragón muy territorial, y no le hacía ninguna gracia nuestra intromisión en su paraíso.

Pero ¡oh, cómo anhelábamos quedarnos! Habíamos visto lo que tenía para ofrecernos el resto del mundo, y era nada. Ese era el único lugar donde nuestro pueblo podía empezar de cero. El único lugar al que teníamos energías para dedicarnos. Los súbditos, antaño de Talis y durante cuatro años de ningún país, se negaban a volver a pisar la cubierta de un barco.

Siendo así, mi padre envió a nuestros caballeros para que exterminaran al dragón. El monstruo tenía más de un milenio de edad. No debería haber sido muy difícil acabar con un solo enemigo.

Pero la bestia pasó a fuego a todos nuestros soldados antes de que sus flechas entraran en alcance siquiera. Los partió en dos con sus garras y lanzó sus cuerpos flácidos y acorazados contra las faldas de la montaña. A algunos se los tragó enteros. A los demás los amontonó en una pila de metal retorcido, cenizas y huesos al pie del monte, para que los viéramos.

Entonces voló con furia hacia el campamento provisional que había levantado nuestra gente, con la intención de quemar todas las tiendas.

En la residencia real, una tienda que solo era un poco más recia que las de los ciudadanos corrientes, mi madre se acurrucó temerosa con Lizaveta, Anna y nuestro hermano pequeño. Mi padre sollozó por haberle fallado a su pueblo.

Sin embargo yo no creí que ese fuera nuestro destino. Haciendo oídos sordos a las súplicas de mis padres, salí de la tienda y grité al dragón:

—¡Nos arrepentimos y queremos arreglar las cosas!

El monstruo me lanzó un rugido pero se quedó quieto en el aire, batiendo sus abominables alas pero ya no atacando.

—¿Arreglar? —dijo en tono burlón.

Tenía un acento muy marcado, y de pronto pensé en lo temeraria que había sido al salir corriendo allí sola y suponer que entendería mi idioma.

—¿Sabes… sabes lo que digo?

El dragón entornó sus ojos de color violeta.

—He consumido la sangre de vuestros soldados, y por tanto sé todo lo que ellos supieron jamás.

Temblé al ser consciente de su gran poder e inteligencia. Aquel ser no era una mera bestia.

Pero hice acopio del valor que tenía, pues era la única esperanza de mi pueblo. Mi familia estaba acobardada, y con buen motivo, en la tienda detrás de mí.

—Si sabes todo lo que sabían nuestros caballeros —dije—, entonces comprendes que lo único que queremos es vivir aquí en paz.

El dragón rio sin humor, dejando escapar espirales de humo por sus fosas nasales.

—Tenéis una definición muy peculiar de la paz, enviando guerreros a matarme.

Caí de rodillas y me postré ante el dragón.

—Majestad, perdonadnos. Llevábamos cuatro años en el mar, sin hogar. Estamos agotados, hemos sufrido muchas pérdidas y, en nuestra desesperación, os juzgamos mal. Por favor, decidme cómo compensároslo. Tan solo deseamos coexistir aquí sin más conflicto.

El dragón se cernió sobre mí.

—¿Cualquier cosa? —preguntó, y su voz fue como una tempestad inminente.

No me atreví a levantarme de mi postura suplicante, por miedo a ofenderlo.

—Cualquier cosa que esté en mi poder entregaros, majestad.

Inhaló una profunda bocanada de aire y se lamió los labios con su lengua reptiliana, que sonó como una espada deslizándose sobre cota de malla.

—Sangre real —dijo—. Tu sangre.

Me enderecé de golpe.

—¿Os referís… a que queréis beberla?

Los latidos de mi corazón inundaron mis venas, las mismas venas que llevaban lo que deseaba ese monstruo. El dragón voló más bajo. Inhaló de nuevo, como husmeándome. Estaba tan cerca que yo también percibí su olor a penetrante azufre y amargo humo, a cuero y al férreo hedor de la muerte.

—No quiero beber, *zedrae*. Quiero devorarte. Los hombres que enviasteis a mi madriguera eran apetitosos. Pero tú... Tu sangre entona una dulce melodía de prestancia y poder.

—¡No! —chilló Anna, mi hermana de doce años.

Salió corriendo de la protección de nuestro refugio seguida de cerca por Lizaveta, solo dos años mayor que ella. Ambas me rodearon con los brazos en gesto protector.

—Ah, ya sabía yo que olía a más.

El dragón tomó tierra, haciendo temblar el suelo bajo nuestros pies en terrorífica semblanza con los terremotos que habíamos sufrido en Talis. Abracé más fuerte a mis hermanas.

—Os entregaréis a mí las tres —añadió el dragón con lo que solo podía describirse como una sonrisa reptiliana, enseñando los dientes, con el placer de llevarse una ganga inmerecida en la curva de las comisuras de su boca—. Y cada año, a partir de ahora, me entregaréis a tres más de sangre real.

Anna hundió la cara en mi costado. Pero Lizaveta fulminó con la mirada al dragón y dijo:

—Si te nos comes a las tres, ¿cómo vamos a producir tres más el año que viene? La realeza no crece en los árboles.

—Las encontraréis, si queréis «vivir aquí en paz» —replicó con retintín, devolviéndome mis palabras como una amenaza—. Ese es el trato. Podréis quedaros aquí en la isla y tener vuestras cosechas. Pero yo tendré las mías también. *Vis kir vis.*

—¿No hay ninguna otra manera? —pregunté, con la voz más débil que nunca en la vida.

—Me has ofrecido «cualquier cosa» —espetó el dragón, liberando una llamarada desde el hocico—. Tenéis tres salidas de luna para tomar vuestra decisión. Al llegar la tercera noche, si no se me entregan tres princesas en mi guarida, consideraré nulo el acuerdo y os destruiré a todos.

Batió sus alas como espadas y se elevó en el aire. Luego, con un último rugido que hizo volar todas las tiendas de sus palos, se marchó, surcando el aire más rápido de lo que ninguno de nuestros barcos surcara jamás el mar.

—No quiero morir —sollozó Lizaveta mientras corríamos de vuelta a nuestro hogar a medio demoler.

Anna se había desmayado con la advertencia final del dragón y la llevaba yo en brazos.

—No vais a morir —afirmó el rey mientras cruzábamos el umbral—. Zarparemos sin demora de esta isla maldita y…

—Padre, no —lo interrumpí—. No podemos devolver al exilio a nuestro pueblo. Ya casi no les quedan ánimos. Si nos marchamos, perecerán. Será el final de nuestra historia.

—¡No entregaré a mis hijas para que las devore una bestia!

—Ni yo entregaría tampoco a mis hermanas —respondí con toda la calma que pude.

Me temblaba el cuerpo entero, pero sabía que iba a depender de mí que encontrásemos una solución. El rey estaba raído como una tela andrajosa de tantos años luchando por un pueblo moribundo, de guiarlos cuando no había dónde ir. La reina era dulce y amable, pero demasiado apocada para ayudar contra lo que afrontábamos.

En cambio, yo me había forjado en la desgracia. Mi adolescencia fue toda mares furiosos y tierras hostiles, hambre y enfermedad. Me hice mujer mientras vivía al borde de la desesperación, y aprendí que el liderazgo significaba aferrarse al tenue fanal de la esperanza incluso cuando el aceite escaseaba y la mecha se acortaba demasiado. Era una responsabilidad y un deber que aceptaba con solemnidad. Si quedaba alguien que pudiera salvar los restos de nuestro reino, tendría que ser yo.

—Nuestros caballeros han fracasado porque no podían acercarse lo suficiente al dragón —dije—. Pero si ha exigido que nos entreguéis en su mazmorra, tendremos la ocasión de triunfar donde ellos han fallado.

Anna dio un gemido.

—Yo no sé blandir una espada.

209

—Nuestra arma será más pequeña y más astuta —respondí, acariciándole el pelo—. Igual que tú.

—¿Una daga?

—Veneno —dije.

—¿Crees que soy venenosa? —preguntó Anna, y se echó a llorar otra vez.

A pesar de mi temor, o quizá por él, reí.

—No, cariño, tú nunca podrías ser venenosa. Disculpa mi mediocre analogía. Solo me refería a que atacaremos de un modo que el dragón no se espera. En vez de entregarle nuestra sangre, llenaremos su bebedero de la fórmula más potente y mortífera que pueda elaborar nuestro boticario. Y así nuestro pueblo será libre de echar raíces en esta isla para los pacíficos y prósperos siglos venideros.

Mientras la luna trepaba al plomizo cielo de la tercera noche, la reina y nuestro hermano pequeño se quedaron en casa, pero el rey y sus caballeros nos acompañaron a Lizaveta, a Anna y a mí a la boca de la madriguera del dragón. Apenas llevábamos nada con nosotras, solo la poca agua y las escasas provisiones que habíamos logrado ocultar en los pliegues de nuestros vestidos y los bolsillos de nuestras capas, pues debíamos fingirnos unos dóciles sacrificios para el dragón. Llevaba el veneno en un frasquito de cristal en torno al cuello, disimulado como un colgante de joyas. Una sola gota de esa fórmula había matado una docena de ratas en nuestros barcos, así que lo que llevaba encima debería bastar para acabar con una docena de dragones antes de que transcurriera una hora después de bebérselo.

—No tenéis por qué hacer esto —dijo el rey mientras nos abrazaba a las tres a la vez—. Todavía podemos huir.

—No podemos —respondió Lizaveta—. Victoria tiene razón. Esta es la única forma de que nuestro pueblo tenga futuro.

—Ella cuidará de nosotras —dijo Anna con un hilo de voz, frotando su cabecita con la barba de nuestro padre.

—Sí que lo haré —asentí, confiando en no estar mintiendo. Toqué el vial que llevaba al cuello—. Sobreviviremos.

El rey nos besó a todas y se negó a decir adiós, igual que yo, pues pretendía haber regresado a él con mis hermanas la noche siguiente.

Entramos en las cavernas a pie y seguimos una ruta que habían descubierto nuestros exploradores, la misma que habrían utilizado los caballeros para irrumpir en la madriguera del dragón si hubieran tenido oportunidad. Mis hermanas y yo llevábamos una lámpara cada una, pero aun así recorrimos con cautela los toscos pasadizos. Un paso en falso y alertaríamos demasiado pronto al dragón de nuestra llegada. Mi plan era encontrar un lugar seguro donde acampar para que Lizaveta y Anna se quedaran allí mientras yo envenenaba al dragón.

—*Kosor, zedrae. Oniserrai dymerrif ferkorrikh* —retumbó la voz del monstruo por las cuevas.

Lizaveta y Anna chillaron.

—Muéstrate —dije mientras ponía a mis hermanas detrás de mí.

Qué ilusa había sido al creer que podríamos escondernos en sus propios dominios. El dragón se echó a reír.

—Me revelaré cuando así lo decida. De momento creo que os dejaré tiempo para que exploréis mi madriguera.

—¿Por qué ibas a hacerlo? —preguntó Anna.

—Me gusta el sabor de la sangre aderezada con el miedo —dijo.

Lizaveta dio un bufido.

—Así que eres solo un gato gigante que juega con su comida.

—*Ed, zedrae...*

Cayó un silencio terrorífico. Y entonces, de pronto, el estruendo de un viento siseante, mientras llegaba una ráfaga de acre gas amarillo desde el túnel de nuestra izquierda, que nos irritó los ojos y los pulmones. Corrimos chillando, nos internamos más en las grutas, tropezamos unas con otras y nos provocamos cortes en manos y rodillas; nuestras lámparas se hicieron añicos y nosotras no dejábamos de dar manotazos a ciegas en las profundidades subterráneas.

Los siguientes días fueron deplorables. No soporto recordarlos. Solo diré que mis decisiones provocaron la muerte de mis hermanas, que llevo sus almas en mi angustiado corazón y que siento su pánico y su dolor con cada latido.

Después de eso me odié a mí misma por seguir con vida. Y aun así sabía que si no lograba dar muerte al dragón y sobrevivir, no solo habría condenado a Anna y Lizaveta, sino también a las muchas otras princesas que vendrían.

De modo que renové mi compromiso de envenenar al dragón, y también empecé a dejar cuantas pistas pude para el futuro, por si fracasaba pero así ayudaba a otras a encontrar una salida.

Sin embargo, mi plan original de envenenar la fuente de agua del dragón se demostró imposible. No encontré ningún pozo subterráneo y, si había algún manantial o arroyo allí abajo, estaba bien oculto y protegido, y no sabía dónde hallarlo.

En consecuencia, he hecho la única otra cosa que se me ha ocurrido. Me he tomado el veneno yo misma, y mi codiciada sangre será la ruina del dragón.

El monstruo ya se ha llevado mi brazo. Me he batido aquí en retirada porque, por un instante, me ha fallado el valor y he huido al fondo de esta grieta. Pero estoy perdiendo un tiempo y una sangre preciosos, y sé lo que debo hacer. Pronto regresaré fuera y me ofreceré a mí misma, y el resto de mi sangre mancillada, a la enfurecida bestia.

Acepto la responsabilidad completa de mis actos. En mi orgullo, sellé un acuerdo que requerirá el sacrificio de muchas más vidas en el futuro. Para proveer al dragón de más sacrificios reales cada año, el rey y la reina tendrán que casar al pequeño príncipe tres veces cada cosecha, y arrojar a sus esposas a ese malvado monstruo.

Pero si tuviera que hacerlo otra vez, llegaría de nuevo a ese acuerdo con el dragón. Porque el deber de la monarquía es anteponer las necesidades del todo a las de unos pocos. Y eso es lo que hice.

Espero que mi plan funcione. Espero que el dragón consuma mi carne y mi sangre. Si lo hace, al cabo de una hora mi pueblo estará salvado.

Si fracaso, en cambio… Lamento que las futuras generaciones estén condenadas a sufrir, y que tengan que morir para proteger Aurea. Pero, aun así, debería enorgullecerlas formar parte de una noble tradición, y sus vidas no se entregarán en vano. Como las vidas de mis hermanas, y la mía, no se entregaron en vano.

Vis kir vis.

Estoy orgullosa de nuestro sacrificio.

Elodie

Elodie tiró una piedra a las manchas de sangre de Victoria.

—¿Y se supone que eso debe hacerme sentir mejor? ¿Ser un noble sacrificio? ¡Eres una perra sarnosa egoísta y arrogante! —Elodie recogió más piedras y las tiró contra la sangrienta confesión de V—. ¡Eres una llaga podrida y supurante! ¡Eres una escoria altanera y engreída! ¡Eres… eres una zorra malvada!

Se agachó y lanzó una piedra más grande a la sangre de Victoria. Luego otra y otra, hasta que su ira se desinfló convertida en desencanto.

Elodie se dejó caer al suelo y se abrazó las rodillas.

—Eras mi heroína —dijo—. Eras ese fanal de la esperanza al que me aferraba…, pero ahora resulta que en realidad eras una villana también tú. ¿Cómo quieres que me sienta al saberlo?

Se hundió aún más. Porque una parte de ella comprendía lo que había pretendido Victoria. A fin de cuentas, Elodie había aceptado entregarse para garantizar el bienestar de su pueblo. No había aceptado que la sacrificaran a un dragón, pero claro, Victoria tampoco había esperado que sus actos condenaran a ocho siglos de futuras princesas.

De hecho, según el recuerdo de Victoria, el trato original había sido entregar a tres personas *cualesquiera* de sangre real, no solo a princesas. Lo que significaba que había sido la familia real aureana la que decidió sacrificar a mujeres. Dado que solo habían engendrado varones tras la muerte de Victoria y sus hermanas, una ceremonia de la cosecha con tres princesas era una conveniente «tradición» con la que evitarían tener que condenar a muerte a sus propios hijos nunca más.

A Elodie se le revolvió el estómago y tuvo que volver la cabeza, incapaz de soportar la visión de la sangre de Victoria y su tiara.

Así que se levantó y se puso a caminar de un lado a otro de la fisura. Probó a urdir algún plan de huida, pero era inútil. El saliente que recorría el acantilado terminaba allí. No había posibilidad de avanzar, solo de retroceder. Y Elodie no tenía ninguna intención de volver a la madriguera del dragón.

Mientras andaba, Elodie mantuvo su atención en el exterior, por si se oían las alas de la bestia o se olía su humeante aliento. Pero allí había tanto silencio como si estuviera ella sola en el monte Khaevis, lejos de la civilización.

—Desde luego, este reino está lejos de ser civilizado —masculló Elodie.

Solo la furia y la resolución de problemas mantenían el pánico y la desesperación contenidos en la boca de su estómago. Si aflojaba con la indignación o con la lógica, vomitaría puro miedo, en cuyo caso se volvería inútil y, ya puestos, para eso mejor rendirse al dragón.

Elodie dio un puntapié a un montón de piedras que las envió traqueteando fuera de la grieta. Volaron a la nada y se precipitaron montaña abajo hasta que, al cabo de un tiempo, dieron contra algo mucho más abajo en la ladera. El ruido del impacto, de la roca al partirse, le llegó tenue y distante.

Era lo lejos que caería Elodie antes de que su cuerpo se hiciera pedazos.

Cerró los ojos un momento. «Tal vez sea la mejor forma de terminar esto. Me niego a darle al dragón lo que quiere. Pero si mi muerte es inevitable, quizá debo ser yo quien elija cómo llega esa inevitabilidad».

Sería una caída larga, con tiempo de sobra para que el terror la inundara hasta los bordes. Pero preferible, en opinión de Elodie, a esperar en aquella cueva a que el dragón se hartara de su cabezonería y decidiera asarla como castigo.

Llegó de puntillas a la entrada de la fisura. Si el dragón estuviera cerca, habría reaccionado a las piedras que Elodie había sacado de una patada. Se detuvo en la boca de la grieta y, al no oír nada, se atrevió a sacar la cabeza.

De verdad no había nada allí fuera. Por el motivo que fuese, el dragón la había abandonado.

Pero ¿por qué iba a hacerlo? Tenía a Elodie acorralada. La cacería había concluido.

No se habría marchado a menos que lo hubiera distraído algo más urgente.

Entonces lo oyó. Voces, no en el idioma del dragón, sino en el de Elodie.

El viento cambió y disipó la niebla por unos instantes. En la lejanía, Elodie avistó un puñado de antorchas en una parte sombreada de la montaña que no conocía. Estaban al resguardo de una sucesión de crestas quebradas, casi como si antes hubiera allí conductos de lava horizontales pero el techo se hubiera derrumbado en parte con el paso del tiempo. Así, los portadores de las antorchas estaban protegidos de un ataque del dragón desde arriba, pero de todos modos serían visibles para la criatura desde donde había estado, fuera de la grieta de Elodie.

¿Sería otra ruta de acceso a las cavernas? Elodie recordó esa parte de la confesión de V, la de cómo habían entrado ella y sus hermanas a la madriguera del dragón. No las habían arrojado allí como a Elodie, lo cual tenía sentido, porque las princesas originales se habían presentado voluntarias para la misión. Habían llegado equipadas con comida, agua y veneno, y habían entrado en las grutas a pie.

Allá abajo ondeaba una bandera al viento. No era carmesí y oro, sino naranja, el color de Inophe.

—¿Padre? —susurró Elodie.

Se le atenazó el corazón al recordar cómo su padre había traicionado su confianza. Pero al mismo tiempo, el pulso se le aceleró al verlo. Iba al rescate de Elodie, acompañado por seis de los marineros que los habían acompañado en su travesía a Aurea. Elodie era un batiburrillo de emociones en conflicto, pero una dominaba sobre todas las demás: la esperanza.

—¿Hola? ¿Me oís? —vociferó—. ¡Estoy aquí arriba!

No respondieron. La niebla se había tragado enteros los gritos de Elodie.

—*Bocê pudum me ovir?* —preguntó, probando en la jerga de los marineros—. *Púr favour me ajjúdum!*

Pero no alcanzaban a oírla, gritara en el idioma que gritara.

Tendría que regresar hacia abajo.

Elodie titubeó. Había una parte de ella que no quería volver a ver a su padre nunca jamás. ¿Por qué había aceptado un compromiso de matrimonio como aquel? E incluso después de eso, ¿por qué no se había opuesto a la ignominia de precipitarla al fondo de la garganta?

Pero se quitó de la cabeza esas preguntas con vigorosas sacudidas. Ya habría tiempo para ocuparse de ellas, cuando estuviera a salvo. De momento, lo importante era que su padre acudía en su ayuda, y Elodie tenía que estar allí cuando llegase.

Sobre todo si el dragón ya los había visto. Porque entonces los interceptaría en el laberinto, y lord Bayford y sus hombres no tenían ni idea de a qué se enfrentaban. Elodie se apresuró a salir de la fisura.

Era casi imposible volver por donde había venido, pero no le quedaba más remedio.

Abandonó la grieta de Victoria y empezó a desplazarse de lado por la estrecha cornisa. Tenía que ir rápido para alcanzar al grupo de rescate inophés, pero también debía ir despacio para no caer por la vertiente de la montaña.

A cada paso, el frágil saliente amenazaba con derrumbarse bajo sus pies. Las rocas caían en cascada acantilado abajo. En el lugar de la pared de piedra donde había estado el arbolito, Elodie tuvo que saltar de lado, de un tramo de la fina y quebradiza repisa al otro.

Elodie contenía el aliento mientras ponía un pie delante del otro, moviéndose como un cangrejo herido, casi centímetro a centímetro.

De vez en cuando miraba sobre el hombro para comprobar el progreso de los hombres de su padre. Seguían refugiados bajo el risco, escudados ante un ataque aéreo. Por el momento.

Elodie siguió adelante, recorriendo despacio el camino de regreso a las cavernas del dragón. La niebla le impedía ver bien. La gravilla que soltaba al tantear buscando asideros le azotaba la cara, el polvo que levantaba le picaba en los ojos. Trató de no pensar mucho en lo que estaba en juego, en reunirse con su padre. Ni en lo que sucedería si el dragón interceptaba antes al grupo de rescate.

Estaba ya a poca distancia de la boca de la chimenea, sobre la cueva de las antoditas, cuando vio que los hombres de abajo empezaban a desenrollar cuerdas. El tubo de lava que habían estado recorriendo se había derrumbado allí, pero parecía haber una abertura hacia abajo, un acceso a las cavernas.

Elodie hizo una rápida comprobación mental contra el mapa del laberinto. El grupo iba a entrar en la guarida del dragón por el lado sudoeste, una parte del mapa que no estaba bien documentada. El tubo de lava quizá fuera el camino que habían tomado Victoria y sus hermanas para entrar en las cuevas, pero, dado que no estaba dibujado en el mapa como una salida, debía de haberse venido abajo poco después de su época, como aquellos otros túneles que Elodie había probado a recorrer. Lo más probable era que en esa zona no hubiera nada útil para la supervivencia, nada aparte de paredes escarpadas que había que escalar con cuerda.

Los marineros inopheses tenían cuerdas. Sin embargo, en el momento en que bajaran a las cavernas, estarían en el territorio del dragón y serían vulnerables a sus ataques.

Y ella también lo sería. Pero al menos Elodie conocía el terreno subterráneo. Y como el dragón pensaba que seguía encerrada en aquella fisura del acantilado, no estaría buscándola allí abajo. Toda su atención se centraría en lord Bayford y sus hombres.

«Ya llego, padre», pensó Elodie mientras les lanzaba una última mirada. Luego, tan deprisa como pudo, descendió de vuelta a la cueva de las antoditas.

Alexandra

Alexandra indicó a los inopheses cómo descender por el túnel vertical, ya que sus cuerdas eran la única forma de evitar que cayeran por la resbaladiza abertura y se estrellaran contra las rocas de abajo. En su vida adulta era exploradora y marinera, pero Alexandra se había criado en una familia a la que le encantaba salir a buscar setas, y las húmedas y sombrías faldas del monte Khaevis eran los mejores lugares donde encontrarlas. El dragón nunca amenazaba al pueblo de Aurea y, de hecho, la gente nunca veía al monstruo, porque después de recibir sus tributos anuales en sangre de princesa, se retiraba a las entrañas del monte durante el resto del año. Nadie sabía a qué se dedicaba allí abajo, aunque, mientras los aureanos no lo molestaran, el dragón también los dejaba tranquilos a ellos.

Pero Alexandra estaba allí con el objetivo de incumplir esa tácita y longeva tradición. La audacia de su hija había sido consecuencia de su ingenuidad, pero Cora había actuado desde el corazón. Lo cual, a su vez, había llevado a Alexandra a cuestionarse el suyo. ¿Cómo podía permitir que dieran de comer a un monstruo a la princesa que tanta bondad le había mostrado a su hija? Cada año se asesinaba a jóvenes inocentes para saciar el hambre de aquella bestia. Las mujeres como Alexandra podían envejecer, pero las princesas nunca lo harían.

De modo que, a espaldas de su familia, Alexandra se había ofrecido como guía para lord Bayford en la montaña, en caso de que el duque de Inophe creyera que había alguna posibilidad de que Elodie siguiera viva y quisiera tratar de rescatarla. Arrepentido de haber entregado a su hija a los aureanos, el duque había aceptado al instante.

Y así fue como Alexandra había terminado allí arriba, acompañando a media docena de marineros inopheses que iban a bajar por una resbaladiza pared a las profundidades de la madriguera del dragón. Lo que estaba haciendo era una temeridad, porque, si lograban sacar de allí a Elodie, el dragón iba a enfadarse muchísimo. Pero Alexandra ya no podía mirar hacia otro lado, no después de que su hija hubiera tenido el valor de hablar, de intentar cambiar las cosas en vez de apretar los párpados ante la injusticia y fingir que no estaba sucediendo.

Los hombres aseguraron los cabos e iniciaron el descenso, uno tras otro. El agujero era vertical, sus paredes lisas y resbaladizas. Lo único que interrumpía la cristalina piedra eran unas agrupaciones de setas amarillas. Ese había sido uno de los lugares favoritos de su madre para recogerlas. Alexandra aún recordaba la primera vez que le habían dejado ponerse un arnés y la habían bajado al túnel para llenar la cesta de las setas con sombrero de color limón. Fue cuando tenía nueve años, la edad de Cora.

Lord Bayford fue el último en desaparecer por el borde. Cuando llegó al fondo, dio unos tirones a su cuerda para indicarle a Alexandra que estaban todos sanos y salvos.

Pero ese era el final del recorrido para ella. Su valía estaba en orientarse por aquellos serpenteantes caminos de montaña, no en las misiones de rescate ni en combatir contra dragones. Esperaría allí, junto a los cabos atados, a que los inopheses rescataran a la princesa Elodie. Si no habían vuelto al anochecer, o si Alexandra corría peligro, debía huir. Era la única condición que le había puesto lord Bayford antes de permitir que los guiara. Le había dicho que no podía ser el motivo de que otra familia se hiciera trizas, después de haber desgarrado la suya propia.

—Suerte —dijo Alexandra en voz baja por el túnel, sabiendo que sus palabras llegarían hasta el fondo.

Luego se sentó bajo un saliente de roca a rezar para que regresaran sanos y salvos, y a pedir perdón al pueblo de Aurea por lo que sus actos pudieran desatar sobre él.

Elodie

Elodie descendió por la pared de la cueva de las antoditas con toda la cautela posible, siempre en peligro de que sus manos destrozadas o su tobillo torcido o su agotamiento general la hicieran precipitarse con estruendo a su muerte, ya fuese por la violencia del impacto contra el suelo o por informar al dragón de su regreso. Tuvo que utilizar otra tira del vestido para vendarse las manos y los pies y protegerlos de las afiladas flores, y el dolor que le provocaron los pétalos, incluso a través de la tela, casi hizo que se soltara más de media docena de veces. Cuando por fin se dejó caer al suelo de la caverna, tenía los dedos y las plantas de los pies agarrotados, convertidos en inútiles y rígidas zarpas, y el tejido que los envolvía estaba manchado de sangre.

Deseó tener con ella unos pocos gusanos de luz, pero con las prisas de seguir a la golondrina hasta la cueva de las antoditas, no había traído ninguno. Así que debería asegurarse de tener las heridas bien coaguladas y de que no fueran a reabrirse antes de poder seguir adelante. Si sangraba, sería como una baliza olfativa para el dragón. Elodie apretó el tejido contra la infinidad de minúsculos cortes, retirando el exceso de sangre mientras exhortaba a su piel a cerrar deprisa las heridas.

Tardó mucho más de lo que habría querido. Pero esperó a estar segura de que ya no sangraba antes de empezar a avanzar hacia su padre y sus hombres. No le haría ningún bien a nadie si llevaba al dragón directo hasta ellos.

Eso si el dragón no los había encontrado ya.

Elodie cruzó deprisa la cueva musical de las golondrinas y volvió al laberinto. Tenía memorizados los giros y los desvíos desde allí hasta la Cueva Segura, pero nunca había hecho el camino hacia los túneles por los que había entrado su padre. Agradeció a los cielos todos los años que había pasado resolviendo laberintos y creándolos para Floria.

Tomó varias bifurcaciones que terminaban en pasadizos derrumbados, pero visualizaba el mapa de la Cueva Segura en su mente y sabía cómo deshacer sus pasos por un laberinto para buscar rutas alternativas. Al poco tiempo, Elodie ya estaba en las profundidades de la madriguera otra vez, lo bastante cerca de los hombres de su padre para empezar a oírlos. Según creía, avanzaba casi a gatas por unos túneles de techo bajo que pasaban sobre las grutas en las que se encontraban ellos. De vez en cuando encontraba pequeños agujeros en la porosa roca volcánica que le permitían observar las cámaras inferiores. Pero aún no veía al grupo de hombres, así que debían de estar todavía a algo de distancia.

Los marineros hablaban demasiado alto y sus voces reverberaban por el laberinto como brillantes luces de alarma para el dragón.

«¡Cerrad la boca, idiotas!», quiso gritarles Elodie. Pero no podía, por supuesto, o sería ella quien alertara a la bestia de su propia posición.

—¿Qué es esto? —preguntó un marinero.

Tenía la voz áspera y Elodie adivinó por el acento que pertenecía a Anto, el hombre más fuerte de la tripulación del Deomelas.

—Parece un escudo y un yelmo derretidos —respondió otro, el temblor de su voz era evidente incluso desde donde estaba Elodie, a varias cámaras de distancia. Sonaba como Gaumiot, el marinero que mejor le caía—. No somos los primeros en bajar aquí. A lo mejor estaban intentando cazar al dragón.

—¿Qué clase de imbécil haría algo así? —preguntó Anto.

—Hay leyendas sobre la sangre de dragón —terció Jordú, cuya voz era más profunda que la de los demás.

—¿Convertirá mi lagarto en una monstruosidad? —rio Gaumiot, intentando aplacar los nervios con un chiste obsceno.

—Chorradas mitológicas —dijo el padre de Elodie—. Y no levantéis la voz. No queremos que el dragón sepa que estamos aquí.

Tanto Elodie como los inopheses siguieron avanzando. Ella tardó poco en llegar al túnel que estaba justo encima de ellos, y pudo verlos a través de varios agujeritos en la roca. Los marineros llevaban la armadura puesta de cualquier manera. Estaban acostumbrados a la ropa suelta que les permitía moverse a bordo de un barco, y se los veía rígidos en sus cotas de malla y sus placas de coraza. ¿De dónde habrían sacado las armaduras? ¿Se las habrían afanado a caballeros aureanos?

Pero antes de que Elodie pudiera llamar a su padre con un susurro, oyó el peor ruido posible: el de cuero raspando contra piedra.

—*DEV ADERRUT?*

«Ay, madre, ¡el dragón!».

Irrumpió en la cueva de los marineros tan rápido que su movimiento fue un borrón de oscuras escamas y una estela de llama. Asió a Gaumiot antes de que pudiera chillar siquiera. El metal rechinó al despedazarse su armadura, acompañado del enfermizo sonido de la carne al desgarrarse y el hueso al quebrarse, húmedo y suave y duro y rígido al mismo tiempo.

Elodie retrocedió contra la pared más lejana de su túnel elevado, llena de horror. Gaumiot había pasado horas deleitando a Floria con relatos de sus aventuras sobre las aguas. Había cuidado de lady Bayford durante sus primeros mareos marinos.

Y acababa de morir.

—¡Corred, teniente Ravella! —gritó el padre de Elodie hacia la gruta de la que procedían.

«¿La enviada real los ha traído aquí?».

No había tiempo para que Elodie pensara en eso. Por debajo de ella, lord Bayford y los otros cinco marineros desenvainaron sus espadas. Eran media docena de humanos contra un monstruo feroz y antiquísimo que había sobrevivido a cosas mucho peores que aquella pequeña expedición. Elodie quiso llevarse las rodillas al pecho y enterrar su cara en ellas y llenarse las orejas de cera hasta que aquello terminara.

Pero no podía apartar la mirada de su padre. Los marineros lo protegieron, empujándolo detrás de ellos antes de proferir un salvaje grito de guerra, lanzarse a la carga, y soltar tajos contra distintas

222

partes del dragón. Uno atacó su ala derecha. Otro, el pecho. Uno, la cola, y otro, Anto, embistió directo a la cabeza.

Fue el siguiente en morir. El dragón escupió un chorro de fuego mientras Anto alzaba el arma. La hoja de la espada se derritió al instante sobre su piel chamuscada, y aulló de dolor mientras la armadura al rojo vivo se fundía con su torso y sus piernas, y las llamas le devoraban el pelo y el rostro.

«¡No! Dios mío, Anto...».

La cola del dragón barrió a los dos marineros que tenía más cerca, arrojándolos contra la pared de la caverna. Sus armaduras impactaron con el horrible tañido de acero contra piedra, y sus cuerpos se desmadejaron al caer al suelo.

—¡Esto es por Elodie! —bramó el marinero que cargaba contra el pecho del dragón.

Alzó la espada para atravesar el corazón de la bestia. Pero el dragón bajó la cabeza, con la boca abierta y los colmillos desnudos. Aplastó los huesos del marinero como si fuesen meros palitos. Luego lo escupió, sacando su lengua reptiliana, como si no soportara el sabor de nada aparte de la sangre real.

Elodie tuvo una arcada y a duras penas logró contener el vómito.

Su padre enarboló su espada y dio un cauto paso adelante.

«¡No, quédate atrás!», quiso gritarle Elodie. Pero no se atrevía a llamar la atención del dragón hacia su escondrijo.

Entre tanta barahúnda, Jordú, el último marinero, se las había ingeniado de algún modo para trepar al lomo del dragón. Descargó una estocada y el dragón gritó mientras una sangre violeta empezaba a manar de la herida. Jordú se lanzó en plancha sobre la columna vertebral del monstruo y empezó a lamer la sangre como si fuera la fuente de la eterna juventud.

—¡Serás ignorante! —rugió el dragón.

Corcoveó con su cuerpo de reptil y Jordú salió despedido al aire. El dragón se giró de forma que una de sus alas serradas estuviera esperando para atraparlo.

El ala empaló a Jordú. Su aguzada punta le atravesó el cráneo desde atrás y salió por la boca que con tanta avidez había bebido la sangre del dragón hacía solo unos segundos. El monstruo se lo sacudió de encima y el cadáver del marinero se estampó contra el suelo de la cueva como un muñeco de trapo.

Elodie no podía dejar de mirar, paralizada por el estupor ante aquella carnicería.

Y su padre era el único que quedaba.

El dragón se preparó para atacar. Pero entonces se detuvo a media acometida, ya arqueado sobre él, y olisqueó.

—*Erru nilas. Dakh novsif. Nykovenirra zi veru manirru se fe nyta.*

—¿Qué… qué has dicho?

El padre de Elodie estaba inmóvil, anonadado al descubrir que el dragón hablaba.

—Ella es de tu sangre. Qué fascinante. Nunca había conocido a la clase de monstruo capaz de vender a su propia prole.

—¡Tenía… un buen motivo! —Lord Bayford bajó el brazo de la espada e intentó explicarse—. Fue por mi pueblo. Creía…

La ira y el desaliento atenazaron el estómago de Elodie. Se mordió el labio para contener las lágrimas y empezó a recular despacio fuera de su túnel.

—*Dakarr re. Audirru onne vokha dikorrai.* Díselo a ella. Oye cada palabra que pronuncias.

—¿Está cerca?

—Puedo olerla. Observándonos. Observándote a ti.

Elodie se quedó petrificada. El miedo goteó por su columna vertebral como baba de caracol.

—¿Aún está viva? —gritó su padre—. ¿Elodie? ¡Elodie!

Ella no respondió. ¿Cómo podía haberle hecho aquello? ¿Por qué había ido allí?

—¡Eli, amor mío, no lo sabía! Me ofrecieron una fortuna, más que suficiente para salvar a nuestra gente cien veces. Y creía que el dragón era solo una leyenda, una… ¡una metáfora! Aurea está envuelta en secretismo. ¡Hasta la ceremonia no supe que el dragón era real, te lo juro!

Elodie cerró los ojos con fuerza y no se limpió la lágrima que escapó de ellos. En el fondo siempre había sabido que su padre era un poco tonto, pero se había esforzado por ignorar ese hecho, como suele hacerse con la gente a la que más se quiere.

Siempre había sido su madre, y después la propia Elodie, quien había tenido que lidiar con las malas decisiones de su padre. Por eso su madre siempre salía a caballo con él en sus visitas a los vasallos, para resolver cualquier problema o confusión que provocara. Elodie recordaba cómo su padre mantenía joviales charlas con los maridos, regalándoles sonrisas y palabras a porrillo y tranquilizadoras palmaditas en la espalda. Pero era su madre la que se llevaba a las esposas a la cocina, y era en esas cocinas donde en verdad resolvían los verdaderos problemas que las familias afrontaban: el gorgojo que echaba a perder la harina, los coyotes que se comían las gallinas, demasiadas bocas que alimentar sin la suficiente comida ni agua. Era la madre de Elodie, que conocía a todas las almas del ducado y los recursos que poseían, quien se paraba a pensar y organizaba un trueque de remendar la ropa de los vecinos a cambio de huevos fertilizados, o sugería que los dos hijos menores del matrimonio entraran a trabajar en el molino de otro vasallo a cambio de grano.

Tras la muerte de su madre, Elodie asumió ese papel. Pero se había limitado a tomar el testigo, a sabiendas de no estar cuestionando por qué no era su padre quien hacía la tarea. Era la forma en que se dividía el trabajo, sin más: su padre era quien podía engatusar a un pez para que se subiera a un árbol, y ella, quien se encaramaba al árbol y lo bajaba de allí para salvarle la vida.

Elodie estaba pagando con creces esa aceptación. Quizá su padre no la hubiera vendido al príncipe Henry por malicia, pero no había sopesado el trato como debía.

—*Dakarr re kuirre.* Dile que salga.

—Estés donde estés, Elodie, no te rindas.

—*DAKARR RE KUIRRE!*

El dragón levantó al padre de Elodie del suelo. Lord Bayford lanzó una estocada y hundió su espada bajo una escama, y el dragón rugió y lo sacudió en su garra. La espada, con sangre violeta en la punta, cayó con estrépito al suelo.

Elodie se tapó la boca con la mano para no hacer ningún ruido.

225

Estaba furiosa con él. Más que furiosa. Pero no quería que le hicieran daño. Eso nunca jamás lo querría.

El dragón sostenía a su padre en alto, por lo que su cara estaba cerca de los agujeritos del túnel por los que Elodie miraba desde arriba. Sus ojos enrojecidos se cruzaron con los de ella.

«¿Me perdonas?», parecían preguntarle, empañados de lágrimas.

Elodie estuvo un momento sin moverse.

Luego asintió. Su padre sería un necio, pero la había querido tan bien como supo. Y ella también lo quería a él, a pesar de sus defectos. Era culpa suya que Elodie estuviera en esas cavernas, luchando desesperada por su vida, pero ahora su padre afrontaba su propia muerte, y ella no estaba dispuesta a despedirlo sin su amor. Le envió un beso lleno de tristeza, cargado con todo lo que no podía decir.

—¡El barco aún está en el puerto, esperándote! —gritó su padre, asegurándose de dirigir la voz hacia abajo, no hacia arriba, donde estaba ella en realidad—. ¡Elodie, si puedes oírme, corre! ¡Hay otra salida de estas cavernas, y te hemos dejado cuerdas que…!

—*NY!* —rugió el dragón, llenando la caverna de humo y llama.

«¡Padre!», chilló Elodie por dentro.

Pero hacia fuera permaneció en silencio. Su padre había entrado en la madriguera del dragón para rescatarla y Elodie no permitiría que su muerte fuese en vano.

Lord Bayford chilló mientras el dragón lo asaba vivo. La intensidad de su miedo y su dolor perforó como un cuchillo el corazón de Elodie, resonó a través de sus huesos. Se derrumbó al suelo del túnel, con la cara y las manos apretadas contra aquellos agujeritos por los que no se veía nada más que fuego y humo.

Pero la roca se calentó como magma y Elodie se apartó de golpe, ahogando un grito por las quemaduras que ya le hacían ampollas en la piel. No podía quedarse allí. Su padre se había sacrificado por ella. Tenía que escapar, y tenía que irse ya.

«Te quiero, padre».

Las lágrimas surcaron las mejillas de Elodie mientras gateaba tan rápido como podía sobre sus manos y rodillas en carne viva por el pasadizo, hacia el lugar por donde su padre y los marineros habían entrado en las cuevas.

Al poco tiempo el techo del túnel se hizo más alto y desembocó de sopetón en la larga galería vertical por la que habían descendido los inopheses. Los cabos aún pendían desde arriba, y ver aquel cordaje conocido —Elodie había trepado por uno igual en el barco solo unos días antes— le dio el empujón de confianza que necesitaba.

Saltó a través de la galería hacia una cuerda. Los pies le resbalaron en la lisa y húmeda superficie de la roca, pero sus dedos se cerraron en torno a las rugosas fibras de la cuerda y se agarraron a ella, sacudiéndole los hombros en sus cuencas pero por suerte no dislocándoselos de nuevo.

Sería más fácil si hubiera alguien arriba para izarla. Pero, aun en caso de que ese fuera el plan en un principio, Elodie estaba sola, porque su padre le había gritado a la teniente Ravella que huyera. Tendría que trepar usando solo la fuerza de sus brazos, ya que las paredes de la galería vertical resbalaban demasiado para apoyar los pies.

Una mano hecha pedazos sobre la otra, y repetir y repetir. Nunca antes se había alegrado tanto de haber pasado tanto tiempo en su país subiéndose a árboles.

—*Kho zedrae!*

El dragón llegó como una exhalación desde las otras cavernas a la cámara que Elodie tenía debajo.

—¡Tu padre me ha airado y se me agota la paciencia!

Una espesa nube de amarillo humo sulfúrico se expandió galería arriba.

Irritó los ojos y la garganta de Elodie. Tosió cuando el gas corrosivo le llenó los pulmones, afilado como miles de agujas con cada aliento resollante.

Pero no iba a rendirse. De eso ni hablar. Veía la luz del ocaso por encima de ella. Una mano sobre la otra, una mano sobre la otra…

El dragón rugió. Incapaz de subir por la angosta galería tras ella, escupió fuego y su pegajoso e inflamable residuo marrón sobre la cuerda, incendiándola.

Como una mecha, la llama consumió las bastas fibras y ascendió rauda hacia Elodie. Quedaban escasos segundos antes de que la alcanzara, antes de que no tuviera a qué sujetarse, antes de que soltara el cabo y cayera a las fauces del dragón.

«¿Quién os salvará a vos?», le había preguntado la niña campesina.

—¡Me salvaré yo misma! —gritó Elodie.

Ascendió los últimos dos metros, trepando más deprisa que nunca en su vida. Mientras el fuego la alcanzaba, se abalanzó hacia las rocas que coronaban la galería. Le resbaló una mano y Elodie dio un chillido.

Pero los dedos de la otra se cerraron contra el borde del precipicio. Volvió a levantar la primera mano y aferró con ella la roca. Se aupó con las últimas fuerzas que le quedaban en los temblorosos brazos.

Las llamas devoraron los restos de la cuerda, que se precipitó por la oscura galería. Desde lo alto, Elodie la vio seguir el ardiente camino hacia abajo que habría sido su destino si hubiera tardado un latido más en subir.

—*Kuirra kir ni, zedrae. Nykrerr errai sarif.*

«Voy a por ti, princesa. No pienses que estás a salvo».

Elodie

Elodie corrió hacia los caballos que su padre y los marineros habían dejado atados a unos pinos. Cojeaba por el esguince del tobillo y sentía todos los músculos al límite del colapso. El dragón no podía subir por el angosto túnel, pero no tardaría en salir de su guarida por algún otro lugar. Elodie tenía solo unos instantes para decidir qué montura le convendría más. Desató la más pequeña, una yegua pinta, y subió a su silla.

Tenía que llegar al puerto. Al contrario que bajo tierra, allí el camino estaba claro: descender por la ladera del monte Khaevis, dejar atrás el palacio en toda su inmerecida gloria dorada y cruzar los huertos y los campos de trigo áureo y cebada hacia el olor salobre del mar. Pero que el camino estuviera claro no significaba que fuese a ser fácil.

Habría caballeros aureanos cerca del palacio. Y un dragón persiguiéndola. Después tendría que zarpar de inmediato y confiar en que la niebla los ocultara del dragón mientras navegaban a toda vela hacia mar abierto.

Las probabilidades estaban categóricamente en su contra.

Pero tenía que intentarlo.

—¡Arre!

Hundió los talones en el costado de la yegua y echó a cabalgar montaña abajo. El sol había desaparecido ya bajo el horizonte y Elodie se estremeció en su vestido fino y raído. Los bancos de niebla borbotaban desde la cima del monte como la espuma de una bestia rabiosa, y los lobos aullaban demasiado cerca para su gusto.

De repente el cielo cada vez más púrpura se oscureció cuando una silueta se superpuso a la luna ascendente. Luego, igual de deprisa, un fulgor naranja y azul en lo alto proyectó un ardiente resplandor sobre el monte Khaevis. El dragón rugió y las llamas transportaron su ira.

—*KHO ZEDRAE!*

Elodie sacó a la yegua del camino hacia el interior del bosque. Serpentearon entre árboles viejos y nudosos por el escarpado terreno. Elodie se agachó para pasar por debajo de pinos y píceas, derribando piñas que se esparcieron por las rocas. Saltaron peñascos y arroyos y densos matorrales de espinosa aulaga. Provocaron pequeñas avalanchas de gravilla al cambiar de dirección una y otra vez.

Pero, por mucho que Elodie se internara en la espesura, las alas del dragón solo batían cada vez más estruendosas, cada vez más cerca.

«Los cascos de la yegua suenan demasiado», comprendió. Tiró de las riendas y detuvo su montura con brusquedad.

—Gracias por tu ayuda —le dijo—, pero tendré que continuar yo sola.

Desmontó y le dio una palmada a la yegua en la grupa. El animal dio media vuelta y galopó montaña arriba hacia sus compañeros atados a la entrada de la caverna.

Elodie se abrió paso entre enredaderas y espinos. Los arbustos se hicieron cada vez más densos y altos, casi tanto como algunos árboles, componiendo una enrevesada y pinchuda ratonera en la que ocultarse. «De un laberinto a otro», pensó.

Se retorció para meterse más y más en los espinos. Sus flores de color verde amarillento tenían un olor a naftalina y calcetín mohoso que provocó náuseas a Elodie y la mareó. Pero quizá ese olor serviría para esconderla del dragón. Esperó que la criatura no fuese capaz de husmear su sangre entre el penetrante hedor de los arbustos.

—*Akrerra audirrai kho*, Elodie. *Kuirr* o serás la culpable de lo que suceda a continuación.

«Sé que puedes oírme —tradujo ella para sus adentros mientras se encogía y se quedaba inmóvil en los matorrales—. Sal o serás la culpable de lo que pase luego».

Elodie se estremeció.

La sombra del dragón cubrió la parte del bosque donde estaba oculta, y su aleteo sonó como si el trueno estallara justo encima de ella. Más franjas de fuego cruzaron el cielo, pintando el ocaso de violentos trazos amarillos y rojos.

La criatura rugió de nuevo y, en esa ocasión, lanzó llamas a la arboleda donde Elodie había desmontado, un poco al norte de su espinoso refugio. El calor del fuego la alcanzó como una onda expansiva, tragándose la gelidez de la niebla de un solo y decisivo golpe. La fuerza del impacto hundió a Elodie en los espinos, que le perforaron la piel en una docena de lugares distintos. Si el dragón aún no había olido su sangre, no tardaría en hacerlo, ahora que fluía libremente.

Más arriba en la montaña, la yegua relinchó.

—*Zedrae!*

El dragón viró en el cielo y se lanzó en dirección al sonido del animal.

«¡Cree que estoy allí arriba, donde la yegua!». Por un instante la inundó el alivio. Y de pronto temió por su montura. «Por favor, que no le haga daño», rezó mientras salía rauda de los matorrales.

Con las prisas, las espinas le dejaron largos cortes en toda la piel que tenía expuesta, y medio cojeó, medio corrió alejándose de las invasoras llamas. Mientras el dragón tenía la atención puesta en otra parte, regresó al camino, cruzó al otro lado y puso tanta tierra de por medio como pudo entre ella y su último escondrijo.

Allí no había matorrales de espino. De hecho, apenas había vegetación en absoluto. Pero sí que encontró un verdadero campo de batalla de árboles derribados, cuyos troncos estaban negros por antiguos relámpagos, o quizá por ataques de dragón, y Elodie confió en que estuvieran demasiado carbonizados para encenderse de nuevo. Se metió en la maraña de troncos caídos, se puso a cuatro patas y gateó hasta debajo de un pequeño cobertizo natural de madera chamuscada. Allí desmenuzó trozos de negra corteza y se embadurnó la ceniza por toda la piel para disfrazar el olor de su sangre. Se encogió cuando la ceniza le tocó las heridas, pero la infección era lo último a lo que temía en ese momento.

A escasa distancia, el dragón bramó, sin duda al haber descubierto que la yegua era un señuelo y su silla estaba vacía. Regresó montaña abajo hasta el lugar donde había estado Elodie. Sus alas aporreaban un ritmo en el cielo, haciendo temblar el monte Khaevis y reverberando en las rocas y en los huesos de Elodie.

Se hizo un ovillo y cerró fuerte los ojos. En cualquier momento el dragón arrojaría fuego sobre ella y Elodie terminaría igual que los árboles muertos bajo los que se escondía.

El monstruo pasó por encima, azotando el aire como un huracán. Los palos y los guijarros volaron de un lado a otro, acribillándola por todas partes. El vendaval arrancó ramas de los árboles. Varios troncos quemados salieron despedidos del suelo y se estrellaron contra la ladera, deshaciéndose en astillas.

Pero entonces el dragón sobrevoló el escondrijo de árboles muertos donde estaba Elodie, montaña abajo en dirección al palacio, escupiendo chispas mientras aullaba:

—*Vorra kho tke raz. Vorra kho tke trivi. Vis kir vis, sanae kir res!*

Los ojos de Elodie se desorbitaron al atreverse a mirar desde su calcinado refugio arbóreo.

«Quiero mi parte del trato. Quiero mi parte de la cosecha. ¡Vida por vida, sangre por fuego!».

El dragón cargaba hacia el castillo, y al otro lado se extendían las granjas y los pueblos. Elodie salió de su escondite.

—Dios mío, ¿qué es lo que he desatado?

Floria

Floria miraba con tristeza al lacayo que estaba cargando su rebosante arcón en el techo del carruaje.

—¿Tenemos que irnos tan pronto? —preguntó a nadie en particular.

Lady Bayford, que estaba por allí cerca supervisando hasta el último centímetro que los sirvientes movían las pertenencias de la familia, respondió como si la pregunta estuviera dirigida a ella.

—La boda ha terminado. Tu padre está concluyendo sus asuntos con Aurea ahora mismo. Aquí ya no queda nada para nosotros.

Pero Floria no estaba de acuerdo. El palacio dorado era un cuento de hadas hecho realidad. Había bailado con un marqués y un conde, y comido exquisiteces con las que antes solo había podido soñar: dulcísimos dátiles rellenos de queso de oveja aureana a la pimienta, faisán asado con mermelada de bayasangre, carpa montañesa horneada entera en papel encerado y diminutos pastelitos de pera plateada envueltos en filigranas de azúcar. Por no mencionar la tarta nupcial inspirada en el vestido de novia de Elodie. Lo último que quería Floria era dejar atrás la magia de aquel reino y volver al seco y tedioso Inophe.

—Querría que pudiéramos quedarnos aquí para siempre —dijo Floria.

—No querrías —le espetó lady Bayford.

Floria clavó la mirada en ella.

—¿Por qué has estado tan horrible todo el viaje? Sé que no te gusta salir del mundo que conoces, pero ¿no podrías haberte relajado ni siquiera una semana y dejar disfrutar a Elodie de su boda?

¿Y dejarme a mí disfrutar de este castillo? ¡No quiero volver a nuestra vida dura y aburrida!

Pero de pronto a Floria le dolió el pecho como si estuvieran retorciéndole un cuchillo romo en el corazón. A pesar de lo increíble que era Aurea, la auténtica razón de que no quisiera marcharse era que Elodie no regresaría con ellos. A partir de entonces sería una princesa y, aunque Floria siempre sería su hermana, la familia de Elodie habían pasado a ser el príncipe Henry, la reina Isabelle y el rey Rodrick.

Y en el momento en que Floria embarcara en el Deomelas y el capitán Croat ordenara zarpar, la despedida sería real. Aunque no había visto a Elodie desde que la reina se la llevó del banquete de bodas, Floria aún podía fingir que su hermana entraría en su dormitorio en cualquier momento, que le pediría ayuda para cepillarse el pelo antes de ir a la cama, que podrían escabullirse juntas a las almenas para contemplar las estrellas o la hermosa luz de antorchas en la falda de la montaña.

—¿Por qué no puede mi padre comprometerme a mí con el marqués que me sacó a bailar anoche? —preguntó Floria—. Solo tenía unos años más que yo.

—No digas bobadas —replicó lady Bayford—. Aún eres una niña.

—¡No lo soy! Ya me ha empezado la regla.

—Y aun así no tienes el sentido común de callarte esos asuntos tan privados cuando hay desconocidos delante. —La madrastra de Floria lanzó una enfática mirada de soslayo hacia los lacayos que cargaban los baúles en el carruaje—. Además no permitiré que otra hija mía viva en un palacio como este…

—¿Hija? —gritó Floria—. ¡Tú no eres mi madre!

Lady Bayford se quedó con la boca abierta, por una vez sin una protesta ni una réplica preparadas.

Floria casi lamentó lo que había dicho. Casi.

Estaba sintiendo demasiadas cosas, y quizá estuviera mal liberar su aluvión de emociones hacia lady Bayford, pero era la única que estaba presente para recibirlo.

—Mi madre habría estado encantada de que Elodie se casara

con Henry. Pero tú… Tú no has parado de señalar todos los diminutos e imaginarios defectos, ni de intentar convencerla de que anulase la boda, y cuando no lo hizo, ¡fingiste un dolor de cabeza y te marchaste! Ninguna madre de verdad abandonaría el banquete de bodas de su hija. Ninguna madre de verdad…

Un rugido atronador y una explosión de fuego llenaron el cielo.

—*Vorra kho tke raz. Vorra kho tke trivi. Vis kir vis, sanae kir res!*

La voz profunda e inhumana sonaba a humo y a llamarada y a avalancha al mismo tiempo. Lady Bayford rodeó con sus brazos a Floria y se agachó sobre ella para protegerla.

—¿Qué está pasando? —chilló Floria mientras se acurrucaba contra su madrastra—. ¿Qué es eso?

—Es el dragón —dijo lady Bayford, apretándose más.

—¿Qué dragón?

—El que Elodie…

Volvió a llover fuego desde el cielo.

—Soy *khaevis*. ¡Escuchadme! Quiero a mi *zedrae* antes de la luna de mañana. ¡De lo contrario, el pacto quedará anulado y Aurea lo pagará caro!

El monstruo rodeó el palacio y la sombra de sus terroríficas alas y garras se marcó nítida en las murallas doradas. Escupió fuego y convirtió la noche en brillante día.

Las chispas prendieron en las banderas aureanas que coronaban las torres, y los estandartes carmesíes y dorados ardieron. Otro chorro de fuego obligó a los guardias de las almenas a abandonar sus puestos, y las llamas les encendieron la ropa y lamieron el tejido atrapado dentro de la armadura, quemándoles la piel y haciéndolos chillar y arrojarse contra las baldosas y las paredes del castillo en un intento de sofocar el fuego.

—¡SOY *KHAEVIS*! —vociferó el dragón, con más fuerza si cabe—. ¡Antes de la luna de mañana! ¡Lo prometo!

—¿Qué está diciendo? —gritó Floria, con lágrimas de terror cayéndole por las mejillas mientras hundía la cara en el pecho de lady Bayford—. ¿Qué significa? ¿Qué tiene que ver con Elodie?

—Ella… ella…

—¿Ella qué? —Floria alzó la mirada, temerosa—. Dímelo, por favor. ¿Ella qué?

Las llamas del cielo se reflejaron en los ojos de su madrastra, como si los infiernos ya los hubieran consumido a todos.

—El trato… era a cambio de la vida de Elodie.

—¿Qué?

Floria se agarró al vestido de lady Bayford, manteniéndose erguida solo gracias a su tela gris.

—Aurea no es la utopía que parece —susurró lady Bayford, con todo el cuerpo temblando—. Dan de comer sus princesas a ese monstruo.

—No —dijo Floria con un respingo.

Lady Bayford no pudo contener las lágrimas mientras asentía. Luego miró sorprendida hacia el furioso dragón y hacia el carruaje cargado con sus arcones.

—Pero si el monstruo está aquí buscando a Elodie, significa que tu padre lo ha conseguido. Tenemos que ir al puerto a reunirnos con ellos.

—¿Con ellos? ¿Te refieres a que mi padre ha rescatado a Elodie?

—Es la única interpretación que puedo darle a la ira del dragón. Pero tenemos que irnos, Floria. Debemos embarcar en el Deomelas y marcharnos de aquí antes de que salga la luna mañana, antes de que el dragón libere su furia y castigue a quienes permanezcan en el reino.

Isabelle

La reina Isabelle vio el cielo pasar del color gris lavanda del crepúsculo al naranja de la furia del dragón. Detrás de ella, el rey Rodrick estaba sentado en el suelo tras un sillón de cuero, envolviéndose las rodillas con los brazos, con la cabeza tapada por una piel de oso, meciéndose adelante y atrás, adelante y atrás, sollozando.

—Chist, Rodrick. Todo irá bien. —La reina fue a su lado y le dio un suave beso a través de la piel de oso—. Sea lo que sea esto, tú no te preocupes. Henry y yo nos ocuparemos. Te lo prometo.

Henry irrumpió en los aposentos reales.

—Madre, ¿has visto...?

—Sí. ¿Qué se sabe?

Henry lanzó una mirada en dirección a los gimoteos.

—¿Padre?

—El ruido..., el dragón... le ha provocado un ataque de los graves —explicó Isabelle—. El médico real ya viene de camino.

Rodrick sufría accesos de pánico siempre que se cernía sobre él la amenaza del monstruo, ya fuera la víspera de cada una de las bodas de Henry o cuando se despertaba de pesadillas en las que revivía los recuerdos de las princesas con las que él mismo se había casado de joven, y las ceremonias en las que las despeñaban a su perdición. Había logrado aguantarlos y mantener el reino a salvo hasta que Isabelle dio a luz a su primer hijo, lo cual sucedió como un reloj nueve meses después de consumar su matrimonio, como siempre había sucedido en la familia real desde hacía ochocientos años. Pero en el instante en que nació el pequeño Jacob, el alcázar mental que Rodrick había construido se vino abajo.

Isabelle no le reprochaba a Rodrick su desasosiego, pues el trauma que había sufrido podía demoler hasta al más fuerte de los reyes. Pero también sabía que no podía hacer nada por su marido aparte de dejarle espacio para que diera rienda suelta a sus miedos, y llamar al médico para que le administrara un elixir calmante.

Lo que sí podía hacer, en cambio, era gobernar el reino. Por eso se había encargado ella de las bodas y las ceremonias de la cosecha desde el nacimiento de Jacob.

La acometió un fugaz dolor al recordar a su primogénito, prometido en matrimonio desde antes de poder andar, casado con princesas una y otra vez a lo largo de toda su infancia, con objeto de alimentar al dragón. Al recordar a Jacob, que huyó de Aurea al cumplir los quince años porque no soportaba formar parte de su imprescindible tradición. Se había colado de polizón en un barco mercante y la reina no había vuelto a saber nada de él.

Dos días antes Isabelle había lamentado que su Henry, antaño angelical, se hubiera endurecido con las responsabilidades que le imponía Aurea. Pero comprendió que era mejor que el corazón de Henry estuviera hecho de frío hierro.

—Dime lo que sabemos —le pidió de nuevo.

—El idiota de Bayford ha intentado rescatar a su hija —dijo Henry—. Mis soldados creen que ha fracasado, pero, de algún modo, aun así Elodie ha podido escapar. Ya te dije que esa mujer nos daría problemas. Sabía que terminaría poniendo patas arriba nuestra forma de vida.

Isabelle se tragó el «te lo dije» y se concentró en lo que de verdad era acuciante.

—Tenemos que capturar a Elodie y entregársela otra vez al dragón. No podemos arriesgarnos a que descargue su ira sobre nosotros, ni sobre nuestro pueblo.

Henry hizo un asentimiento brusco.

—Pero ¿cómo propones que atrapemos a una princesa que ya ha demostrado ser lo bastante artera para eludir a un dragón ineludible?

La reina se apretó los dedos contra las sienes, pensativa. Entretanto, el médico real llegó y fue derecho al rincón, donde hizo beber al rey Rodrick una pócima que le calmaría los nervios y haría de su mente un lugar más mullido, más despreocupado. Ojalá Isabelle pudiera ir también a ese lugar.

Pero no podía. Cuando se casó con Rodrick, juró hacer todo lo posible por proteger el reino y proveer para el pueblo de Aurea. Y esa noche, el país entero dependía de ella y de Henry.

Besó la mano de su marido mientras el médico se lo llevaba adormilado a su cama.

Luego se volvió hacia su hijo.

—¿Cómo se atrapa a la más escurridiza carpa montañesa? —le preguntó Isabelle.

—Con cebo bien seleccionado, una red amplia que pueda cerrarse y paciencia —dijo Henry.

La reina Isabelle hizo un mohín, pero asintió.

—Precisamente. Pues pongámonos a buscar el cebo.

Alexandra

Alexandra entró galopando en el patio de su granja.

Su marido, John, y Cora salieron a toda prisa de la casa al oír los cascos.

—¡Mamá, estás bien!

John ayudó a desmontar a Alexandra.

—¿Dónde estabas? ¡Nos tenías preocupadísimos!

Los ojos de John iban pasando de su esposa al cielo oscuro y anaranjado. Por cómo la miraba, Alexandra supo que debía de parecer tan aterrorizada como se sentía.

—¿Estás bien? —preguntó Cora con voz trémula—. He... he visto al dragón. ¡Nunca sale donde vive la gente! ¿Por qué ha volado por encima del castillo y nuestros pueblos? Tenía miedo pero no te encontraba, y papá no sabía dónde habías ido y he pensado..., he... he pensado...

Estalló en sollozos. Alexandra corrió a abrazarla.

—Estoy aquí, cariño mío. No te preocupes, estoy aquí.

—Pero ¿dónde estabas?

—Buscando setas —dijo Alexandra en voz baja—. Es temporada de sombreros de limón.

—¿En el monte Khaevis? —gritó él—. ¿Estabas recogiendo setas en el monte Khaevis durante las ceremonias de la cosecha, la única semana del año en que el dragón está activo y acercarse a la montaña está prohibido salvo para la familia real y los caballeros de Aurea?

—Eh..., ¿sí?

—Alexandra, ¿cómo se te ocurre? —exclamó él.

Pero aunque John se había creído sus palabras, Cora sabía por instinto lo que había ido a hacer. Su hija alzó la mirada, aún abrazada a ella y dijo:

—Mamá, ¿has salvado a la princesa Elodie?

La esperanza en los ojos de Cora fue demasiado para ella, y Alexandra tuvo que apartar la mirada.

—No lo sé, cariño. No sé lo que he hecho. Pero id a traer las bolsas que habíamos preparado. Tenemos que irnos.

Elodie

Elodie trastabillaba por la ladera. El dragón por fin había desaparecido mientras la noche caía sobre Aurea, y Elodie descendió poco a poco montaña abajo.

No sabía lo que iba a hacer. Su padre había muerto. Floria y lady Bayford estaban esperándola en el puerto. Y si Elodie se marchaba de allí, el dragón podría matar a toda alma viviente en Aurea como venganza.

—Maldito seas, padre.

Pateó una piedra y la envió rebotando por el camino de tierra. Si su padre no hubiera concertado el matrimonio con Henry, si en su ceguera no hubiera hecho caso omiso a la parte del dragón considerándola una hipérbole, Elodie no estaría en aquella situación imposible.

Pero entonces las lágrimas afloraron de sus ojos mientras seguía avanzando.

—¡Maldito seas, padre!

Lord Bayford había sido un idiota, pero era su idiota. Elodie aún lo veía en su memoria a través de los agujeritos del tubo de lava. Ya nunca podría volver a abrazar al muy tonto.

Elodie pasó junto a un peñasco grande y plano. Estaba cubierto de liquen, y la fatiga pudo con ella.

«Me sentaré solo un minutito», pensó mientras doblaba las piernas temblorosas sobre el blando asiento. Por encima de ella, un enorme pino goteó sobre su cabeza, y aunque probablemente solo sirvió para hacerle surcos en la mugre y la ceniza que le cubrían la cara, era lo más parecido a un baño que disfrutaba en días, y gozó de la sensación que le despertaban las gotas en la piel.

—Eso es lo primero que haré cuando suba al barco —dijo—. Darme un baño caliente. Le pediré al cocinero que me caliente un caldero bien lleno, verteremos toda el agua en la bañera de cobre que hay en el camarote de lady Bayford y me hundiré entera, cabeza y todo, y me frotaré hasta la última pizca de pintura ceremonial y polvo de las cuevas y sangre seca y piel muerta.

Elodie suspiró. Por un breve instante se permitió creer que ya había superado lo peor de aquella pesadilla. Iba a estar a salvo y limpia, y viviría feliz el resto de sus días como una triste solterona en el seco ducado de Inophe. No tendría que volver a ver nada dorado jamás.

Una fanfarria la arrancó de su ensueño. Sonaban cascos en la falda de la montaña, por debajo de ella.

«¿Qué infiernos…?».

El titilante resplandor de las antorchas reptó como una nefasta miasma por el recodo del camino. Elodie observó con creciente horror cómo se aproximaba la luz, ascendiendo por la ladera.

Las antorchas iluminaron el temido estandarte carmesí y oro de Aurea.

«*Merdú!*». Elodie bajó del peñasco y se agachó detrás de él.

Los caballos aparecieron casi al galope. Primero el portaestandarte, luego una hilera de caballeros con el uniforme bordado de la Guardia Imperial. A continuación la reina Isabelle y Henry. Y atada de pies y manos en la silla de montar del príncipe había una chica delgada con trenzas negras…

«¡Floria!».

Elodie saltó de detrás de la piedra mientras la comitiva pasaba veloz. Henry volvió la cabeza de golpe al verla y le lanzó una sonrisa cruel. Pero siguió adelante sin detenerse, y como la columna iba a caballo y ella tenía un pie lesionado, los perdió de vista antes de poder echar a correr tras ellos siquiera.

¿Dónde se llevaban a Flor? ¿Y qué planeaban hacer con ella? La ira y el miedo se revolvieron en el estómago de Elodie, más incluso que cuando la habían arrojado al dragón. ¡Esa era Floria, su hermanita pequeña!

Sonaron más cascos de caballo por debajo. Elodie no permitiría que esa oportunidad se le escapara al galope. Miró alrededor, escrutando su entorno tan bien como le permitía la luna, y recogió del suelo una pesada rama caída, que tendría casi dos terceras partes de su tamaño.

Elodie se preparó. Un buen porrazo y podría desmontar al jinete y robarle el caballo.

El ruido de cascos se fue acercando. Por el paso irregular, o el caballo estaba herido o a quien lo montaba no se le daba muy bien. Elodie frunció el ceño. Todos los caballeros cabalgarían como si su montura fuese una extensión de su propio cuerpo. Pero, si no se trataba de un caballero, ¿quién podía ser? ¿Un corneta o un portaestandarte rezagado?

Bueno, al menos sería más fácil de vencer que un caballero.

Elodie equilibró su rama y la echó atrás para descargarla.

Cuando el caballo dobló el recodo, la luna brilló sobre una familiar capa plateada, forrada de piel de zorro de arena. Elodie soltó la rama.

—¿Lucinda?

Lady Bayford se sobresaltó y tiró de las riendas, confundiendo por un momento a su montura.

—¿Quién va?

Buscó a tientas bajo su capa y sacó una daga, empuñada con torpeza. Elodie podría haberla desarmado con un leve toque de la rama de árbol.

—Soy yo, Elodie —dijo, acercándose despacio con las manos levantadas.

—¿Elodie? —Su madrastra entrecerró los ojos—. Tienes un aspecto...

—¿Horrible? —sugirió Elodie.

A lady Bayford nunca se le habían dado bien los cumplidos, así que se limitó a asentir.

Pero no era momento de fijarse en los defectos de su madrastra. De hecho, lady Bayford era justo la persona a la que Elodie quería encontrarse.

—Tu padre ha...

—Mi padre ha muerto —la interrumpió Elodie con voz suave.

La cara de lady Bayford se crispó y su cuerpo perdió toda la rigidez. Elodie la sostuvo cuando cayó resbalando de la silla.

Su madrastra se aferró a Elodie, y fue la sensación más reconfortante que ella había tenido en días, porque lady Bayford olía a quisquilloso jabón cítrico y a almidonada lana gris, cosas que Elodie había aborrecido pero que en ese momento apreciaba de todo corazón por su familiaridad, por la sensación de seguridad y hogar que le daban.

—Lo siento mucho —dijo Elodie—. Mi padre ha muerto con valentía. He podido hablar con él antes de… del final. Me ha pedido que te dijera que te quiere.

No era verdad, pero a Elodie no le costaba nada tener un gesto amable con su madrastra. A lady Bayford se le trabó la respiración, después asintió con decisión contra el hombro de Elodie antes de apartarse.

—Floria… —empezó a decir.

—La he visto. Iba atada en la silla de Henry. ¿Dónde se la llevan?

—A las cavernas, en tu lugar.

A Elodie se le cayó el alma hasta el fondo de la garganta.

—Pero Floria no es una princesa aureana. No es lo que quiere el dragón.

—Henry obligaría a Floria a casarse con él si pudiera, pero, como tú aún vives, ya tiene esposa. Así que están usando a Floria para ganar tiempo mientras…

—¿Mientras qué?

Lady Bayford hizo una inhalación entrecortada antes de responder.

—Mientras te capturan para entregarte otra vez al dragón. Y luego… —Miró atrás, hacia el palacio—. Mañana habrá otra boda. Hoy ha llegado una mujer con su familia. Se supone que será la tercera princesa.

Lady Bayford hizo una mueca y se agarró el costado.

—¡Estás herida!

Elodie levantó la capa de su madrastra y vio que el tejido de debajo estaba empapado de sangre.

—He intentado impedirles que se llevaran a Floria. Íbamos hacia el puerto, porque tu padre nos dio instrucciones de esperar allí, pero entonces han llegado Henry y sus caballeros y han secuestrado a Floria. —Lady Bayford fue hacia su caballo—. Tengo que irme. Tú sube al barco y mantente a salvo. Yo tengo que salvar a mi otra hija.

Pronunció la palabra «hija» con toda naturalidad, sin el menor artificio, y Elodie se descubrió preguntándose si habría juzgado mal a lady Bayford todos esos años. Incapaz de tener hijos propios, ¿era posible que lady Bayford siempre hubiera querido a Elodie y a Floria, primero como su institutriz y después como su madrastra? Esa mujer no dejaba de quejarse y preocuparse por todo, pero quizá fuese su manera de demostrar que le importaban. Era como una gallina cloqueando a todos sus pollitos, prestando atención a cada ínfimo detalle en un intento de mejorarlo y proporcionar a su familia la mejor vida posible.

Pero Elodie nunca le había dado la oportunidad de estar a la altura de la visión idealizada que tenía de su madre.

Y allí tenía a lady Bayford, arriesgando la vida, intentándolo otra vez.

Elodie se ablandó.

—Estás herida, Lucinda. Iré yo.

—Tú ya has sufrido demasiado. Y esto os lo debo.

Elodie negó con la cabeza.

—No. Has sido una buena madre para nosotras, aunque nuestra valoración de ti no siempre haya sido generosa. No nos debes nada. No me lo podría perdonar si os perdiera a mi padre, a Floria y a ti en la misma noche. Tengo que hacer esto.

Lady Bayford dio un respingo.

—¡Por los cielos! Ahora comprendo su plan. Floria es el queso, Elodie. Cuentan con que irás tras ella como un ratón, para hacerte volver a la madriguera del dragón. No les hace falta perseguirte, porque acudirás tú a ellos. Te atraparán y entonces el dragón te matará, y no puedo permitirte que...

—Puedes y lo harás —dijo Elodie, cogiendo la mano de lady Bayford y dándole un suave apretón—. Tengo memorizadas las cuevas. Puedo hacerlo. Pero lo que *tú* puedes hacer es tener preparado el barco para zarpar. Si me llevo el caballo, ¿llegarás al puerto?

—Haré cualquier cosa por ti y por Floria. —Se quitó su apreciada capa y envolvió con ella a Elodie—. Y creo en ti.

Elodie se inclinó hacia lady Bayford y le dio un beso en la mejilla.

—Entonces ve. Y nos reuniremos allí.

Henry

El príncipe Henry sintió vergüenza ajena por la forcejeante y chillona masa que tenía delante de él en la silla de montar. Tal vez Elodie hubiera estado asustada cuando la llevaron al monte Khaevis dos noches antes, pero al menos llevó su miedo con dignidad. Su hermana pequeña, en cambio, no hacía gala de su misma elegancia. Floria se retorcía y chillaba y no dejaba de cambiar el peso sobre la silla, complicándole mucho a Henry la tarea de controlar el caballo.

—Tranquilízate —le espetó a Floria, que seguía dando sacudidas mientras Henry los llevaba por un giro cerrado en la ladera.

—¡No pienso tranquilizarme! —aulló la chica—. ¡Suéltame, ogro repulsivo y horrible!

—No puedo hacer ni haré tal cosa, y lo sabes —repuso Henry—. Además, si alguien tiene la culpa de esto, es tu hermana.

—¿Cómo te atreves a culpar a Elodie?

Floria intentó darle una patada, lo cual era un esfuerzo vano, teniendo en cuenta que sus tobillos estaban atados y colgaban a un lado de la silla. Solo consiguió darle de refilón al aire.

—En su condición de princesa, Elodie juró proteger Aurea —dijo Henry—. La ceremonia de la cosecha es una parte lamentable pero necesaria de esos deberes.

—¿Lamentable? ¿Llamas *lamentable* a echarle de comer al dragón una mujer inocente?

Floria dio rienda suelta a una ristra de insultos de los que Henry no creía capaz a una chica de trece años, no digamos ya a una de relativamente alta cuna.

«Por esto no podía escoger a Elodie como la princesa con la que

248

quedarme», pensó. Las mujeres Bayford eran demasiado apasionadas. No cabía duda de que Elodie, en caso de convertirse en la futura reina, habría tratado de poner fin a las ceremonias de la cosecha.

¿Y para qué? Henry no estaba mintiendo al decirle a Floria que los sacrificios eran una necesidad. Si existiera una solución mejor, algún antepasado suyo la habría descubierto en los anteriores ochocientos años. Pero el impracticable dilema del reino seguía siendo el mismo de siempre.

Henry también comprendía que el único modo de que un día pudiera gobernar Aurea, y prolongar su paz y su prosperidad, era mantener una gélida indiferencia por las vidas de las mujeres que sacrificaba. Si se permitía considerarlas seres humanos siquiera, quizá flaquearía en su deber. Solo había que ver a su padre, en teoría el rey, pero en realidad un amasijo destrozado y gimoteante apenas capaz de mantener la compostura el tiempo suficiente para coronar a cada princesa nueva antes de colapsar al interior de su propia mente. Y luego estaba el hermano de Henry, Jacob, que hizo demasiado caso a los lamentos del rey Rodrick. Escuchar a su padre había debilitado a Jacob y, por culpa de eso, terminó escabulléndose de Aurea como un cobarde, metiéndose de polizón en un barco mercante como una rata plebeya en vez de un miembro de la realeza.

En cambio, Henry tenía una voluntad de hierro, como su madre. La reina Isabelle también comprendía que, aunque la tradición aureana era cruel, no había forma de eludirla. Los buenos líderes debían cargar con pesos desagradables si querían proveer para su reino. Henry había estado casándose con —y en consecuencia creando— princesas desde que tenía cinco años, cuando Jacob se marchó. Las ceremonias de la cosecha anuales formaban, por tanto, tanta parte de la vida de Henry como las bayasangres y el trigo áureo.

—Puede que no me creas —dijo Henry a Floria—, pero, si hubiera alguna otra manera, optaríamos por ella. El problema es que no la hay. El dragón nos exige tres sacrificios de sangre real cada año para no destruir el reino entero. No hay ningún término medio.

¿Permitirías que Elodie cargara con la culpa de miles de vidas perdidas, por ser demasiado egoísta para dar la suya a cambio?

Floria se quedó quieta. Henry cabalgó con la espalda más erguida, satisfecho de haberle dado algo en que pensar.

Por delante de ellos, el séquito de caballeros y su madre refrenaron sus monturas. Estaban aproximándose a la garganta.

Se le hacía raro estar allí sin la habitual congregación de hombres enmascarados y encapuchados con sus antorchas largas como lanzas. La solemne ceremonia confería un matiz de santidad a los sacrificios. Acercarse al borde de la garganta acompañado solo de un puñado de personas casi le daba la sensación de que estuvieran llegando a hurtadillas para cometer algún delito.

La reina Isabelle desmontó de su yegua.

—Traed a la chica.

Los caballeros se apresuraron a obedecer y desataron a Floria de la silla de Henry. Al instante Floria retomó sus puñetazos y patadas. Henry estaba seguro de que habría intentado morder a los guardias si no llevaran todos cota de malla bajo la túnica de terciopelo.

La agarró y le retorció el brazo a la espalda. Floria chilló.

—Puedes ir con dignidad —le dijo Henry— o puedo llevarte en volandas a ese puente y arrojarte al fondo, como hice con tu hermana.

Los ojos de Floria se desorbitaron.

—No hiciste eso.

—Lo hice. Y no vacilaré en hacerte a ti lo mismo.

Floria se volvió hacia la reina Isabelle.

—Por favor, majestad, no lo hagáis.

La reina evitó la mirada de Floria.

—Ojalá hubiera alguna otra manera, niña.

Entonces hizo un gesto para que Henry siguiera adelante.

—¿Vas a subir al puente por voluntad propia? —le preguntó Henry a Floria—. ¿O tendré que cargarte como a un cerdo el día de la matanza?

Floria se revolvió contra él, aunque no podía resistirse demasiado, porque Henry aún la tenía sujeta por el brazo a su espalda.

—¡Suéltame, animal!

—Pues nada, cerdo el día de la matanza tendrá que ser —dijo él.

Se echó a la liviana joven al hombro. Le afloró una nauseabunda sensación de *déjà vu* en el estómago, pero la contuvo apartando de su mente el recuerdo de haberle hecho eso mismo a Elodie y a otras docenas antes que a ella.

«¿Qué es una vida más, si así preservamos miles?», se recordó. Otros reyes hacían cosas mucho peores, librando guerras y enviando a infinidad de personas a su muerte para mantener su país seguro. Aurea lograba el mismo objetivo con tan solo tres muertes al año. Aquella cosecha en concreto requeriría cuatro, añadiendo a Floria como cebo para atraer de vuelta a Elodie, pero seguía siendo una cifra insignificante en comparación con el coste del fracaso.

Descendió por el puente de piedra, se internó en el frío muro de niebla. Floria le aporreó la espalda con los puños y el pecho con las rodillas, pero sus golpes no eran nada para su armadura salvo un apagado tañido metálico.

Cuando llegó al punto más bajo del puente, sin embargo, se detuvo. Quizá por lo joven que era Floria. Quizá porque, al contrario que cuando Henry se casaba, Floria no había podido disfrutar de un día de boda lleno de dicha, el único regalo que Aurea podía hacerles a las princesas antes de cobrarse sus vidas.

—Pide un deseo —le dijo a Floria, en un intento de concederle al menos un pequeño honor—. Si está en mi poder concedértelo, te prometo que lo haré.

—Deseo que Elodie viva. ¡Y espero que el dragón os abrase a ti y a toda tu familia! —rugió Floria.

Henry se estremeció. Luego respiró hondo mientras hacía acopio de valor y la precipitó al abismo.

Elodie

Elodie y su montura se escondieron en una arboleda mientras el cortejo del príncipe Henry y la reina Isabelle pasaba cabalgando, de vuelta montaña abajo. Ya no llevaban a Floria con ellos. En el instante en que estuvieron lo bastante lejos por el camino para no oír los cascos del caballo de Elodie, lo puso al galope y ascendió por donde habían venido.

Se detuvo solo un minuto junto a la galería vertical por la que habían descendido su padre y los marineros. Pensó en regresar a las cavernas siguiendo esa ruta, pero, si quería encontrar a Floria, el mejor sitio donde empezar sería la garganta, donde más probable era que Isabelle y Henry dejaran caer a su hermana. Elodie se encogió al imaginarse a la pobre e inocente Floria arrojada al dragón. Ocuparía su lugar mil veces si pudiera.

Pero lo hecho hecho estaba, y Elodie tenía que hallar la forma de resolverlo.

Estaba a punto de volver a lomos de su caballo cuando le llamó la atención un rollo de cuerda. Los marineros de su padre debían de haber llevado una de sobra por si acaso, y ya tenía una punta atada a un árbol cercano pero estaba sin desplegar. Elodie la cogió y la soltó galería abajo, dejando que se desenrollara. Ese cabo sería su plan de reserva. No sabía dónde iba a encontrar a Floria en la madriguera, pero sí que todo laberinto era más fácil de resolver si tenía varias salidas. Era como había diseñado los laberintos de principiante para Floria, cuando su hermana era muy pequeña. Más salidas significaba más formas de lograrlo.

Elodie comprobó una vez más que la cuerda estaba bien asegu-

252

rada. Luego subió al caballo y galopó hasta la garganta donde todo aquello había empezado.

Sin las antorchas de la ceremonia sacrificial, el puente de piedra era casi invisible en la espesa niebla. Pero Elodie habría sabido dónde estaba incluso sin la luz de la luna. En parte porque había tenido la cerveza aureana que mejoraba la memoria corriendo por sus venas la noche de la ceremonia, pero sobre todo porque una nunca olvida el momento en que su marido la despeña a la madriguera de un dragón.

—¡Aguanta, Flor! ¡Ya llego!

El camino más rápido era hacia abajo. Elodie podía descender por las paredes. O podía saltar.

La segunda opción era arriesgada. Pero Elodie tenía los brazos y las piernas agotados de tanto escalar y, si se caía de la pared de la garganta durante el intento de descenso, era muy posible que rebotase en las rocas y se rompiera huesos. O que muriera.

Y al contrario que la vez anterior, cuando Henry la había tirado del puente como un desecho arrojado por la borda al mar, Elodie sabía lo que encontraría al fondo de aquella garganta: una gruesa cama elástica de musgo esponjoso. Si se hacía pelota al caer, quizá aterrizaría sin acusar demasiado el impacto.

Elodie saltó del puente.

Se llevó las rodillas al pecho y agachó la cabeza. Envolvió las piernas con los brazos, volviéndose tan compacta como pudiera. Le dio un vuelco el estómago mientras caía en picado y caía y caía.

Y entonces dio contra el musgo. El primer rebote fue violento y le sacudió todos los órganos del cuerpo. Pero el segundo y el tercer golpe ya fueron más suaves, y Elodie terminó rodando hasta detenerse en el lecho de musgo.

Deshizo el ovillo a toda prisa y se levantó en una postura defensiva. Miró alrededor y confirmó que todo era como lo recordaba. Un túnel a la derecha, que llevaba a la primera cueva de las golondrinas. Otro pasaje más corto a la izquierda, que daba a la cámara donde el dragón había hecho huir a Elodie y donde la princesa anterior a ella había hallado su final.

Pero tenía que haber otro camino hacia la Cueva Segura, porque era inverosímil que todas las princesas que habían tallado su nombre en la pared hubieran seguido la misma ruta que Elodie, a través de aquella fisura imposiblemente angosta que se retorcía y se ladeaba hasta escupirla en la cámara de las luciérnagas.

Al no haber ni rastro del dragón, Elodie tuvo tiempo de examinar las demás paredes de la garganta. Mientras lo hacía, recogió el corsé de barba de ballena que se había quitado dos días antes y lo desmontó para entablillarse el tobillo como era debido.

Reparó de nuevo en la uve tallada en la pared. Estaba encima de una pequeña abertura que había más o menos a un metro del suelo. Elodie había estado demasiado asustada, y demasiado perseguida por un dragón, para fijarse en ese camino las veces que había estado allí.

POR AQUÍ.
—V

—Te odio, pero también me alegro de que estuvieras —murmuró Elodie.

Se aupó al hueco, que se abría a un túnel que tendría un metro y medio de alto y, por la dirección que seguía, debía de llevar a la Cueva Segura.

Elodie no lo recorrió de inmediato. Permaneció allí, aguzando el oído. Floria podía estar en cualquier lugar de aquel laberinto, pero, si Elodie lograba oírla, tal vez podría discernir una dirección general.

Sin embargo, solo había un siniestro silencio. Ni un solo sonido procedente de Floria. Ni un solo murmullo ultraterrenal del dragón. Solo el lejano plic plic plic del agua goteando de las estalactitas.

«Por favor, que Flor esté bien».

Trató de convencerse a sí misma de que lo estaba. Habían enviado allí abajo a su hermana como cebo para atraer a Elodie hacia el dragón. Floria no era el sacrificio.

Pero ¿impediría eso que el dragón se la comiera? ¿O que la matara sin más, como había hecho con su padre y los marineros?

254

Elodie apretó los puños para escurrir de su cerebro el recuerdo de los últimos momentos de su padre.

«Flor está bien», se repitió para calmarse. Obligó a su mente a ver la situación con lógica.

El dragón había demostrado ser una bestia paciente y calculadora. Los marineros no habían significado nada para el monstruo, pero Floria era más valiosa.

Si el dragón quería sangre de princesa, esperaría a que llegase Elodie.

«Sí, tiene sentido», pensó. Repasó el razonamiento dos veces para asegurarse de que era correcto y no solo una proyección de sus deseos. Las conclusiones parecían sostenerse.

Pero eso no garantizaba que Floria estuviera ilesa. Y sin duda estaría asustada. En todo caso, sería mejor que Elodie tuviera un plan. Lanzarse a la carga sin pensar solo haría que las mataran a las dos. Era, por desgracia, lo que les había ocurrido a su padre y los marineros. Elodie tenía que ir más despacio y pensar en una estrategia si quería salvar a Flor.

«Me conozco estas cuevas —pensó—. Sé cómo están distribuidas. Sé dónde hay recursos que utilizar. Puedo hacerlo».

«Asusta, pero no es imposible», le diría su madre.

«Y creo en ti», le había dicho lady Bayford.

Elodie asintió, como si tuviera a sus dos madres delante. Y hecho eso, comenzó a recorrer el túnel hacia la Cueva Segura.

Floria

Floria recordaba estrellarse contra el musgo que había al fondo de la garganta y destrozarse el brazo derecho. Recordaba el espantoso ruido del cuero escamoso contra la roca, y la voz áspera que lo había precedido, retumbando por las cuevas con la pregunta: «¿Eres tú, *zedrae*?».

Recordaba una siseante inhalación, seguida de un furioso rugido al descubrir que ella no era Elodie.

Y luego la acre nube de gas amarillo, unos vapores como de azufre que le irritaron los ojos y le pincharon como agujas en la nariz, en la garganta, en los pulmones. Todo se volvió de un negro amarillento, y Floria ya no recordaba nada más después de eso.

Despertó en una alta plataforma de piedra, en el centro de una inmensa caverna de cuarzo. El aire era denso, húmedo y demasiado caliente. Floria sabía que estaba dentro de la montaña, y sin embargo había luz allí, un tenue resplandor azul que no se parecía a la luz del sol, ni a la de la luna, ni a ninguna otra que ella hubiese visto.

—¿Dónde estoy?

Floria intentó apoyar el codo, pero al instante dio un grito de dolor y se derrumbó de nuevo. Había olvidado que tenía el brazo roto de cuando el príncipe Henry la lanzó al fondo de la garganta. Floria jamás volvería a confundir riqueza y un rostro apuesto con caballerosidad.

Eso si tenía el lujo de un futuro.

Cuando el dolor agudo del brazo remitió a una palpitación constante, Floria se incorporó apoyándose en el brazo bueno. Su cuerpo se quejó incluso de eso y le hizo soltar un gemido.

Pero entonces se quedó boquiabierta al contemplar el resto de la caverna. La luz azul que había visto procedía de varios huecos en el techo escarpado y se reflejaba en las paredes de cuarzo, tachonadas de centelleantes rubíes y diamantes y zafiros. Pero aquellas gemas no habían llegado allí de un modo natural: era como si alguien las hubiera incrustado, y Floria se preguntó si las piedras preciosas formarían parte también del precio que Aurea pagaba al dragón.

El resplandor azul llegaba también de recovecos en las paredes de granito, y de hoyos en el suelo. A veces daba la impresión de que la fuente de esa luz se movía, en una pauta suave y ondulada.

«¿Qué será?».

Pero Floria no podía acercarse a mirar, porque estaba atrapada. Yacía en una amplia estalagmita partida, de tres metros de altura y algo menos de diámetro, rodeada por un inmenso estanque verde. En esencia, estaba presa en una torre levantada en el centro de un foso. Aquella especie de lago era un ensanchamiento de un profundo río subterráneo, pero de todos modos el agua seguía estancada, llena de algas y olía a podredumbre.

Del río afloraban estatuas de dragones, hechas del mismo granito violeta y gris que la montaña. Algunas estatuas tenían el rostro feroz y los colmillos desnudos. Otras miraban furiosas con las fauces abiertas, como escupiendo fuego. La más cercana a Floria sobresalía del estanque y se alzaba sobre ella como un centinela viperino, toda crestas de piedra salvo por sus dientes amarillentos hechos a partir de los colmillos de dos docenas de elefantes. Había algunas efigies de dragón que parecían tranquilas y sabias, pero la mayoría estaban listas para la batalla. Tenían en común que todas eran antiguas y les faltaban orejas o dientes o partes de las alas.

Lo que de verdad llamó la atención a Floria aparte de las gemas y el resplandor azul, sin embargo, fueron las monedas de oro. Al fondo de la cueva había toda una extensión de ellas, pero estaban distribuidas formando una superficie plana, no amontonadas como ella habría imaginado el botín de un dragón, porque en los mitos y las leyendas el tesoro de las criaturas siempre estaba apilado en su madriguera. Debía de haber miles de monedas, cada una tan grande como la palma de su mano. Floria se estremeció. Aquello le recordaba a las teselas doradas que componían el suelo del salón del trono aureano.

Una de las estatuas de dragón la observaba con unos intensos ojos de color violeta. Parpadeó.

Floria dio un chillido.

La estatua se movió.

Solo que no era una estatua en absoluto: estaba viva.

—*Oniserrai su re, kev nyerrai zedrae* —dijo con voz áspera.

—Eh…, ¿qué?

—Hueles como ella, solo que no eres una princesa —respondió la voz, sonando molesta por tener que repetirse, aunque Floria no hubiera tenido manera de entender lo que decía la primera vez.

—¿Que huelo como Elodie? —susurró Floria, acurrucándose para hacerse tan pequeña como pudiera.

El dragón era gigantesco, cada escama de color gris oscuro como uno de los pesados escudos que llevaban los caballeros. Sus zarpas reflejaban amenazantes la luz y tenía las comisuras de la boca cubiertas por una costra de sangre seca. El penetrante olor a azufre seguía impregnando su cálido aliento.

—*Idif sanae. Idif innavo. Thoserra kokarre.*

Floria no sabía lo que decía el dragón, pero su lengua había asomado como la de una serpiente para lamer el aire. Para saborearlo.

—¿Vas… vas a comerme?

—Todavía no.

—Pero ¿lo harás?

El dragón solo le enseñó los dientes en lo que podía ser una sonrisa divertida o una amenaza, pero el resultado fue el mismo. Floria se empapó la ropa interior.

Las fosas nasales del monstruo se ensancharon. ¿Podría oler su vergüenza?

—Si vas a comerme, hazlo ya. ¡Deprisa, por favor!

El dragón se abalanzó sobre Floria, que dio un chillido, esperando que aquellos horribles colmillos la empalaran. Pero en vez de eso, el hocico de la bestia la derribó de la plataforma de piedra al estanque verde.

Floria hizo aspavientos, desconcertada al notar el agua tan caliente. La tragó acompañada de algas antes de emerger a la superficie y dar ansiosas bocanadas de aire. Floria no había aprendido a nadar, al igual que la mayoría de los inopheses en una tierra seca donde los lagos y los ríos eran tan legendarios como los dragones, y se dio manotazos para quitarse de encima las plantas fluviales que tenía adheridas al cuerpo y parecían empeñadas en arrastrarla al fondo para que se ahogara.

Del hocico del dragón emanaron volutas de humo mientras observaba a su presa debatirse.

La tercera vez que Floria se hundió y salió escupiendo agua, el dragón le preguntó:

—¿Ya has terminado de lavarte?

«¡Lavarme!». ¿Por eso la había tirado al estanque? ¿Para, cuando se la comiera, no tener que saborear que Floria se había mojado?

El dragón abrió las fauces, que apestaban a gas sulfúrico y a humo y al regusto férreo de la sangre, y Floria apretó los párpados con fuerza. Aquello sí que era su final.

Pero la bestia solo cerró los dientes sobre la espalda de su vestido, con la ternura de una gata levantando a sus gatitos, y la depositó de nuevo en la tarima de piedra, ilesa.

Floria supuso que querría conservarla para hacer que Elodie acudiera. Se vino abajo como una tarta pastosa en el centro de su plato.

Los ojos violetas del dragón la observaron, con las ranuras doradas destellando en el centro.

«Por favor, sálvame, Elodie —deseó Floria, pensando al mismo tiempo—: No vengas, El».

Anhelaba ambas cosas por igual, y sin embargo tenía la sensación visceral de que no obtendría ninguna de ellas.

Elodie

Elodie estudió el mapa de la pared de la Cueva Segura. Había un gran espacio en el centro marcado con una calavera y tibias cruzadas. Llegaban a él varios túneles.

«Sospecho que eso es el cubil del dragón».

Si estaba en lo cierto, era muy probable que fuese allí donde tenía a Floria. Elodie ya había explorado gran parte del mapa e incluso algunas zonas que no estaban cartografiadas allí. Si bien muchas de las cámaras eran lo bastante pequeñas para dificultar que el dragón maniobrara en su interior, la cueva de la calavera y las tibias en el corazón del laberinto estaba dibujada tan grande que, con toda seguridad, sería el lugar más defendible de todo el complejo. Al dragón le interesaría guardar su tesoro, Floria, en un sitio donde pudiera moverse y atacar con facilidad. Elodie dio un golpecito en el centro del mapa. Tendría que planear cómo llegar hasta allí y también cómo distraer al dragón para que no estuviera en casa cuando Elodie se presentara.

Mientras elucubraba distintas opciones, aprovechó para actualizar el mapa con la información nueva que había obtenido desde la última vez que estuvo en la Cueva Segura, por si ayudaba en algo a las futuras princesas despeñadas desde el puente. Primero dibujó el camino a partir de la cima de la cueva de las antoditas, por la repisa sobre el precipicio, y le añadió una advertencia: SIN SALIDA.

Luego trazó la cámara donde el dragón había asesinado a su padre, el túnel que discurría por encima y el camino hacia la galería que ascendía directa hasta fuera, en una parte mucho más asequible del monte Khaevis. Sin embargo, el ascenso no podía hacerse sin tener una cuerda atada de antemano en el exterior. Elodie se detuvo a pensar qué iba a escribir. Se decidió por una flecha vertical y las palabras HACE FALTA CUERDA.

Probablemente no serviría de mucho a nadie, pero era información, y las circunstancias ya le habían permitido a la propia Elodie escapar por esa ruta.

Al terminar, Elodie sabía lo que haría para rescatar a Floria. O al menos sabía cómo iba a llegar junto a su hermana, suponiendo que estuviera en la cámara central. Después tendrían que desplazarse hasta el resbaladizo hueco por el que Elodie había escapado la última vez. Por desgracia estaba en el lado más alejado del laberinto, por lo que el dragón tendría oportunidades de sobra para alcanzarlas y carbonizarlas. Elodie envió a los cielos una pequeña oración para tener la suerte de su parte un poco más.

Llevar luz le facilitaría orientarse por los túneles. Elodie gateó por el corto pasadizo que llevaba a la colonia de gusanos de luz.

—Si sobrevivo a esto, encontraré la forma de rendiros homenaje, lo juro.

Recogió varios puñados de gusanos y los guardó en los bolsillos de la capa de lady Bayford, creando unas lámparas tenues pero que no le ocupaban las manos.

Cuando regresó a la Cueva Segura, miró de nuevo a su alrededor para asegurarse de no estar olvidando nada crucial. Estaba el primer mensaje de V que había leído. Estaban las notas de la propia Elodie sobre el idioma del dragón.

Y los nombres de todas las princesas que habían llegado allí antes que ella.

Recogió una esquirla de vidrio volcánico y talló, en letras gruesas y profundas:

ELODIE Y FLORIA

Elodie no fue directa a la guarida del dragón. En vez de eso, se escurrió por los túneles que eran demasiado pequeños para que el monstruo la siguiera y volvió a la caverna donde había muerto su padre.

Se preparó para contemplar su cuerpo quemado. Pero cuando llegó al interior de la cueva, no quedaba nada por lo que recordarlo. El dragón lo había hecho cenizas.

Elodie contuvo un dolorido sollozo. No podía permitir que el dragón la oyera. Se había movido con tanto sigilo como pudo de camino hacia allí, y no quería revelar su presencia antes de poner en marcha su plan y rescatar a Flor.

En la piedra yacía una espada corta inophesa. Elodie sabía que procedía de Inophe porque era un arma sencilla, al contrario que la elaborada forja en oro de las aureanas. En la empuñadura tenía talladas las iniciales R.A.B., Richard Alton Bayford.

«Padre».

Le cedieron las rodillas y cayó al suelo junto a la espada.

«Siento no haber podido salvarte», pensó.

La verdad era que Elodie jamás debería haber estado en posición de necesitar hacerlo. Era culpa de su padre que ella estuviera en las cuevas desde un principio.

Pero el pobre hombre intentó hacer las cosas lo mejor que pudo. Cometió un error al casarla con el príncipe Henry, pero había pagado el precio definitivo en su intento de arreglarlo.

Elodie se tragó el duro nudo que tenía en la garganta y se frotó las lágrimas de los ojos. Tenía que concentrarse en su tarea. Si Floria y ella salían de aquellas cavernas, habría tiempo de sobra para llorar a su padre. Y si no lo hacían, tardarían poco en verlo en los cielos.

Elodie recogió la espada. Tenía la punta cubierta de sangre púrpura seca.

Los marineros muertos también habían dejado atrás unas cuantas cosas que Elodie podría utilizar para su plan. Había una espada larga, medio escudo fundido y un odre de agua. Se planteó ponerse la coraza y la cota de malla que llevaban los marineros, pero no se veía con estómago suficiente para quitárselas a sus cadáveres.

«No pasa nada. Con lo que ya tengo bastará».

De pequeña, los juguetes favoritos de Elodie siempre habían sido aquellos en cuyo interior podía mirar para averiguar cómo funcionaban. Algunos tenían complejos engranajes que le encantaba desmontar. Pero los mejores de todos, en su opinión, eran los que funcionaban a base de mecanismos sencillos. La elegancia de la simplicidad le resultaba no solo hermosa, sino también sabia. Cuantas menos piezas hubiera, menos probable era que fallaran.

Lo cual era precisamente lo que tenía en mente para aquella ocasión. Usando un peñasco como fulcro, Elodie montó una especie de balanza con la espada larga a modo de brazo, colgándole el trozo de escudo de la punta de la hoja y el odre de la empuñadura. Utilizó la espada de su padre para perforar un agujerito en el odre, que empezó a gotear despacio.

Elodie se quedó un momento mirando para asegurarse de que su artilugio aguantaría.

—*Kho nekri... sakru nitrerraid feka e reka. Nyerraiad khosif. Errud khaevis. Myve khaevis.*

Se quedó paralizada al oír que la voz del dragón resonaba como una amenaza susurrada.

Pero Elodie no iba a permitir que la asustara. «Ya voy, Flor». Empuñó la espada de su padre y emprendió a hurtadillas el camino hacia el corazón de las cuevas.

Elodie

Como le había leído a Floria muchos cuentos en la cama sobre dragones y otras criaturas místicas, Elodie pensaba que estaría preparada para el cubil de un dragón. Pero al llegar al final de uno de los túneles que daban a la caverna, la belleza la pilló por sorpresa. Esperaba encontrar algo primitivo y siniestro, quizá un agujero salpicado de huesos de princesa mordisqueados y manchado de sangre y vísceras. Pero, en vez de eso, unas estalactitas de puro cuarzo pendían del techo como témpanos de cristal, las paredes centelleaban en rosa, verde y azul por las piedras preciosas y una parte del suelo estaba cubierta de relucientes monedas de oro.

Cierto, era muy probable que las gemas estuvieran recogidas a lo largo de los siglos del dobladillo del vestido de las princesas —Elodie todavía recordaba el aspecto que había tenido el suyo cuando se lo pusieron las sacerdotisas—, y las monedas eran idénticas a la pieza ceremonial que la reina Isabelle le había puesto en la mano antes de que la arrojaran al precipicio. Aun así el efecto general era asombroso. La familia real viviría en un castillo de oro, pero el verdadero gobernante de Aurea vivía en un palacio subterráneo que lo superaba en esplendor.

La cueva se extendía más allá de lo que Elodie alcanzaba a ver desde la boca del túnel, que llegaba a la guarida en ángulo. Sentía la presencia de Floria, eso sí, como a veces eran capaces de hacer las hermanas. De pequeñas, muchas veces Elodie despertaba un minuto o dos antes de que Floria entrara en su dormitorio necesitando meterse bajo las mantas con Elodie después de una pesadilla. Jugar al escondite era casi imposible, porque las hermanas siempre parecían saber dónde iba a estar la otra.

Elodie redobló la fuerza con que empuñaba la espada de su padre mientras asomaba la cabeza por el final del túnel.

El dragón estaba allí mismo, mirándola con furia. Casi se le escapó un grito, pero se lo impidió a sí misma justo a tiempo.

Porque aquel gesto ceñudo no se movía. Los ojos eran cuencas vacías. El dragón no estaba vivo, sino hecho de piedra, y le faltaba una oreja.

Elodie se apretó de todos modos contra la pared del pasadizo, con el pulso atronándole en las venas. «Por favor, que el verdadero dragón no huela mi adrenalina», pensó. Estaba cubierta de arriba abajo con ceniza de árboles muertos, pero aun así trató de calmar la respiración y los nervios. Pensó en la paz de los anocheceres inopheses, cuando el cielo se iba tiñendo de tonos rosados en el horizonte. Pensó en la sensación de balancearse de rama en rama, y en la victoria de alcanzar las más altas. Pensó en montar a caballo con su padre, en leer libros de historia con su madre, y hasta en dar aritmética con lady Bayford cuando era solo doña Lucinda, la institutriz.

Su corazón se ralentizó y Elodie volvió a salir del pasadizo, esa vez preparada para la estatua de dragón. No se sobresaltó al topar con otra, la de las alas rotas, y luego con otra más que yacía de costado, y otra sin dientes, y más, como en un museo de historia antigua que documentase la especie dragonil. De hecho, Elodie agradeció las estatuas que el dragón debía de haber recogido a lo largo y ancho de la isla, pues le proporcionaban una cobertura excelente en su avance por la inmensa caverna.

Se deslizó detrás de lo que había sido una inmensa fuente de piedra con forma de dragón de dos cabezas, curvado como una gigantesca letra C. Si funcionase, la cabeza de abajo habría recogido el agua entre sus fauces abiertas y la de arriba la expulsaría con su rugido. Le recordó a las estatuas que recibían a los barcos a su entrada al mar Aureano, solo que aquellos dragones no tenían dos cabezas. Se preguntó si en el pasado los dragones de verdad habían sido bicéfalos o si la fuente estaba tomándose una licencia artística, como representando las dos vertientes distintas de la personalidad de un dragón: furiosa y escupiendo fuego durante la cosecha y luego dócil y furtiva después de haber saciado el hambre.

O quizá Elodie estaba leyendo demasiado entre líneas.

En todo caso, el interior de la estatua era un sitio estupendo para esconderse y estudiar la cueva con mejor ángulo. Elodie subió a las fauces del dragón de abajo y escaló por el cuerpo y el cuello superior hasta agacharse dentro de la boca del dragón superior y dejar la espada de su padre apoyada en la lengua trífida de piedra.

Desde esa posición elevada vio al verdadero dragón, su enorme cuerpo enroscado en la parte del suelo de la cueva recubierta de monedas de oro. Pero en vez de su habitual tono gris oscuro, sus escamas tenían un iridiscente matiz lavanda en el borde, y parecían ir volviéndose más de ese color a medida que el dragón arrullaba a las monedas de oro.

«¿Está arrullándolas?». Elodie frunció el ceño. En efecto, el dragón casi parecía estar cantando una nana. No en el sentido humano, pero había algo innegablemente *tierno* en su forma de contemplar las monedas, y su voz en general áspera salía como un tenue vapor en vez de como humo de carbón.

Pero entonces Elodie miró más allá del dragón y dio un respingo. Allí, en una tarima de piedra en el centro de un estanque verde oscuro, estaba Floria, encorvada en un vestido empapado y medio cubierto de algas. Su hermana parecía más pequeña que nunca, acunándose un brazo con el otro contra el cuerpo tembloroso, llenando do el aire de quedos sollozos.

El dragón se irguió de golpe y olisqueó. Se le erizó la columna vertebral, ondularon sus alas serradas y sus escamas cambiaron al instante del color lavanda al gris depredador. «Oh, no, debe de haber oído mi respingo», pensó Elodie. Se mordió el labio e intentó en vano calmar su pulso, esperando que, al menos, si la ceniza de árbol no bastaba para enmascarar su olor, estar dentro de aquella estatua impidiera que escapase el aroma de su sangre.

—¿Eres tú, *zedrae*? —preguntó el dragón con voz rasposa.

Floria alzó la mirada y sus ojos recorrieron la cueva de un lado a otro. Empezó a negar con la cabeza, sin saber dónde estaba Elodie, pero intentando transmitirle una advertencia de todos modos.

El dragón volvió la cabeza de un lado a otro, despacio. Inhalando. Tratando de situar el olor de Elodie.

Quizá la ceniza en la piel y la estatua sí que estuvieran ayudando.

«No te muevas», pensó Elodie. Respiró tan flojo como pudo. Siguió observando a Flor y al dragón. Casi no se permitió ni parpadear.

Desde muy lejos llegó por las grutas el eco de un estrépito de metal contra piedra. El dragón movió la cabeza de sopetón hacia el ruido y a continuación desnudó todos los dientes en una sonrisa voraz.

—Ya te tengo, *zedrae*.

Reptó a toda prisa fuera de la caverna, por un túnel que salía en dirección a la lejana cámara donde el artilugio de Elodie acababa de cumplir su cometido: al vaciarse el odre, el equilibrio del brazo de la balanza se había perdido y el peso del escudo había derribado la espada larga al suelo con estruendo desde el peñasco que hacía de fulcro.

«Gracias, física», pensó Elodie mientras descendía de la estatua del dragón bicéfalo.

Floria se levantó de un salto en el centro de la plataforma.

—¡El!

—¡Voy a sacarte de ahí, pero no tenemos mucho tiempo!

La espada de su padre y el esguince del tobillo molestaban a Elodie al dar zancadas, y tropezó mientras cruzaba a la carrera la extensión de monedas doradas. Se movieron bajo sus pies mientras intentaba levantarse. Elodie no logró encontrar apoyo y se derrumbó de nuevo, resbalando bocabajo sobre las monedas.

O mejor dicho, sobre donde habían estado las monedas.

—¿Qué es eso? —susurró Floria, y el horror de su tono hizo subir escalofríos por la columna vertebral de Elodie.

Tuvo una arcada al ver lo que habían ocultado las monedas de oro. Lo que tenía justo debajo de ella.

Docenas de huevos cascados, que iban desde el tamaño de su

puño hasta el doble del de su cabeza. Y dentro de los huevos había bebés dragón momificados. La cáscara era de un color púrpura claro salpicado de oro. Los bebés muertos tenían la piel seca, un cuero gris que se descascarillaba, tenso sobre unos frágiles esqueletos.

—Es un cementerio —dijo Elodie, y aspiró bocanadas de aire mientras se levantaba a toda prisa para alejar más la cara de los cadáveres.

Recordó el arrullo de la bestia, y también algunas cosas que había dicho mientras no perseguía a Elodie, cuando había estado allí, en su cubil, pero su voz le había llegado a través del laberinto. «Mis bebés...».

Había estado hablando con sus crías nonatas.

«Oh, por las estrellas...».

Algo dentro de Elodie se rompió, como una pieza interna del mecanismo de un reloj saltando a resorte. Aquel monstruo era cruel y bestial, pero también era una madre que había perdido a su familia. A sus hijos.

¿Qué poder era capaz de desencadenar el duelo? Solo pensar en perder a Floria ya había hecho bullir a Elodie con tanta ira, con tanta determinación, que habría cargado sin dudarlo a la batalla incluso contra un ejército de dragones. Y eso era solo por la posibilidad de que muriese su hermana.

¿Qué le pasaría a una madre que de verdad hubiera perdido a sus bebés? ¿Y no solo a uno, sino a decenas de ellos?

Elodie había estado tan atareada sobreviviendo que no se había parado a pensar en por qué el dragón... no, en por qué la *dragona* hacía las cosas que hacía. Había dado por sentado que era su naturaleza, que la guiaba el puro instinto animal.

Pero saltaba a la vista que era un ser inteligente, y Elodie recordó también algo que había averiguado gracias a la sangre de la princesa Eline en la Cueva Segura: «La criatura también tuvo familia en otro tiempo».

Por primera vez, Elodie empatizó con la dragona.

—Lleva una eternidad aquí sola —dijo.

Contempló las maltrechas estatuas. Debían de estar esculpidas a lo largo de siglos y siglos por los adoradores aureanos, y recolectadas a lo largo de ese mismo intervalo por la dragona para que le hicieran compañía.

—¿De qué estás hablando? —preguntó Floria.

—De la dragona. Ha pasado muchísimo tiempo sola en estas cavernas. Las notas decían que una vez tuvo familia. Pero ¿qué pasó? ¿Cuánto hace desde que se quedó sin nadie?

—¡No sé a qué notas te refieres, Elodie, pero no empieces a compadecer a ese monstruo! ¡Se come a gente como nosotras, y volverá en cualquier momento para hacer justo eso si no nos damos prisa!

Elodie parpadeó y la realidad impactó de nuevo contra ella.

Se levantó a toda prisa y corrió desde el cementerio de bebés de dragón. Pero cuando llegó a la orilla del estanque, se detuvo en seco. Pasó la mirada por aquella extensión profunda, en apariencia insondable, de agua verde hacia Floria en la plataforma, y luego de vuelta al agua.

—No sé nadar —susurró.

Y, por supuesto, Floria tampoco sabía. Las hermanas se miraron entre ellas. Qué cerca estaban, y sin embargo qué infranqueable era esa distancia.

En ese momento, una voz de fuego ardiente resonó áspera por los túneles, acompañada del furioso roce de cuero contra piedra.

—*Ni reka. Nytuirrai se, akrerrit. Fy nitrerra ni e re.* Voy a reclamar lo que se me debe. Tu sangre y la de tu hermana son mías.

Elodie

Elodie miró a Floria, transmitiéndole con ese breve contacto visual que no abandonara la tarima de piedra. Tampoco era que Flor pudiese hacerlo, dado que, como su hermana, no sabía nadar. Aun así merecía la pena enviarle el mensaje, porque, con lo que estaba a punto de pasar…, bueno, Elodie necesitaba asegurarse de que su hermana se quedara quieta y no intentase ninguna temeridad.

La brusquedad del cuero embistiendo y restregando la roca retumbó por los túneles. Elodie corrió a esconderse en la sombra de una de las muchas estatuas que había cerca del pasadizo por el que llegaría la dragona, asegurándose de que podría interponerse entre ella y Floria. La dragona había salido por allí hacia el ruido de la balanza que Elodie había improvisado con la espada, el escudo y el odre. A juzgar por el ruido de sus iracundos movimientos, estaba regresando por el mismo camino.

Sostuvo firmemente la espada de su padre y respiró hondo para tranquilizarse. La dragona ya estaba cerca. Elodie sentía la vibración de sus escamas en la piedra.

La criatura irrumpió en su guarida con humo ya emanando de sus fosas nasales y las fauces abiertas.

Lo primero que vio, sin embargo, fueron los huevos expuestos y sus bebés nonatos y disecados revelados.

—*DEV ADERRUT?*

Se detuvo de golpe en la acumulación de monedas. Elodie saltó de detrás de la estatua y apuntó con la espada a uno de los ojos violetas de la dragona.

—*Kho aderrit* —respondió. «Yo me he atrevido».

La dragona bufó, liberando una nueva humarada por el hocico. Miró furibunda la espada que le señalaba el ojo.

—*Voro nyothyrrud kho. Sodo fierrad raenif.*

«Eso no me hará daño. Solo me enfurecerá».

Elodie sabía que estaba corriendo un riesgo. Pero tenía un plan, y ejecutarlo requería situarse tanto ella misma como a la dragona donde quería que estuvieran. Y para hacerlo necesitaba ganar algo de tiempo.

Avanzó un paso y la punta de la espada obligó a la dragona a retroceder unos palmos. Se movió un poco a su derecha. La dragona, una cazadora incluso estando amenazada por una hoja de espada, reaccionó a su cambio de posición. Elodie solo tenía que repetir el movimiento, dar cien pequeños pasos y giros a lo largo de la orilla del río, para tener una oportunidad de salvarse ella misma y a su hermana. Si quería distraer a la dragona de lo que estaba haciendo, tendría que seguir hablando.

—*Vis kir vis, sanae kir res* —dijo Elodie—. Vida por vida, sangre por fuego. El significado de la primera parte está claro: si el reino te sacrifica ciertas vidas, le perdonarás la suya al resto de Aurea.

—¿Acabas de llegar a esa conclusión? —gruñó la dragona—. Qué decepcionante.

—No, esa parte era evidente. Pero «sangre por fuego»…

Recordó lo que le había dicho la criatura cuando estaba en la caverna de las setas y los témpanos. «*Nyonnedrae. Verif drae. Syrrif drae. Drae suverru*». A la dragona no le bastaba con comerse a cualquier progenie real. Quería la adecuada. A la persona lista. A la princesa que sobrevive.

Los sacrificios tenían un propósito que iba más allá del simbolismo sangriento. La dragona había afirmado que llevaba mucho tiempo esperándola. Elodie era lista e ingeniosa. Era una superviviente.

Tenía un papel que interpretar en los planes ulteriores de la dragona.

—Sangre por fuego… —Elodie lanzó una mirada a los huevos cascados y las crías nonatas—. Crees que nuestra sangre traerá de vuelta a los dragones, ¿a que sí?

271

La dragona se crispó por el tono burlón de Elodie, pero fue el único movimiento que hizo teniendo una espada tan cerca del ojo.

—No lo creo. Lo sé. *Sanae kir res.* Fueron las últimas palabras que me dijo mi madre. La sangre de la elegida anunciará la llegada de la próxima generación de dragones.

Elodie se movió un poco más e hizo ademán de darle una estocada en el ojo.

—Qué egoísta. ¿Estás dispuesta a matar a tantas personas solo porque te sientes sola? Eres cruel y despiadada —le espetó en khaevis ventvis.

—¡No mancilles mi idioma diciendo unas mentiras tan terribles! —escupió la dragona, soltando chispas por la boca—. ¡Los crueles y despiadados sois los humanos! ¡Es culpa de los humanos que esté sola!

La dragona acometió contra Elodie y sus dientes le atravesaron el vestido y la piel del pecho. Al mismo tiempo, ella clavó la espada de su padre en el ojo de la criatura.

Solo que la hoja no se hundió. El globo ocular de la bestia era duro como el mármol. La espada de Elodie solo cortó la superficie y se desvió de lado. «*Merdú!*». Pero entonces la hoja se alojó en los suaves pliegues del rabillo del ojo de la dragona.

El impulso del ataque arrojó a Elodie contra el monstruo, de forma que su pecho herido cayó sobre la mejilla de la dragona mientras su sangre púrpura manaba como lágrimas de color violeta oscuro.

La dragona aulló, un chillido agudo y penetrante como el de mil lanzas rechinando contra el cristal y, presa del dolor, expulsó a Elodie hasta la otra orilla del río. Elodie cayó con fuerza al barro y el golpe le arrancó la espada de la mano.

—¡Elodie! —chilló Floria.

Había sangre por todo el pecho y el vestido de Elodie. Una neblina púrpura le formó una aureola en la visión mientras el aturdimiento y la conmoción amenazaban con apoderarse de ella. Solo le quedó la lucidez suficiente para recuperar la espada y apartarse un poco del río antes de que el violeta nublara todo lo que veía.

—¡Retaza! —gimió una vocecita. Procedía de la boca de una dragona, muy joven—. Retaza, me duele la tripa.

Una dragona adulta con escamas de color lavanda yacía al lado de la pequeña. Estaban a orillas de un río subterráneo.

Era la misma caverna en la que estaba Elodie, solo que no había estatuas de dragones. No había monedas de oro. Solo un río y un bebé y su madre.

Retaza. Madre.

¿Aquello era… un recuerdo?

La mente de Elodie presenciaba la escena, pero ella no estaba allí. Parecía más bien que estuviera oyendo y viendo desde la perspectiva de…

«¡De la dragona!». Elodie estaba empapada de su sangre. Y había empezado a experimentar un recuerdo suyo, como en las visiones de las princesas del pasado.

Pero aquello había ocurrido muchísimo tiempo atrás. La dragona era solo una cría por aquel entonces. ¿Cuánto tiempo debía de hacer? ¿Un milenio?

«Que se revele la historia», pensó Elodie.

Dejó de hacerse preguntas y permitió que el recuerdo de sangre se la tragara. Los sonidos y los pensamientos en khaevis ventvis ya no sonaban afilados y amenazantes, sino reconfortantes y familiares, como lo harían a los oídos de los dragones.

La madre dragona abrió unos ojos somnolientos. Parecía costarle esfuerzo.

—Retaza, me duele la tripa —repitió la pequeña dragona.

—Descansa, kho aikoro.

—Pero tengo hambre. Quiero más carne.

—No hay más.

—Solo he podido comer un poco —protestó la dragona joven.

La madre se enderezó de golpe, con las pupilas doradas dilatándose.

—¡Y ya ha sido demasiado! La princesa Victoria envenenó su propia sangre. No me he dado cuenta hasta que era demasiado tarde. No he debido darte su brazo.

La pequeña dragona gimoteó y se acurrucó por el dolor de estómago.

¿Por qué no podían vivir en paz los dragones y los humanos que habían llegado hacía poco a la isla? ¿Por qué intentaban desterrar a los dragones de la isla que había sido su hogar durante mil años?

En ese momento la pequeña dragona recordó que los humanos ni siquiera sabían que ella existía. Su madre se la había ocultado, pues en el instante en que los recién llegados la habían visto a ella, habían decidido de inmediato que era malvada. Solo porque no eran capaces de comprender a ningún ser vivo que no se pareciera a ellos.

Su madre intentaba mantenerla a salvo. Había sobrevivido a los soldados que enviaron el rey y la reina, pero ahora, si la sangre de la princesa estaba envenenada...

¿Por eso su madre estaba tumbada a la orilla del río, sin apenas moverse? La pequeña dragona comió solo unos bocados de la princesa, pero su madre había devorado el resto.

—¿Retaza? —dijo la dragona joven, casi inaudible por lo mucho que le temblaba la vocecita—. ¿Vamos a morir?

—Ny —respondió su madre, resollando mientras el fuego llameaba en su hocico. Se levantó trastabillando, pero el oro de sus ojos era nítido—. No permitiré que mueras. No. Lo. Permitiré.

La dragona rugió en la cueva, de vuelta en el presente. Elodie se enderezó de sopetón y el recuerdo se desvaneció con un parpadeo, reemplazado por el merodeo de la dragona, con una costra de sangre púrpura coagulada en torno al ojo herido.

Elodie asió con fuerza el puño de la espada de su padre y se puso en pie con esfuerzo, preparándose para otro ataque.

Ahora ya no le resultaba tan fácil desearle algún mal a la dragona, después de haberla visto siendo solo un bebé, con una madre. Y sus propias crías... Aunque los embriones momificados tenían un aspecto espantoso, seguían siendo vidas inocentes que no habían hecho ningún mal al mundo.

—¿Qué le pasó a tu madre? —preguntó Elodie.

La dragona, que ya avanzaba hacia ella, se detuvo.

—*Kho retaza?* ¿Cómo sabes tú nada de mi madre?

Elodie tocó la sangre púrpura que ya empezaba a secarse en su espada. La dragona gruñó desde el fondo de la garganta.

—Nadie había caminado antes por mis recuerdos. ¡Son *míos*!

Claro, cierto. Quizá Elodie sintiera alguna empatía por la dragona después de haber presenciado parte de su historia a través de sus ojos, pero eso no significaba que los sentimientos de la criatura hacia Elodie hubieran cambiado. De hecho, compartir el recuerdo posiblemente era como robarle un tesoro del recoveco más profundo y privado de su madriguera.

Tenía que retomar su plan para salvar a Floria y a sí misma. Elodie desvió una mirada rápida hacia la tarima de piedra para confirmar que su hermana seguía a salvo. Lo estaba.

Así que Elodie solo tenía que mover a la dragona un poco más lejos.

—Lo siento —dijo—. No pretendía invadir tu intimidad al tener la visión de tu madre. Pero Victoria...

—Victoria asesinó a mi *retaza* —siseó la dragona, borbotando humo y ceniza.

—Lo siento —repitió Elodie, y lo decía de corazón, porque ella también había perdido a su madre.

—¡Los humanos nunca lo sentís! —rugió la dragona mientras avanzaba de nuevo hacia Elodie—. Cuando mi madre yacía moribunda, me recordó el trato que había hecho la primera familia real. Me hizo prometer que no olvidaría que Victoria la había engañado y la había matado. Entonces mi madre profetizó que un día llegaría la venganza, que la sangre de una princesa engendraría una nueva generación de dragones. La que sobrevive. *Sanae kir res.*

Elodie continuaba sin entender por qué la dragona intentaba matarla si quería que una princesa sobreviviera. O tal vez tenían definiciones distintas y lo que Elodie había hecho, escapar, resistirse, contaba como que ya había sobrevivido. Pero a ella no le bastaba con eso: quería la supervivencia plena.

Echó un vistazo rápido a la posición que ocupaban en la caverna. Estaban las dos casi donde ella las quería. Y Floria las observaba, callada pero alerta, ya a la suficiente distancia.

—¿Tú te creíste el delirio de tu madre en su lecho de muerte? —preguntó Elodie.

«Solo unos metros más...».

—No fue un delirio —replicó con aspereza la dragona—. Los

275

humanos, con vuestras mentes pequeñas, no podéis asimilar cómo funciona en verdad el mundo. Mi madre sabía lo que estaba por venir. Sabía que yo viviría, pero el veneno de Victoria aseguró que ya no hubiera más dragones a partir de entonces.

—Ya veo —dijo Elodie, moviéndolas a ambas los últimos metros que necesitaba—. Así que te cobraste tu venganza año tras año, aferrándote a la profecía de tu madre.

—*Ed, zedrae.* El mundo ansía el equilibrio y, un día, la sangre de una princesa resarcirá las ofensas de la primera. *Vis kir vis. Sanae kir res.*

Elodie pensó otra vez en el color de las escamas de la dragona cuando estaba arrullando a sus hijos muertos. En el color que tenía la madre de la criatura en la visión. Y en el color de su propio vestido. Las sacerdotisas habían entonado un cántico en el idioma dragón, pero habían olvidado el significado de las palabras. ¿Sería lo que había sucedido también con el color del vestido?

Tal vez las primeras sacerdotisas, las de la época de Victoria, supieran que el lavanda era el tono que adoptaban las escamas de una dragona cuando ejercía el papel de madre, y el color de una dragona que anhela tener una cría propia. Y si la profecía era correcta, entonces alguna de las princesas sacrificadas sería la clave para que aquella dragona volviera a ser madre.

De ser verdad todo aquello, la dragona tenía razón en que los humanos eran la especie cruel. Se portaban fatal incluso con los suyos, vistiendo a sus princesas como símbolos de fertilidad para la criatura a la que iban a sacrificarlas.

Pero eso no cambiaba en nada el hecho de que Elodie estaba enfrentándose a aquella dragona, y solo una de las dos podía ganar. Y por fin tenía a la dragona donde la quería.

—*Vorra kho tke raz!*

La dragona lanzó una llamarada a Elodie. El fuego le envolvió el brazo, acompañado de la brea pegajosa e inflamable de la dragona, que le salpicó el pelo y se lo incendió también. El ribete de piel de la capa de lady Bayford ardió y Elodie se vio abrumada por un calor abrasador. El dolor redujo su visión a nada salvo estrellas blancas.

El río…

No podía ver. No sabía nadar. Pero su única esperanza era extinguir las llamas, así que se lanzó al agua.

El fuego se apagó al instante. Conmocionada, Elodie abrió los ojos bajo el agua y vio su pelo chamuscado flotar a su alrededor. Tenía el brazo rojo y en carne viva, la espada carbonizada aferrada en el puño.

Todo se movía como si el tiempo se hubiera ralentizado, todos los colores se veían más intensos. La capa de lady Bayford ondeaba en el profundo verde del agua. La agonía de las quemaduras llegaba en poderosas acometidas, en oleadas de dolor arrollador que se alzaban para torturarla. Y los gusanos de luz azules salieron de los bolsillos de la capa, como despidiéndose de ella al dejar de resultarle útiles como lámparas…

«¡Esperad!». La mente de Elodie regresó de sopetón al tiempo real. Los gusanos podían sanarla. Los agarró a manotazos y trató de ponérselos en la piel quemada, pero, al estar bajo el agua, los serviciales gusanos no podían fijarse y se separaban a la deriva.

Le ardían los pulmones. Tenía que emerger pronto o se ahogaría. Regresaron las estrellas blancas a su visión, y Elodie supo que le quedaban meros segundos si quería vivir, si quería salvar a Floria.

Capturó sendos puñados de gusanos, se los metió en la boca y los tragó enteros. Su raciocinio era, como la profecía de la madre de la dragona en su lecho de muerte, mitad delirio. Elodie confió en que la otra mitad fuese astucia.

El instinto le hizo sacudir las piernas y brotó de golpe a la superficie del río. Había unos pocos gusanos más flotando y Elodie los atrajo hacia su cuerpo, suplicándoles en silencio que se quedaran allí.

—¡Elodie! —chilló Floria.

Alzó la mirada justo a tiempo de ver que la dragona se arrojaba al río en su dirección. El agua ascendió y la llevó más cerca de la orilla, y sus pies rozaron el lecho rocoso.

—*Senir vo errut ni desto*, Elodie. *Nykomarr*. Este siempre ha sido tu destino, Elodie. No lo combatas.

—No creo en el destino —replicó ella, torciendo el gesto con cada movimiento brusco que hacía para intentar no ahogarse—. Creo en forjar mi propio futuro.

—Qué trillado. Esperaba más de ti.

La dragona entornó los ojos y metió la boca en el río. Empezaron a alzarse burbujas y el agua se arremolinó.

Entonces empezó a hervir. La dragona estaba liberando fuego en el río y el agua ardiente llegó en oleadas hacia el cuerpo ya quemado de Elodie. Chilló mientras las olas la empujaban hacia la orilla y gateó por la pendiente de la ribera con agua caliente en la nariz, la boca, los pulmones.

La dragona fue tras ella, desplazando agua hirviendo con su enorme corpulencia al moverse hacia tierra firme.

Elodie tosió el agua del río. Ahora no podía sucumbir; tenía que comprobar su entorno.

No se había apartado mucho de su plan original. Tosió un poco más de agua, se levantó y corrió renqueando al lugar que debía ocupar, arrastrando la espada de su padre tras de sí.

—No voy a rendirme —dijo—. Si quieres mi sangre, tendrás que venir a por ella. Igual que hizo tu madre con Victoria.

—¡Elodie, no! —gritó Floria.

La voz de su hermana distrajo a la dragona el tiempo justo para que Elodie se situara delante de la fuente del dragón bicéfalo.

—¡Vamos! —provocó a la dragona. Tenía que ser despiadada con sus pullas, porque era la única manera de garantizar que su plan funcionaría—. ¿A qué esperas? ¿A que tu *retaza* te dé permiso? ¿Tu *retaza*, la que te dejó aquí sola? ¿Qué quieres, la aprobación de esos bebés muertos que coleccionas como macabras muñecas? Yo también estoy harta de este juego. ¡QUÉMAME, ZORRA!

Los ojos de la furibunda dragona se volvieron de puro oro fundido, y liberó un rugido ígneo tan devastador e iracundo como mil infiernos.

Elodie esquivó a un lado. La llamarada alcanzó la fuente de dos cabezas, entró por sus fauces abiertas, recorrió la curva con forma de C de la estatua y salió por la otra boca de piedra como un bumerán. El fuego explotó contra la dragona y le impregnó su propia brea pegajosa en la cara, el cuello, el torso y las alas, que también estallaron en llamas.

La criatura rugió. Se revolvió por el suelo de la caverna, destrozando estatuas con las alas, dando coletazos a las paredes que desencajaron siglos de esmeraldas y rubíes y zafiros en una lluvia de colores como el confeti de un sádico. Se puso en pie y trató de apagar el fuego batiendo las alas. Pero tenía el cuerpo cubierto de brea y las llamas no iban a extinguirse con tanta facilidad, y el aleteo la elevó por los aires. Se estrelló contra el techo como una colosal bola de fuego. Las cristalinas estalactitas, hechas añicos, se precipitaron contra el suelo.

La dragona cayó también e impactó de lado contra la plataforma de Floria. La columna de roca que la sostenía se astilló por el golpetazo y la estructura entera empezó a desmoronarse.

—¡Elodie!

—¡Floria!

La dragona aulló y rebotó rodando hacia el río.

Elodie corrió con todas sus fuerzas hacia su hermana.

La plataforma se derrumbó y Floria cayó con ella.

Khaevis

Se hundió en el agua.

No hubo más que agonía.

Toda célula, retorciéndose.

Todo pensamiento, desesperado.

Estoy ardiendo y muriendo y perdiendo la conexión con mis crías, dejándolas solas a todas como lo he estado yo toda la vida. Estoy ardiendo y muriendo y es culpa de la princesa improbable, la que ha sobrevivido, la que se suponía que proclamaría la siguiente era de grandes dragones pero que en vez de eso será quien acabe con todos nosotros...

Las cosas no tenían que suceder así.

No era de este modo como concluían las grandes leyendas de los dragones.

Sola

sola

sola...

Pero las aguas del río extinguieron el fuego. Y aunque la dragona sufría heridas muy graves, khaevis emprendió el neblinoso trayecto que la llevaría de vuelta desde el profundo dolor que sentía a la consciencia.

Si estoy muriendo, no tengo por qué morir sola. Puedo llevármela conmigo.

A Elodie.

Vis kir vis. Sanae kir res.

Si no puedo obtener lo segundo, sellaré mi propio y nuevo acuerdo: ninguna de las dos vivirá sin la otra.

Khaevis cerró los ojos. Envió una despedida mental definitiva a sus crías.

Y entonces flexionó las garras bajo el agua y se preparó para alzarse una última vez.

Elodie

La tarima quebrada se convirtió en una avalancha oblicua de rocas que sobrevolaron el estanque hacia la orilla. Las afiladas esquirlas apedrearon a Floria y le hicieron cortes y, cuando dieron todas contra el suelo, la avalancha la sepultó.

Elodie tiró su espada a un lado y empezó a apartar piedras. Los gusanos de luz estaban haciendo lo que podían con las quemaduras de su piel, pero aun así el brazo le chillaba de dolor y las lágrimas le surcaban las mejillas tanto de suplicio físico como de temor por su hermana.

—Flor, ¿me oyes?

No hubo respuesta.

Elodie levantó roca tras roca, impulsada por la misma adrenalina que tanto apreciaba la dragona. El dolor se convirtió en un mero telón de fondo, en un zumbido por el que sabía que tendría que pagar más adelante, pero al que de momento no podía permitirse prestar atención.

—¡Flor, di algo, por favor!

Las piedras parecieron hacerse más pesadas. Elodie siguió excavando, siguió levantando peso, pero llevaba mucho tiempo sin dormir, sin comer lo suficiente. Había luchado demasiado. Ya casi no le quedaba nada.

Una pila de rocas se derrumbó y cubrió el hueco que había hecho Elodie.

—¡No! —gritó.

Y entonces...

—¿El?

Apenas un susurro.

—¡Flor! ¡Flor, te oigo! ¡Voy a sacarte de ahí!

Elodie embutió las manos entre las rocas recién caídas y cavó más fuerte y más rápido, apartando esmeraldas y rubíes como si no valieran nada, pues para ella así era. Lo único que merecía la pena salvar allí era Floria.

Por fin vio el brazo de su hermana, torcido en mal ángulo. Las esquirlas de piedra que tenía alrededor estaban cubiertas de sangre. Elodie retiró más y más piedras hasta hacer un agujero lo bastante grande para ver el rostro maltrecho de Floria.

—¡Oh, Flor!

Su hermana compuso una débil sonrisa.

—De verdad que no me imaginaba así tu luna de miel.

Elodie rio y lloró a la vez. Levantó más rocas y las echó a un lado hasta que tuvo espacio suficiente para sacar a Floria.

Pero no podía tirar de su brazo roto.

—Voy a tener que sacarte por las axilas —dijo Elodie.

Floria asintió e hizo lo posible por cambiar de postura y permitírselo.

Elodie se acuclilló, y pasó los codos por debajo de los brazos de su hermana.

—Esto puede dolerte un poco cuando te mueva.

—Lo soportaré —respondió Floria.

—A la de una, a la de dos, ¡a la de tres!

Elodie extrajo a su hermana de un tirón. Floria chilló. Pero no era por su brazo.

—¡Elodie, cuidado!

Con una torrencial oleada de agua, la dragona se alzó desde el río. Sus escamas quemadas le cayeron del cuerpo como si estuviera mudando y dejaron a la vista una piel tierna de color púrpura claro.

—*Mirr dek kirrai zi!*

La dragona golpeó la plataforma rota con todas sus fuerzas. Elodie agarró a Floria y rodó abrazada a ella justo a tiempo de evitar el alud de rocas.

—¡Corre! —le gritó a Floria.

Elodie se abalanzó sobre su espada y la empuñó.

La dragona cargó de nuevo hacia Elodie, toda fineza en el ataque reemplazada por la furia. Mientras embestía contra ella, Elodie esquivó haciéndose una pelota y rodando por las esquirlas de piedra y cuarzo.

Se levantó de un salto. La dragona profirió su horrible chillido agudo de metal rechinando contra vidrio y Elodie se tapó las orejas con las manos por instinto.

La dragona se volvió hacia ella como una exhalación.

—*Mirr dek kirrai zi!* —rugió de nuevo. «Mira lo que has hecho».

Con los ojos como platos, Elodie vio a la dragona elevarse y cernirse sobre ella como una cobra con alas hechas de espadas. Las gotitas de agua del río brillaron en su piel púrpura.

«¡Está sin armadura!», comprendió Elodie. Perder las escamas había expuesto la piel de la dragona, frágil como la de un embrión. Elodie asió la espada con más fuerza.

La dragona chilló y escupió fuego. Luego cayó en picado sobre su presa.

Elodie clavó la espada hasta la empuñadura en la piel desprotegida de la dragona. Sintió cómo empañaba la carne vulnerable y se alojaba en el suave y palpitante músculo que era su corazón. Una sangre violeta oscura manó a borbotones de su pecho.

Los ojos de la dragona se desorbitaron. Pero entonces se entornaron al enfocar a Elodie, que aún se agarraba a la espada.

—¡Si muero, te llevaré conmigo! —rugió en khaevis ventvis.

Su garra delantera se estampó contra Elodie desde atrás, aplastándola contra el pecho de la dragona. Una de las zarpas le perforó la espalda.

Le perforó el corazón.

—Oh… —respingó Elodie.

Siempre había imaginado que sería más elocuente en sus últimos momentos. Que sería una anciana elegante, rodeada de hijos y nietos en una habitación rebosante de amor.

Pero en vez de eso estaba en la húmeda y sofocante madriguera de una dragona y solo le había quedado aliento para un único «oh».

«Qué mala suerte», pensó con humor. El miedo a la muerte se había disipado, tan cerca del final.

La sangre carmesí brotó del cuerpo de Elodie, mezclándose con el charco violeta oscuro de la herida mortal de la dragona.

—¡Elodie! —chilló Flor, que por supuesto no había huido.

Pero Elodie ya no podía ver nada más que sangre, roja y violeta, y piel expuesta de dragón. Al final, eso era todo el mundo, almas a las que se les concedía una carne provisional, luchando por el derecho a vivir, a ser madres e hijas, hermanas y amigas, por lo que durase el fugaz destello de tiempo hasta que el alma partiera de nuevo. Quizá los dragones fueran terribles. Quizá lo fueran los humanos. O quizá todos eran iguales, tan solo actuando lo mejor que podían en un mundo imperfecto.

Con sus últimas fuerzas, Elodie extrajo su espada del pecho de la dragona.

—Lo siento —susurró—. Y te perdono.

La mirada de la dragona se cruzó con la suya un instante, y una gran lágrima púrpura descendió por su cara llena de cicatrices.

Entonces la criatura se derrumbó hacia atrás, cayó al suelo de la caverna y Elodie fue con ella, clavada por la zarpa al pecho de la dragona en un último y letal abrazo.

Floria

Floria corrió llorando y chillando hacia Elodie. Trepó al cuerpo aún caliente de la dragona y tiró de su inmensa garra intentando sacarla.

Pero la zarpa había atravesado a su hermana, que yacía bocabajo en un cálido charco de sangre color violeta oscuro entremezclado con rojo. De la superficie emanaba un vapor y Floria tuvo una arcada por la miasma de pegajoso hedor a hierro que se alzaba con él.

—No puedes morirte, no puedes morirte —sollozó mientras se agachaba junto a la cabeza de Elodie para probar de otra manera.

Agarró a su hermana por los hombros y empujó hacia arriba, haciendo muecas por el agudo dolor de su brazo roto, hasta que logró extraer el cuerpo de su hermana de la zarpa de la dragona.

No podía cargar con Elodie, así que tuvo que tenderla bocarriba sobre la dragona, todavía en el charco de sangre. Entonces, de pronto, unos gusanos azules empezaron a caer como granizo del techo de la caverna, trayendo consigo la resplandeciente luz azul que Floria había visto antes.

—¿Qué está pasando?

Los bichos aterrizaron en la cara de Floria y en el cuerpo supino de Elodie. Culebrearon por todo el cuello de Floria y parecían obcecados en pasar a la herida abierta en el pecho de Elodie.

—¡Fuera de aquí, gusanos asquerosos! —Floria los sacudió de encima de Elodie—. ¡No está muerta! ¡No lo está, no lo está!

Pero nadie podía sobrevivir a una zarpa de dragón atravesándole el corazón, y Floria se derrumbó en histéricas lágrimas sobre su hermana. Le cubrió el agujero del pecho para protegerla de los gusanos.

—Te quiero, El. Se suponía que íbamos a vernos crecer la una a la otra y casarnos con maridos amables, y cartearnos cada semana y visitarnos en verano con nuestros hijos. Se suponía que íbamos a ser las mejores amigas y yo te enviaría recetas desde allá donde viviera, y tú me enviarías a mí laberintos nuevos que resolver. Pero ahora ya no pasará nunca —sollozó Floria—. ¡Y odio este estúpido laberinto de dragón! ¡No quiero volver a ver otro laberinto en la vida!

El de su hermana había sido el primer rostro que Floria vio al nacer. No el de su madre ni el de la comadrona, sino el de Elodie. Su padre decía que por eso habían estado siempre tan unidas. Porque en el instante en que Floria salió del vientre, Elodie le había sonreído y había dicho: «Mía».

Floria lloró tanto que se le empañó la visión. No le quedaba nada salvo la infinita sombra de un futuro sin Elodie. La dragona había dicho que su madre sabía cosas, y Flor comprendió entonces cómo podía ser. Teniendo a una Elodie sin vida debajo de ella, Floria supo lo lúgubre que iba a ser el resto de su vida. Por mucho que brillara el sol, siempre habría una nube en su camino, una gris tiniebla recordándole que estaba sola en el mundo. Que la otra mitad que siempre había creído que tendría, Elodie, ya no estaba.

Floria gimió, sus párpados crispados, su cara prieta contra el pecho de su hermana.

Lloró un interminable río de lágrimas, perdió la noción del tiempo. Lloró hasta tener la garganta irritada, hasta sentir el corazón como una piedra, hasta exprimirse y que ya no quedara nada, ni siquiera la voluntad de salir de aquellas cuevas ya sin dragona y vivir, de reclamar la vida que su hermana le había salvado.

Cuando por fin se le terminaron las lágrimas, Floria se obligó a abrir los ojos hinchados.

Todo resplandecía en azul.

¡Qué crueldad! Elodie siempre había dicho que el azul era el color de la esperanza. Y allí no había nada bueno, nada por lo que sentir esperanzas, nada excepto unos bichos repugnantes reptando por toda la nuca de Floria, nada excepto aquel abominable brillo azul saliendo del agujero en el pecho de Elodie y...

Flor se enderezó de golpe.

¿Por qué le brillaba el pecho a El? Floria lo había cubierto con su propio cuerpo, para que los gusanos luminosos no pudieran reptar dentro.

Pero la sangre del pecho de Elodie estaba seca. La piel estaba cicatrizada pero sanando. Floria se quedó boquiabierta.

—El agujero… ¿Qué ha pasado con el agujero que ha abierto la zarpa de la dragona?

Se había cerrado.

«¿Cómo es posible?».

Floria pasó los dedos con cuidado por donde había estado la enorme herida no hacía tanto tiempo.

Los gusanos de luz dejaron centelleantes rastros de moco azul en la piel de Elodie. A Floria le recordaron al espeso ungüento que lady Bayford solía ponerle a El siempre que se pelaba las rodillas al caerse de árboles.

«¿Podría ser que…?».

Floria se quitó un gusano de la nuca y lo puso en una herida que tenía en el brazo. Aquella criatura tan extraña, parecida a una sanguijuela, empezó de inmediato a reptar sobre ella y segregar su iridiscente pringue azul.

La piel en torno al corte se onduló, muy levemente, como si despertara de un sueño ligero y se desperezara. Para asombro de Floria, la rojez de la herida menguó a un rosa oscuro, luego a uno claro, y entonces el corte empezó a cerrarse.

—Increíble… —susurró.

—¿Qué es increíble? —preguntó Elodie, somnolienta.

Flor ahogó un grito y bajó el brazo. El gusano se quedó adherido a su piel y siguió trabajando.

—¿El? ¿Has…? ¡Dios, dime que no han sido imaginaciones mías! ¿Has dicho algo?

Los párpados de Elodie se abrieron muy despacio. Los iris de sus ojos parecieron de color púrpura a la luz azul de los gusanos. Casi daba la impresión de que su pupila destellase en oro.

Pestañeó y la ilusión se esfumó. Elodie miró a Floria.

—¿Qué ha pasado?

La cara de Flor se surcó de nuevas lágrimas.

—¡No lo sé! Pensaba… pensaba que estabas muerta.

Elodie hizo una mueca, se tocó el pecho y volvió a tumbarse con los ojos cerrados.

—Creo que lo estaba.

—¿Y cómo…?

—No tengo ni idea.

Elodie abrió los ojos y miró a Floria. La comisura de su boca se curvó hacia arriba en un atisbo de sonrisa.

—Ha funcionado —dijo anonadada.

—¿El qué? —preguntó Floria.

Elodie levantó el brazo y le quitó a Flor un gusano de luz azul de la cara.

—Me he tragado un puñado de estos cuando estaba bajo el agua. Por si acaso.

Floria dio un respingo al comprenderlo.

—Así que, cuando la dragona te ha empalado con su zarpa, has podido sanar desde dentro.

Elodie asintió.

—Pero, aun así, me sorprende que haya funcionado tan bien, y tan rápido.

Entonces Floria frunció el ceño.

—¿Qué pasa? —preguntó Elodie, incorporándose poco a poco sobre los hombros.

Aunque la herida grande estaba cerrada, era muy probable que aún se le estuvieran curando los órganos y los huesos, por no mencionar a los gusanos que habían empezado a trabajar diligentes en las quemaduras que tenía por todo el cuerpo.

Con manos temblorosas, Flor señaló el charco de sangre sobre el que estaban.

—La sangre de la dragona… Es posible que te haya entrado un poco.

Le explicó a Elodie el aspecto que habían tenido sus ojos al abrirse por primera vez.

Elodie palideció.

A continuación se llevó una mano al pecho y cerró los ojos, como si escuchara su corazón. O tal vez estuviera escuchando algo aún más profundo.

Una sonrisa se extendió despacio por su cara.

—Si eso es verdad —dijo Elodie—, entonces tengo una idea.

Floria sonrió de oreja a oreja, en parte por alivio y en parte por la expectativa.

Le encantaba cuando su hermana tenía ideas.

Lucinda

Lucinda estaba recibiendo a cada refugiado en el puerto e invitándolos a subir a bordo del Deomelas, que los sacaría a todos de Aurea. Alexandra, su marido y su hija estaban al otro lado de la cola, dando abrazos a conciudadanos suyos que habían decidido abandonar el país. Eran Alexandra y Cora quienes le habían preguntado a Lucinda si estaría dispuesta a ayudarlos. Luego también fueron ellas quienes hicieron correr la voz de que había una litera en el Deomelas para todo aquel que ya no quisiera respaldar a un reino que prosperaba gracias a la sangre de inocentes.

Pero mientras Lucinda observaba la solemne procesión de aquella gente noble, dispuesta a dejar atrás lo que era casi una utopía por sus principios, también oteaba el horizonte esperando que aparecieran las dos personas que más quería ver en el barco: sus hijas. Aunque no las hubiera parido ella misma, Elodie y Floria eran suyas, y todo lo que era Lucinda era de ellas. El amor no estaba ligado al nacimiento, sino forjado a partir de experiencias y sufrimientos compartidos, a partir del deseo de dar, aunque no se ofreciera nada a cambio.

«Por favor, por favor, estad bien. Por favor, venid y nos marcharemos de aquí, y estaremos juntas pase lo que pase, y con eso será suficiente».

—¿Lady Bayford? —dijo la pequeña Cora. La preocupación que se adivinaba en su mirada gacha sugería que ya llevaba un tiempo llamando a Lucinda—. ¿Estáis bien?

Lucinda le dedicó una sonrisa triste.

—Aún no, querida. Pero confío en estarlo pronto.

Justo entonces llegó un sonido de cascos desde el camino al puerto. A Lucinda le dio un vuelco el estómago; no sabía si emocionarse por la posibilidad de que fueran sus hijas o revolverse por la opción de que se tratase de un caballero aureano portando el jactancioso mensaje de que Elodie y Floria estaban muertas y Lucinda tenía orden de partir inmediatamente, sin marido, sin hijas y con un corazón vacío.

Cora le cogió la mano y apretó, como si supiera que Lucinda lo necesitaba. La pequeña no la soltó.

El sonido de cascos fue aproximándose y el caballo no tardó en coronar la columna y mostrar a quien lo montaba.

A *quienes* lo montaban.

—¡Elodie! ¡Floria!

Lucinda corrió muelle abajo hacia ellas. Nunca en la vida había corrido, porque era indigno y la hacía parecer una cabra del desierto recién nacida que aún no controlaba las patas, pero en esos momentos a Lucinda le daba igual. Lo único que importaba era llegar a sus chicas tan pronto como pudiera, para abrazarlas, para prometerles que jamás volvería a fallarles.

Se encontraron donde el camino de tierra se curvaba a la entrada del puerto, y Lucinda se arrojó hacia Elodie y Floria en el instante en que desmontaron.

—Pensaba que os había perdido —murmuró al cabello de las chicas mientras las apretaba contra ella.

—Nunca nos perderás —dijo Elodie—. Sé que tenemos algunas viejas heridas que cerrar, pero una cosa te prometo: estemos a tu lado o en la otra parte del mundo, nunca volverás a perdernos.

Lucinda miró ansiosa hacia el cielo y el monte Khaevis.

—La dragona no vendrá —le aseguró Elodie—. Estamos a salvo.

—Siento mucho cómo te hemos tratado —dijo Floria—. Elodie me ha contado que querías venir a rescatarme tú. Gracias…, mamá.

«Mamá». Lucinda empezó a llorar. No madrastra. Mamá.

—No, no, fue culpa mía. —Lucinda se sorbió la nariz—. Lo siento.

Siguieron las tres abrazadas unos minutos más.

Al final, fue Lucinda quien se apartó.

—¿No pesabais demasiado las dos juntas para el caballo?

Elodie sonrió.

—¿Y eso es lo que quieres saber? ¿No cómo derrotamos a la dragona?

Lucinda se sonrojó.

—Bueno, sí, eso también. Estoy algo conmocionada y mi mente no prioriza las preguntas en su orden correcto.

Floria rodeó de nuevo a Lucinda con su brazo sano y Lucinda se derritió por el contacto que tantos años llevaba anhelando. Era todo lo que había deseado siempre.

El viento les trajo una música lejana desde el castillo dorado. Era la misma canción que Lucinda había oído cuando llegaron a Aurea. La misma que cuando descubrió lo que iba a significar la boda de su hija.

Elodie también tenía la oreja ladeada hacia el palacio.

—Pensaba que la tercera boda no era hasta mañana.

—La han adelantado porque tenían miedo del dragón —dijo Lucinda. Pero quería evitarle a Elodie que tuviera que revivir su propia y espantosa boda—. Venid al barco. Haremos que un médico le vea a Floria el brazo y las otras heridas. Y mientras me contáis cómo habéis escapado.

—En realidad... —dijo Elodie, con la oreja aún puesta en la música—. Tendrá que contártelo Floria. A mí todavía me falta una cosa por hacer.

Se volvió para marcharse.

—Pero estamos listos para zarpar. —Lucinda frunció el ceño—. ¿Adónde vas?

—A colarme en una boda real.

Lucinda parpadeó, confusa. Pero entonces sonrió, divertida al comprenderlo.

—¿Y vas a colarte en una boda con esas pintas? —Señaló la ropa hecha jirones, quemada y sanguinolenta que llevaba Elodie, y la ceniza y la pintura seca que le cubrían la piel—. Ni hablar. Si representas a la casa Bayford, no irás así.

Elodie rio de nuevo y la abrazó.

—Esa es la madre que yo conozco y adoro.

Lucinda le dedicó una sonrisa.

—Ven conmigo y te asearemos un poco. Tengo justo el vestido que deberías ponerte.

Elodie

La tercera ceremonia de enlace real ya estaba en marcha cuando Elodie entró en la terraza de palacio. Llevaba puesto un vestido de novia inophés, el que lady Bayford había cosido en un principio para su boda antes de que las costureras aureanas le arrebataran ese honor. Pero Elodie por fin comprendía lo perfecto que era el diseño de lady Bayford. El vestido tenía un corsé de color gris claro cubierto de delicado encaje de oro, y unas elegantes mangas del mismo encaje sobre los brazos desde el hombro a la muñeca. La falda estaba compuesta de capas de tul negro y blanco. Lady Bayford había estado ahorrando durante años para poder comprarlo. Y bajo la falda Elodie llevaba calzas plateadas. Lady Bayford las había añadido al diseño por si la novia sentía la necesidad de subir a un árbol o montar a caballo el día de su boda.

Al principio nadie reparó en Elodie, pues era solo una invitada que llegaba tarde al fondo del público, cabía suponer que en busca de un asiento vacío en la última fila. Al frente, Henry estaba de pie bajo el mismo pabellón dorado que había compartido con Elodie en su boda, solo dos noches antes. En el lugar de ella había otra joven con un ajustado vestido rojo sangre. Tenía la piel de color marrón oscuro y un largo cabello negro que le caía en suaves bucles hasta la cintura. Llevaba unas peinetas doradas con el patrón de escamas de dragón y, al cuello, un colgante que a Elodie le sonaba muchísimo.

«Estarán seguras en la cámara imperial», le había dicho Henry. Al parecer, para entregárselas a la siguiente novia.

Los invitados que no habían reparado en Elodie empezaron a

prestarle atención, sin embargo, al ver que no se sentaba, sino que comenzaba a recorrer el pasillo central en plena ceremonia. Empezó como un tenue susurro en las últimas filas mientras Elodie caminaba despacio, majestuosa, entre ellas, para poco a poco convertirse en una ondulación que la adelantó por el pasillo.

Mientras la marea de murmullos llegaba al pabellón, Elodie se agachó e hizo rodar hacia delante una moneda de oro ceremonial del tamaño de la palma de su mano.

La moneda se detuvo contra la bota de Henry. El príncipe miró abajo, irritado por la interrupción hasta que vio lo que le había dado en el pie.

Había caído plana al suelo con la efigie de las tres princesas hacia arriba.

—Creo que eso te pertenece —dijo Elodie.

Henry, sorprendido, alzó la mirada. Sus ojos encontraron los de Elodie a la vez que la reina Isabelle se levantaba de su trono. A la sacerdotisa tatuada y a la futura princesa les costó un poco más darse cuenta de que allí fallaba algo. Por último, el rey Rodrick vio lo que sucedía. Se puso en pie de un salto.

—¡Estás viva! —gritó.

La reina Isabelle miró a Elodie con ojos entornados.

—¿Qué haces aquí?

—Declaro esta boda concluida —dijo Elodie.

—¿Qué? —preguntó la novia, frunciendo el ceño.

Desde la primera fila, un hombre que debía de ser su padre se levantó de golpe y gritó:

—¿Quién infiernos eres tú?

—Soy —respondió Elodie— la esposa del príncipe Henry.

—¡Mientes! —exclamó el padre de la novia—. Mi hija va a ser la princesa.

—Lo lamento, pero no será posible —dijo Elodie—. Henry se casó conmigo hace dos noches. Podéis preguntarle vos mismo si es verdad.

El hombre, su hija y todos los invitados a la boda volvieron las cabezas hacia Henry, cuya cara se había puesto de un color morado muy poco atractivo.

—Elodie —dijo Henry empalagoso, como demasiada miel en la tostada—. Qué preocupado me tenías. No sabíamos dónde te habías metido. No he dormido ni un minuto desde…

—¿Desde que intentaste matar a mi hermana?

La multitud empezó a murmurar. Estaban acostumbrados a los sacrificios de princesas, pero aquello era un giro nuevo.

La reina Isabelle avanzó firme dejando atrás a la sacerdotisa, a Henry y a la novia. Se plantó delante del pabellón, con los puños cerrados como si pretendiera defender la ceremonia incluso si para ello tenía que pegarse con su exnuera, o, mejor dicho, sin el ex.

—¿Cómo estás aquí siquiera? —escupió—. Tendrías que haber…

La reina lanzó una mirada a la perpleja chica del altar y no terminó la frase. Pero Elodie no tenía ningún reparo en completarla por ella.

—¿Tendría que haber muerto devorada por el dragón? ¿Ese al que intentasteis echarme de comer no una, sino dos veces? ¿Al que la familia real lleva ocho siglos sacrificando princesas?

La novia dio un chillidito. Elodie la miró con amabilidad.

—Estás preciosa esta noche. Perfecta. Pero si me aceptas un consejo, de mujer a mujer…, no te interesa seguir adelante con esto. Vete de aquí, tan lejos como puedas. Ya.

—No… no te creo.

—Yo tampoco lo habría hecho, en tu posición. Pero déjame preguntarte una cosa. ¿A que Henry ha alojado a tu familia en una hermosa torre dorada de diez plantas de altura? ¿A que te regaló esas peinetas con una nota diciendo que esperaba que te las pusieras el día de la boda? ¿A que se arrodilló ante ti en las almenas, te dio el collar que llevas puesto y te pidió matrimonio? ¿A que afirmó que, pese a que el compromiso era concertado, de veras estaba enamorado de ti?

Los ojos de la futura princesa se pusieron como platos. Recogió la tela roja de sus faldas y echó a correr. Elodie se volvió de nuevo hacia la familia real.

—Y en cuanto a la dragona, he acabado con ella.

La reina parpadeó mirando a Elodie, descolocada por un instante. Entonces soltó una carcajada.

—¿Tú has acabado con el dragón? ¿Nadie ha podido ni tocarle un pelo a ese monstruo en ochocientos años y vas a hacerme creer que tú, una enclenque de un ducado en el quinto pino, lo has matado?

—Sí. Y después la he salvado.

Elodie dio un paso adelante y levantó los brazos. Sujeto al encaje dorado de sus mangas, se desplegó un capotillo liso de color lavanda. A petición de Elodie, lady Bayford se lo había cosido a partir de los últimos restos del vestido que le habían puesto las sacerdotisas.

Mientras Elodie extendía los brazos con orgullo, el capotillo se onduló con la brisa.

Como unas alas.

Y entonces, desde no muy lejos, llegó el batir de unas auténticas alas, como un tambor de guerra. El aire vibró con su latido.

El cielo pasó de un ordinario azul oscuro a uno feroz, refulgente.

—¿Qué es...? —empezó a preguntar el príncipe Henry.

La dragona descendió en picado de entre las nubes a la vista de todos, con el pecho azul resplandeciente por los gusanos de luz que Elodie le había puesto dentro para que le sanaran el corazón.

Los invitados a la boda chillaron y huyeron.

Solo la reina Isabelle, el rey Rodrick, el príncipe Henry y Elodie permanecieron en la terraza.

—*Thoserra rekirre ferek?* —preguntó la dragona.

—No, no los quemes aún —dijo Elodie.

—¡Imposible! —exclamó Henry—. ¿Cómo lo controlas?

—No lo hago —respondió Elodie—. Está aquí porque somos parientes.

Elodie se llevó una mano al otro hombro y arrancó una manga de encaje dorado. A primera vista, debajo había solo una piel suave, con las quemaduras curadas. Pero entonces Elodie giró el brazo y la luz de la luna cayó sobre su hombro en otro ángulo.

En vez de piel humana, la luz hizo resplandecer unas escamas doradas con forma de escudo.

—*Sanae kir res* —dijo Elodie—. La dragona y yo hemos compartido nuestra sangre y, de esa fusión de poder, se alzará una nueva generación.

—No —susurró la reina.

—Me temo que sí.

Los ojos de Elodie destellaron violetas. Las escamas doradas brillaron de nuevo y se extendieron en cascada por su brazo, ascendieron por su cuello, le recubrieron toda la piel. Una cegadora luz dorada envolvió a Elodie y creció y creció, ganando a la vez tamaño y fulgor.

Y entonces la Elodie del pasado había desaparecido y, en su lugar, se alzaba una dragona de tres veces la altura de la princesa que había sido un momento antes.

—*Movdarr ferek dek neresurruk!* —exclamó la otra dragona, más vieja y grande—. Enséñales lo que se merecen.

—*Ny* —dijo la dragona dorada, con la voz ronca de fuego y humo y poder, pero aún decididamente la de Elodie—. No seré yo quien los condene. Dejaré que elijan ellos.

—No... no lo entiendo —susurró Henry.

Pero no estaba muy claro si no entendía la transformación de Elodie o el hecho de que no quisiera matarlo en ese preciso instante. Elodie optó por resolverle la segunda duda.

—A pesar del sufrimiento que habéis infligido a otras personas, no tengo forma de saber cuánto habéis sufrido vosotros mismos al heredar el legado sangriento de vuestro reino. Así que os ofrezco elegir. Aceptad ahora mismo vuestro final o abdicad, abandonad Aurea y no regreséis jamás.

Henry gimoteó, se dio media vuelta y puso pies en polvorosa.

Pero el rey Rodrick se inclinó ante Elodie, con todo el cuerpo relajándose, como aliviado.

—Por fin ha terminado.

Cuando enderezó la espalda, le tendió la mano a la reina Isabelle.

Ella la tomó sin vacilar y, juntos, dieron un paso adelante.

Elodie asintió con su dorada cabeza una vez hacia ellos, y otra hacia la dragona.

No se quedó a ver el final del rey y la reina. Pero mientras Elodie desplegaba las alas y saltaba desde el tejado de palacio, dejó escapar un largo y agotado suspiro que reflejaba el sentimiento del monarca.

—Gracias a los cielos. Por fin ha terminado.

Floria

Justo mientras Floria terminaba de contarles a lady Bayford y a los pasajeros el relato del tiempo que había pasado en la cueva de la dragona, el palacio dorado de Aurea se encendió en llamas.

Todo el mundo dio un respingo y corrió contra la regala del Deomelas.

Todo el mundo excepto Flor.

Viéndola quedarse atrás, Cora, la chica que había ayudado a organizar a los refugiados, le preguntó:

—¿Qué significa?

—Significa que Elodie ha triunfado en lo que pretendía hacer —dijo Floria—. La familia real ya no existe y la dragona ya no es una amenaza.

Alexandra Ravella, ex enviada real y madre de Cora, regresó de la borda del barco hacia ellas.

—Entonces la gente puede volver a casa. Aurea es segura, y la repulsiva práctica de sacrificar princesas ha terminado.

Floria asintió.

—Todo el que lo desee puede desembarcar.

Lady Bayford llegó a su lado.

—Pero quien aún prefiera navegar con nosotras, también puede hacerlo. Inophe no será tan próspero como Aurea, pero es una tierra con buen corazón, y os damos la bienvenida.

—¿Qué hacemos? —preguntó el padre de Cora—. Aquí conocemos el terreno y a la gente.

—Pero, por otra parte —dijo Alexandra—, el papel que tuve en el sucio pasado de Aurea siempre estará demasiado presente para mí.

Floria vio que el padre y la madre se volvían hacia Cora, esperando su opinión. El respeto que sentía Flor por ellos creció horrores.

—Creo que me gustaría ver mundo —dijo Cora—. Si os parece bien.

Alexandra y su marido asintieron, con los ojos brillantes mientras levantaban a Cora del suelo y se abrazaban los tres.

—Sí, nos parece más que bien. Empezaremos de cero.

Floria se secó las lágrimas por su propio y repentinamente ausente padre. Lady Bayford la rodeó con un brazo.

—¿Y qué querrás hacer tú, amor mío?

Floria se apoyó más en el cálido busto de lady Bayford, reacia a abandonar la seguridad de una mujer que había estado ahí toda su vida. Pero a la vez miraba hacia el castillo al pie del monte Khaevis, y a la ardiente columna de humo donde Elodie también estaba creando un nuevo principio.

—Lo más difícil de ser madre es dejar marchar a tus polluelos —dijo lady Bayford, acariciándole el pelo a Floria—. Por mucho que quiera tenerte por siempre debajo del ala, si quieres volar, deberías volar.

—Pero no quiero dejarte sola.

—No lo estaré. —Lady Bayford sonrió—. Ahora soy madre de esta nueva nidada. —Extendió los brazos como para abarcar a Cora y Alexandra y a los refugiados que bajaban sus cosas a la bodega para la travesía a Inophe—. Y como ha dicho Elodie, estés a mi lado o en la otra punta del globo, seguiré en tu corazón. No vas a librarte de mí tan fácilmente.

Floria rio y la abrazó.

—Te echaré de menos.

—Ven a visitarme a Inophe de vez en cuando —dijo lady Bayford—. Y tráeme un bocado de todas las exquisiteces que encuentres en tus viajes.

—Lo haré. Te lo prometo.

Y así, Flor desembarcó encabezando a quienes habían decidido quedarse en la costa, bajando por la pasarela de vuelta a Aurea.

Epílogo

Una semana después, Elodie estaba en forma humana sobre la cima del monte Khaevis mientras el sol se elevaba por el horizonte. Desde allí se veía el tejado derretido del palacio, donde su marido de unos pocos días había abdicado y huido. Donde la reina Isabelle había cogido de la mano al rey Rodrick en sus últimos momentos y ambos habían aceptado su destino con solemnidad.

Y donde Elodie había decidido cómo cartografiar el futuro.

Floria llegó a su lado.

—¿Y ahora qué, majestad?

El título sonaba surrealista, pero adecuado a la vez. Porque Elodie siempre había sabido que la vida requeriría de ella que gobernase a un pueblo. Solo que al final las cosas no salieron del todo como ella esperaba.

Antes pensaba que los buenos líderes tenían que sacrificarlo todo por sus vasallos. Y había estado dispuesta a hacerlo, por mucho que tuviera que deslomarse y por pesada que fuese la carga de tratar de mantener a un pueblo con vida en un territorio duro. Pero entonces Henry le había propuesto matrimonio, y Elodie había creído hallar una solución fácil a todos los problemas de Inophe.

Sin embargo, como sucede con todas las historias que la gente se cuenta a sí misma, la verdad rara vez se halla en la primera versión, o en la segunda o la tercera siquiera. No, la verdad está sepultada en lo más profundo de la narradora, y solo cuando esa narradora está preparada para afrontarla, por difícil que pueda ser, se revelará la verdad por sí misma. La mayoría de las personas no la encuentran jamás.

Pero las valientes sí.

Elodie contempló de nuevo la montaña. La solución, había descubierto, no estaba en los grandes gestos, sino en las pequeñas decisiones cotidianas. En cuidar no solo de su pueblo, sino también de sí misma a la vez.

—Todo va a cambiar para Aurea —dijo Elodie mientras se volvía hacia Floria—. La gente ya no tiene que temer a la dragona, y quiero que gocen no solo de la prosperidad, sino también de la paz y la seguridad y la alegría.

»Voy a ser un tipo de gobernante diferente a lo que están acostumbrados. Quiero conocer a mis súbditos, igual que conocía a la gente de Inophe. Quiero entender sus necesidades y sus deseos, lo que valoran y lo que todavía anhelan. Y seguiré no solo mi propio consejo, sino también el suyo, pues reconozco sin reparos que aún me queda mucho por aprender.

El sol destelló en el brazo de Elodie. Floria lo tocó con suavidad donde cambiaba una y otra vez de piel humana a doradas escamas de dragón.

—¿Y qué pasa con esto? ¿Vas a intentar ocultarlo?

Elodie negó con la cabeza.

—Este nuevo reino será transparente. No me esconderé de mi pueblo, y no seguiremos escondiendo Aurea del mundo. Puede que haya quienes se asusten de mí al principio, y quienes decidan marcharse, pero al final les mostraré la belleza de lo que pueden ser los dragones. De todos modos, habrá mucho trabajo que hacer.

—Yo estaré aquí para ayudarte.

—Lo sé.

Elodie contempló los picos y los valles grises y violetas del monte, las extensiones de huertos de peral plateado y los vastos campos de trigo áureo. Al otro lado estaban los pueblos con sus tejados de paja, los campesinos con sus canciones de la cosecha y los marineros con sus barcos mercantes, listos para llevar a Aurea al mundo, y el mundo a Aurea.

Entonces la dragona apareció a la vista volando, alzándose desde el horizonte y surcando majestuosa el cielo.

—¿Sabemos cómo se llama? —preguntó Floria.

—Los dragones no tienen nombre —explicó Elodie—. Pero dice que podemos llamarla Retaza.

—Retaza —murmuró Flor—. Es muy bonito. ¿Qué significa?

—Madre —dijo Elodie.

Sonrió a la vez que la luz del sol se reflejaba en las escamas de la dragona. Destellaron en lavanda, iridiscentes en los bordes. Las escamas en los brazos de la propia Elodie se ondularon en respuesta, y el cosquilleo del poder y la magia chispeó por toda su piel. El aire en torno a ella se notaba igual de crepitante, y olía a bosques antiguos y a ámbar y a almizcle, pero también a flores incipientes y a lluvia fresca y a nuevos inicios.

Elodie respiró hondo. Y entonces dejó que el cambio la inundara, deleitándose con la calidez de la luz dorada, con el paso en dominó de la piel a escamas y con la fuerza electrizante que recorrió hasta el último centímetro cuadrado de quien era y quien sería jamás.

Mientras la transformación se completaba, Retaza ascendió para reunirse con ellas.

—Majestad —dijo en khaevis ventvis, inclinando su reptiliana cabeza.

—Retaza, *erra mirvu rukhif mirre ni* —respondió Elodie. Hablar el idioma con su lengua de dragona le resultaba tan natural que daba la impresión de que todas sus meteduras de pata verbales en el pasado se debían solo a que Elodie había estado en la piel equivocada—. *Dakh vivorru novif makho?*

—*Aezorru. Akorru santerif onne divkor. Kodu ni sanae. Farris errut verif.*

—¡Eh, no me excluyáis de la conversación! —protestó Floria.

Elodie sonrió.

—Perdona. Estaba preguntándole por el huevo nuevo. Brilla y crece más fuerte a cada día que pasa. Retaza me halaga diciendo que fue mi sangre la que hizo revivir la especie de los dragones.

—*Sanae kir res* —dijo Retaza.

—Va en los dos sentidos. —Elodie se estiró y dejó que sus escamas doradas resplandecieran a la luz del sol—. Esto es gracias a ti. *Sanae kir res.*

—Estás pavoneándote —la pinchó Floria.

Elodie rio.

—Puede que un poco. Pero ¿qué tal si le damos un poco de uso a esta magia?

Su hermana se puso a dar saltitos de puntillas.

—Creía que no ibas a decirlo nunca.

Flor trepó al lomo dorado de Elodie, se acomodó contra el blando dorso de su cuello y se agarró fuerte.

—¿Preparada? —le preguntó Elodie.

—Siempre estoy preparada.

Retaza encabezó la marcha.

Y entonces Elodie saltó desde la cima del monte Khaevis.

Al principio se precipitaron

abajo

abajo

abajo…

Pero entonces Elodie desplegó sus alas con una sonrisa.

Era reina.

Dragona.

Pero, sobre todo, era ella misma.

Y se alzó.

Agradecimientos

Caray, menuda aventura ha sido. No hay suficientes palabras en el mundo para expresarles mi gratitud a mi editorial y al equipo de Netflix por este viaje tan increíble. Desde escribir el libro hasta visitar el rodaje de la película, pasando por colaborar con tantas mentes brillantes… En fin, ¡caray!

Gracias a todo el mundo en Random House Worlds. Mi editora literaria, Elizabeth Schaefer, es un sol y da gusto trabajar con ella. Gracias también a mi editor, Scott Shannon, al director editorial Keith Clayton (que tiene un gusto excelente en café) y a Alex Larned, Jocelyn Kiker, Faren Bachelis, Lara Kennedy, Julia Henderson, Frieda Duggan, Lydia Estrada, Elizabeth Rendfleisch, Cassie Gonzales, David Moench, Jordan Pace, Adaobi Maduka, Ashleigh Heaton, Tori Henson, Sabrina Shen, Lisa Keller, Megan Tripp, Maya Fenter, Matt Schwartz, Catherine Bucaria, Abby Oladipo, Molly Lo Re, Rob Guzman, Ellen Folan, Brittanie Black y Elizabeth Fabian por su increíble entusiasmo y su apoyo a mi historia.

Mi agradecimiento también al maravilloso equipo de la película. A Joe Lawson, Cindy Chang, Nick Nesbitt, Emily Wolfe, Veronica Hidalgo y Sam Hayes de Netflix. Al director Juan Carlos Fresnadillo, al guionista Dan Mazeau, a Jeff Kirschenbaum y todos los demás en Roth Kirschenbaum Films, y a las publicistas Nicola Graydon Harris and Robin McMullan. Gracias por contar conmigo en el proceso de crear la película *Damisela*.

A Millie Bobby Brown, Robin Wright, Angela Bassett, Nick Robinson, Ray Winstone, Brooke Carter, Shohreh Aghdashloo y el resto del reparto: me tenéis impresionada con vuestro talento. Es un honor crear arte junto a vosotros.

A mi brillante e infatigable agente, Thao Le: tú haces la magia. Gracias mil veces, y mil veces más.

Gracias también a Tom Stripling por darme a conocer el relato *Quienes se marchan de Omelas*, de Úrsula Le Guin. Gracias a Reese Skye por crear el idioma dragón, el khaevis ventvis. Y gracias a Joanna Phoenix por sus perspicaces comentarios sobre mis personajes.

Y como siempre, gracias a mis fieles lectores y a todos los libreros, bibliotecarios y ratones de biblioteca en redes sociales que defienden a ultranza mis novelas. ¡No podría hacer esto sin vosotros!

Nota de la autora sobre el idioma dragón

Aunque pueda parecer aleatorio al principio, el khaevis ventvis es en realidad un idioma funcional inventado para el mundo de *Damisela*. En las siguientes páginas encontraréis la fonología, la gramática, la sintaxis y el vocabulario del khaevis ventvis tal y como pudo evolucionar a lo largo de milenios en boca de unas criaturas poderosas y legendarias que, al mismo tiempo, vivían en un mundo más bien limitado.

No puedo atribuirme el mérito de este idioma. Lo ideó mi hija, Reese Skye, fenómeno de la lingüística y entusiasta de la gramática, que aprendió por su cuenta español y japonés y tiene el francés en el horizonte. Mientras escribo esta nota de la autora, Reese tiene trece años (la misma edad, por cierto, a la que J. R. R. Tolkien colaboró en la invención del que muchos consideran su primer idioma construido, el nevbosh). Tengo una suerte tremenda de que Reese estuviera dispuesta a crear este idioma y explicármelo.

Lo primero que se tuvo en cuenta al idear el khaevis ventvis fue qué cosas les podrían importar a los dragones. ¿Qué aspecto tiene el mundo de un dragón? ¿Cuáles son sus prioridades? Y, en cambio, ¿a qué cosas presta poca atención?

Por ejemplo, el nombre del propio idioma procede de las palabras «dragón» (*khae*: «cielo»; *vis*: «poder») e «idioma» (*vent*: «viento»; *vis*: «poder»). El razonamiento es que los dragones no piensan en sí mismos como «dragones», palabra que sería una etiqueta asignada a ellos por los humanos, una especie sin duda inferior. Es más lógico que se considerasen como el poder del cielo, y su aliento y las palabras que salen de su boca como el poder del viento.

Aurea es un país inspirado en Europa, de modo que el khaevis ventvis está modelado a partir de la estructura gramatical de lenguas romances como el español y el italiano, cuyas raíces se derivan del latín. Sin embargo, la estructura gramatical de los dragones es más simple que la de un idioma humano, dado que viven en una sociedad menos compleja.

Por ejemplo, el español tiene varios pronombres de segunda persona singular según el grado de formalidad. Pero los dragones son tan poderosos que solo hablarán con sus iguales o con seres inferiores. En consecuencia, no tienen necesidad alguna del pronombre «vos».

Ejemplo: *(Ni) tvorriv za ka.* Tú habías huido.

Del mismo modo, el khaevis ventvis no tiene modo subjuntivo, ya que poseen una fuerza tan inmensa que le encontrarían poca utilidad a unas construcciones gramaticales que se emplean para situaciones de incertidumbre. El tiempo verbal condicional sí existe, sin embargo, pero rara vez se usa conjugado en primera persona, dado que los dragones tienden a actuar con decisión y obtener el resultado que pretenden. De todos modos, el tiempo condicional puede tener su utilidad cuando se refiere a sujetos de otras especies.

Ejemplo: *(Khono) tvorraia se, kev erraia sokhif.* Correríamos, pero estamos cansados.

Si alguien tiene interés en profundizar un poco más en el idioma, los siguientes apéndices explican los conceptos básicos del khaevis ventvis:

Apéndice A: Introducción a la fonología y pronunciación del khaevis ventvis
Apéndice B: Resumen gramatical y sintáctico del khaevis ventvis
Apéndice C: Diccionario abreviado khaevis ventvis – español
Apéndice D: Diccionario abreviado español – khaevis ventvis

Mi agradecimiento infinito, de nuevo, a Reese Skye por este sensacional idioma, que sigue creciendo fuera de las páginas de esta novela. Todos los errores que pueda contener este libro (traducciones, explicaciones, etcétera) son míos y solo míos.

Apéndice A

Introducción a la fonología y pronunciación del khaevis ventvis

El khaevis ventvis es un idioma de ritmo silábico, lo que significa que todas sus sílabas cuestan aproximadamente el mismo tiempo de pronunciar (en oposición a las lenguas de ritmo acentual, cuyas sílabas átonas son más breves). Las vocales del khaevis ventvis se pronuncian por separado, sin formar diptongos. Por ejemplo, la palabra *khaevis* («dragón») se pronunciaría xa.e.vis. Sin embargo, la letra «y» corresponde al diptongo «ai».

Escritura	Alfabeto fonético internacional	Ejemplos
a	a	carro, pesa
e	e	trenza, prestigio
i	i	pedigrí, idea
o	o	trazo, vocal
u	u	cubierta, truco
r	ɾ	bravo, corona
k	k	casa, kilómetro
d	d	diamante, podio
v	v	*vagabond, alvine* (como la v en francés)

s	s	supino, masa
t	t	atrapar, teja
f	f	foca, afinidad
n	n	anudar, charlatán
th	0	hacer, pozo
kh	x	granuja, genial
z	z	*zero, desena* (como la s sonora en catalán)
y	ai	airado, amainar
m	m	melindre, amar

Apéndice B

Resumen gramatical y sintáctico del khaevis ventvis

SIGNIFICADO

Dragón: *khaevis* (*khae*: «cielo»; *vis*: «poder»).
Idioma: *ventvis* (*vent*: «viento»; *vis*: «poder»).
Nota: el nombre del idioma dragón es khaevis ventvis, ya que es así como los propios dragones pensarían en él, como la forma de pronunciar su poder.

SINTAXIS

El khaevis ventvis es un idioma SVO (sujeto-verbo-objeto), como el inglés o el español, aunque de manera algo más estricta que este último. En general sigue las normas sintácticas aceptadas del inglés.

GRAMÁTICA

Adjetivos
Los adjetivos suelen tener la terminación -*if*. Se sitúan antes del sustantivo al que modifican.

El prefijo *san*- se emplea como aumentativo (de «hombre» a «hombretón», etcétera).

313

Artículos

El khaevis ventvis no utiliza artículos («un», «una», «el», «la»).

Pronombres personales

Los pronombres de sujeto van implícitos en la conjugación verbal y no es necesario enunciarlos. Por ejemplo, «Yo corro» se traduciría como *Tvorra* y no *Kho tvorra*.

Los pronombres de objeto, en cambio, se sitúan en su posición correspondiente, al final de la frase. Por ejemplo, *Kuirr tu kho* significa «Ven a mí».

El sufijo *-las* se añade a los pronombres para convertirlos en posesivos («mío», «tuyo», etcétera). Cabe señalar que los determinantes posesivos («su», «vuestro», etcétera) tienen la misma forma que los pronombres posesivos en khaevis ventvis, pero se colocan en posición de adjetivo. Por ejemplo, *Kho tke raz* significa «Mi parte del trato».

Español	Khaevis ventvis
yo	kho
tú / vosotros	ni
él	fe
ella	re
género neutro	ve
nosotros	khono
ellos / ellas / neutro	ferek

Sustantivos

Los nombres adoptan la misma forma en singular y en plural y no tienen género gramatical. Por ejemplo, *khaevis* significa «dragón», «dragona», «dragones» y «dragonas».

Verbos

Los verbos en khaevis ventvis tienen una conjugación casi siempre regular y su infinitivo termina en -*rre*. Su lexema resulta de eliminar la -*e* final del infinitivo.

Se les añade el prefijo *ny-* para negarlos. Por ejemplo, *savarrud*: «salvarán»; *nysavarrud*: «no salvarán».

La siguiente tabla ilustra la conjugación de los verbos en khaevis ventvis:

Correr – *Tvorre*

	Presente	Pasado	Futuro	Condicional*
Ejemplo en español	*Yo corro*	*Yo corrí*	*Yo correré*	*Yo correría*
Kho (yo)	tvorra	tvorrit	tvorrad	tvorra se
Ni (tú / vosotros)	tvorrai	tvorriv	tvorraid	tvorrai se
Fe / re / ve (él / ella / género neutro)	tvorru	tvorrut	tvorrud	tvorru se
Khono (nosotros)	tvorraia	tvorrutiv	tvorraiad	tvorraia se
Ferek (ellos / ellas / neutro plural)	tvorruk	tvorrukut	tvorrukud	tvorruk se

* El tiempo condicional se emplea principalmente para referirse a los actos ajenos. Al ser los dragones unos seres tan poderosos, rara vez experimentan la incertidumbre en sus actos. (Ejemplo: «La princesa correría si pudiera. Pero la atraparé»). Por tanto, la conjugación en primera persona del condicional apenas tiene uso. Por esa misma razón, el modo subjuntivo no existe en khaevis ventvis.

	Pretérito perfecto compuesto	Pretérito pluscuamperfecto	Imperativo
Ejemplo en español	*Yo he corrido*	*Yo había corrido*	*¡Corre!*
Kho (yo)	tvorra zi	tvorrit za	–
Ni (tú / vosotros)	tvorrai zi	tvorriv za	tvorr (lexema)
Fe / re / ve (él / ella / género neutro)	tvorru zi	tvorrut za	–
Khono (nosotros)	tvorraia zi	tvorritiv za	–
Ferek (ellos / ellas / neutro plural)	tvorruk zi	tvorrukut za	–

Apéndice C

Diccionario abreviado khaevis ventvis – español

Conjunciones	
Khaevis ventvis	**Español**
a	con
e	y
em	o
er	sobre / en
kev	excepto
kir	por
kod*	porque
nisi	a menos que
su	como
te	por tanto
tu	para
u*	de

* *Kodu*, formada a partir de las palabras «porque» y «de», significa «a consecuencia de» o «gracias a».

ADVERBIOS INTERROGATIVOS	
Khaevis ventvis	**Español**
dakh	cómo
dakhi	cuánto
dek	qué
den	cuándo
der	dónde
det	por qué
dev	quién

VERBOS	
Khaevis ventvis	**Español**
aderre	atreverse
aezorre	resplandecer
aikurre	amar
akorre	crecer
akrerre	saber
andikorre	predecir / presagiar
annurre	pagar
audirre	oír / escuchar
austirre	beber
dakarre	decir
demerre	permitir / dejar
dikorre	hablar
ensentirre	sentir (emocional)
erre*	ser / estar / haber
esverre	esperar
faserre	obligar
fierre	convertirse

frakarre	oler
irre	ir
kesarre	esconder
kirre	hacer
kokarre	saborear
komarre	luchar
komerre	comer
kosentirre	sentir (físico)
kosirre	comprender
kovenirre	reunirse
krerre	creer / pensar
kuarre	preguntar
kuirre	venir / salir
manirre	vender
menirre	recordar
minarre	terminar
mirre	ver / mirar
mothyrre	morir
movdarre	mostrar
mukurre	afrontar
neresurre	merecer
nitrerre	tener
nitrerre (ki)	tener (que)
nokherre	dormir
nytuirre	seguir
oniserre	oler (a algo)
othyrre	matar
rekirre	quemar
resirre	exhalar fuego
resorre	calentar
rykarre	dar

sanaerre	sangrar
savarre	salvar
severre	persistir
sitarre	despertar
suverre	sobrevivir
tennerre	conservar
thoserre	ser capaz de
tiskirre	llorar (a alguien)
traerre	traer
tuirre	dirigir
tvorre	correr
utirre	usar
vasarre	suceder
vinirre	volar
visirre	caer
vivorre*	vivir
vorre	querer

ADJETIVOS	
Khaevis ventvis	**Español**
demif	decepcionante
diunif	largo
dymerrif	delicioso
idif	igual
iokif	divertido
khosif	solo
kosorrif	bienvenido

* En frases del tipo «¿Cómo estás?» se utiliza el verbo *vivorre* en lugar de «estar». Así, «¿Cómo estás?» sería *Dakh vivorrai?*

kurrif	oscuro
novif	nuevo
novsif	fascinante / interesante
nyrenif	vacío
nyrokzif	malo
nyrukhif	triste
nytaif	pequeño / joven
nyterif	débil
raenif	enfadado
renif	lleno
rokzif	bueno
rukhif	feliz
sarif	protegido
sokhif	cansado
synif	inútil
syrrif	listo
ta	similar
taif	grande
terif	fuerte
verif	correcto / verdadero / certero

Sustantivos	
Khaevis ventvis	**Español**
adroka	barriga / estómago
aikoro	amor
antrov	cueva
avor	temor
desto	destino
divkor	día
drae	persona

evoro	escapatoria
fama	nombre
farris	narración
feka	hermano
fenekri	hijo
ferrae	grito
fetaza	padre
innavo	valentía / coraje
invika	isla
ira	senda / camino
irae	cacería
khae	cielo
khaevis	dragón
korrikh	noche
kurrae	oscuridad
makho	huevo
mivden	perdón
nekri	bebé / cría
nydrae	nadie
nynnavo	cobardía / cobarde
nyta	niño / joven
omvra	sombra
orro	tesoro
raz	negociación / acuerdo
reka	hermana
renekri	hija
res	fuego
retaza	madre
rykae	sacrificio / regalo
sanae	sangre
saro	seguridad

syne	desperdicio / pena / lástima
terin	final
timavor	miedo
tke	dividir / compartir
trivi	cosecha
varae	elección
veru	monstruo
vin	pájaro
vis	vida / poder
vokha	palabra
vor	esperanza
zedrae	princesa

VARIOS	
Khaevis ventvis	**Español**
ae	aquí
ante	antes
dekonne	cualquier cosa
dekris	abajo
diunif aeva	rato / mucho tiempo
ed	sí
etia	de nuevo / además / también
ferdivkor	hoy
ferkorrikh	esta noche
fy	ahora
kir rever	a cambio
kosor	bienvenido (a casa)
kyve	menos
mirvu	muy
myve	más

ny	no
onne	cada
onnedrae	cualquiera / todos
sakru	pronto
senir	siempre
sodo	solamente
sy	hasta entonces / después
tein	último
vo	este
voro	ese

Apéndice D

Diccionario abreviado español – khaevis ventvis

CONJUNCIONES	
Español	**Khaevis ventvis**
a menos que	nisi
como	su
con	a
de*	u
excepto	kev
o	em
para	tu
por	kir
por tanto	te
porque*	kod
sobre / en	er
y	e

* *Kodu*, formada a partir de las palabras «porque» y «de», significa «a consecuencia de» o «gracias a».

ADVERBIOS INTERROGATIVOS	
Español	**Khaevis ventvis**
cómo	dakh
cuándo	den
cuánto	dakhi
dónde	der
por qué	det
qué	dek
quién	dev

VERBOS	
Español	**Khaevis ventvis**
afrontar	mukurre
amar	aikurre
atreverse	aderre
beber	austirre
caer	visirre
calentar	resorre
comer	komerre
comprender	kosirre
conservar	tennerre
convertirse	fierre
correr	tvorre
crecer	akorre
creer / pensar	krerre
dar	rykarre
decir	dakarre
despertar	sitarre
dirigir	tuirre
dormir	nokherre
esconder	kesarre

esperar	esverre
exhalar fuego	resirre
hablar	dikorre
hacer	kirre
ir	irre
llorar (a alguien)	tiskirre
luchar	komarre
matar	othyrre
merecer	neresurre
morir	mothyrre
mostrar	movdarre
obligar	faserre
oír / escuchar	audirre
oler	frakarre
oler (a algo)	oniserre
pagar	annurre
permitir / dejar	demerre
persistir	severre
predecir / presagiar	andikorre
preguntar	kuarre
quemar	rekirre
querer	vorre
recordar	menirre
resplandecer	aezorre
reunirse	kovenirre
saber	akrerre
saborear	kokarre
salvar	savarre
sangrar	sanaerre
seguir	nytuirre
sentir (emocional)	ensentirre

sentir (físico)	kosentirre
ser / estar / haber*	erre
ser capaz de	thoserre
sobrevivir	suverre
suceder	vasarre
tener	nitrerre
tener (que)	nitrerre (ki)
terminar	minarre
traer	traerre
usar	utirre
vender	manirre
venir / salir	kuirre
ver / mirar	mirre
vivir*	vivorre
volar	vinirre

ADJETIVOS	
Español	**Khaevis ventvis**
bienvenido	kosorrif
bueno	rokzif
cansado	sokhif
correcto / verdadero / certero	verif
débil	nyterif
decepcionante	demif
delicioso	dymerrif
divertido	iokif
enfadado	raenif
fascinante / interesante	novsif

* En frases del tipo «¿Cómo estás?» se utiliza el verbo *vivorre* en lugar de «estar». Así, «¿Cómo estás?» sería *Dakh vivorrai?*

feliz	rukhif
fuerte	terif
grande	taif
igual	idif
inútil	synif
largo	diunif
listo	syrrif
lleno	renif
malo	nyrokzif
nuevo	novif
oscuro	kurrif
pequeño / joven	nytaif
protegido	sarif
similar	ta
solo	. khosif
triste	nyrukhif
vacío	nyrenif

SUSTANTIVOS	
Español	**Khaevis ventvis**
amor	aikoro
barriga / estómago	adroka
bebé / cría	nekri
cacería	irae
cielo	khae
cobardía / cobarde	nynnavo
cosecha	trivi
cueva	antrov
desperdicio / pena / lástima	syne
destino	desto

día	divkor
dividir / compartir	tke
dragón	khaevis
elección	varae
escapatoria	evoro
esperanza	vor
final	terin
fuego	res
grito	ferrae
hermana	reka
hermano	feka
hija	renekri
hijo	fenekri
huevo	makho
isla	invika
madre	retaza
miedo	timavor
monstruo	veru
nadie	nydrae
narración	farris
negociación / acuerdo	raz
niño / joven	nyta
noche	korrikh
nombre	fama
oscuridad	kurrae
padre	fetaza
pájaro	vin
palabra	vokha
perdón	mivden
persona	drae
princesa	zedrae

sacrificio / regalo	rykae
sangre	sanae
seguridad	saro
senda / camino	ira
sombra	omvra
temor	avor
tesoro	orro
valentía / coraje	innavo
vida / poder	vis

VARIOS	
Español	**Khaevis ventvis**
a cambio	kir rever
abajo	dekris
ahora	fy
antes	ante
aquí	ae
bienvenido (a casa)	kosor
cada	onne
cualquier cosa	dekonne
cualquiera / todos	onnedrae
de nuevo / además / también	etia
ese	voro
esta noche	ferkorrikh
este	vo
hasta entonces / después	sy
hoy	ferdivkor
más	myve
menos	kyve
muy	mirvu

no	ny
pronto	sakru
rato / mucho tiempo	diunif aeva
sí	ed
siempre	senir
solamente	sodo
último	tein